Charac
Cedric
塞德里克・狄亞洛斯
北之國王儲—雙性體徵
「南方來的小子，你說貴族的婚姻是什麼？愛情嗎？
別說笑了，婚姻不過是維繫利益和鞏固同盟的手段。」
Northern Empire
Crown Prince & Dragon Knight

Character
Quentin Nestor
奈斯特王國領主庶子－龍騎士
昆汀・奈斯特
「我一個默默無聞的外鄉人，
顯然不能為王室帶來什麼利益吧？」
Northern Empire
Crown Prince & Dragon Knight

Presented by
Moscato with Watermother

Crown Prince & Dragon Knight

NORTHERN EMPIRE

北之國　王儲與龍騎士

volume one

Quentin Nestor × Cedric Diallos

CONTENTS

VOL.ONE

Northern Empire
Crown Prince & Dragon Knight

Quentin Nestor × Cedric Diallos

NORTHERN EMPIRE

序章

「脫衣服。」

「咦？」

綠眸倒映出昆汀一臉驚愕的表情，同樣一身華服的金髮男人面色如霜，手中長劍直指褐髮男子的頸項，冷聲命令道：「發什麼呆，如果還想留著那套衣服就快點脫了。」

「塞德里克你……」

或許是酒意誤事，事實上連塞德里克都沒想過在婚禮這天，會對自己在眾人見證下結為伴侶的男人兵戎相見。

沒有費心解釋，急於達成目的的塞德里克很快便失去耐性，執劍的手腕一轉，俐落地挑開對方那襲樣式與自己十分相似的衣袍。他拋開長劍，氣勢洶洶上前一把將半裸的男人推倒在曾經獨屬於自己，今日卻得和第二人共享的大床上。

「喂，你做什麼？」

一把扯落前襟的釦鍊，塞德里克動作俐落地將莊嚴華貴的婚服拔得精光。

「新婚當晚要做什麼，還需要我提醒嗎？你沒忘了怎麼做吧？」塞德里克跨騎在昆汀身上俯下身，惡狠狠的語氣比起新婚應有的耳鬢廝磨，更似想用男人的頸項磨牙。

「你以為安德森會容許我忘記嗎？」

老管家安德森肩負教導王儲及王夫必要床幃之事的責任，沒少被折騰的塞德里克發出一聲瞭然的悶哼。

他身為王儲，少時還能找藉口脫身，然而自從半年多前的招親儀式選定王夫後，便被個性一絲不苟的老管家嚴加看管，天天被迫接收過往總是避之唯恐不及的床笫知識，直至今日。

歷經一連串繁瑣的儀式和奢華非凡的晚宴，終於得以擺脫惱人課程的現下，也是實際驗收學習成效的時刻。新婚的年輕王儲半是疏漏半是刻意，將安德森千叮嚀萬囑咐的提醒拋諸腦後，選擇消極地面對這一夜。

在塞德里克的認知中，性愛就是勃起、插入然後射精，擴張或潤滑不過是人們用於刺激情趣的多餘花樣，只想快速履行義務的王儲在離開晚宴後自然什麼準備也沒做。

從當時招親遴選到今日的遊行完婚，各種儀式無一不是沿襲北之國的傳統，唯有終於與新任王夫獨處的這一夜，塞德里克總算有任性的空間。

只要如實行房就好，什麼方法都不重要。誰都無法阻止塞德里克彆扭地主導這場性愛，即便是這場婚姻的另一位當事者也不行。

翡翠色的瞳眸將依舊詫異的昆汀從頭到腳掃視一圈，最後落在殘破衣物無法遮掩的腹肌，塞德里克有些不甘心地撇了撇嘴。

塞德里克未著寸縷跪立著，居高臨下俯瞰仰躺在床上的男人。他貴為王儲，沐浴更衣時沒少在伺候的奴僕面前裸露軀體，然而迎著昆汀不加遮掩的打量視線，依舊有些不自在。

金髮王儲深吸一口氣，將微顫的手指攥握成拳，再次攤開時，想也不想便直接覆上男人已經起反應的胯間。

「唔。」被灼熱的物事燙得猛地收回手，塞德里克嚇了一跳卻不願表露畏怯，抿唇瞪了發出低哼的昆汀一眼，硬著頭皮將男人外型猙獰的勃發圈入掌心。

那較塞德里克大了將近兩倍尺寸，充血的暗肉色莖身爬滿經絡，鼓脹的沉甸甸囊袋極富存在感。塞德里克清楚自己身體的特殊之處並引以為傲，只是將兩人的性器赤裸地擱在一塊比較，過於懸殊的差距難免讓本就煩躁的王儲更加不悅。

但既然必要的道具已準備就緒，理當沒有繼續磨蹭的理由，塞德里克嚥了口唾沫，就著跪立的姿勢緩緩沉下腰。

塞德里克扶著男人的性器抵上自己囊袋後方的位置，那處別於一般男性，最是隱密的花穴突然受到刺激，儘管塞德里克做足心理準備仍舊不免瑟縮。

沒讓自己有多加遲疑的機會，金髮王儲心一橫，狠狠向下一坐，侵略性十足的陰莖便順勢撐開肉縫，接著長驅直入。

「嘶……」只是現實遠遠不如想像中容易，劇痛由未經擴張的甬道向周身蔓延，整個人彷彿被從中撕裂，塞德里克眉頭緊皺，一邊抽氣一邊直打顫。

柔嫩的內壁連連收縮，試圖驅離外來的入侵者，但顯然這種程度的排拒並未發揮作用，始終處於被動的昆汀此時動了。臀肉被粗糙的大掌一把握住，彷彿搓麵團似揉捏，男人甚至沒讓塞德里克有反應的時間，便開始小幅度地挺腰。

「唔，嘶……」粗大的凶器硬生生嵌進體內，甚至伴隨抽插不斷深入，此舉無疑增添更多不適。

縱使痛得滿額頭都是汗，塞德里克仍不見退縮，而是配合男人的節奏反向動作，好將甬道內的性器吞得更深，畢竟越快達到目的就能越快結束。

根據北之國史冊記載，王儲搭配能力越優秀的王夫，越容易誕下出色的子嗣，但男體孕子有其難度，相傳受孕機會最高的初夜自是整場婚禮的重頭戲。

突然之間，塞德里克敏銳地察覺體內的阻力似乎有所趨緩，先是困惑地一怔，隨即得出答案。

而始作俑者同樣也發現異狀，被猛然停下動作的男人一把握住腰眼，塞德里克不滿地出聲抗議：「動啊！為什麼停了？」

「等、先等等……」

「喂，不准退出去！」見面露遲疑的男人試圖撤出性器，塞德里克下意識吸氣絞緊內壁，連聲催促，「昆汀・奈斯特，你忘了該做什麼嗎？快點插進來，然後射進去！」

「可是你受傷流血了……」

「沒事，別囉唆！」拍開昆汀的手，塞德里克趁勢降下腰臀，性器沒根埋入。剎那間兩人雙雙發出悶哼，塞德里克是疼痛所致，至於男人顯然舒坦了。

「還好嗎？」

「沒事。」偏頭避開昆汀探向臉頰的手，緩過劇痛的塞德里克直起上身，微仰下頷，就著室內昏黃的燭光瞪了男人一眼。

「快點完事。」刻意忽略昆汀的關切，塞德里克一邊冷聲催促，一邊伸手覆上自己腿間因疼痛而萎靡的的性器。

即便塞德里克對於這場婚事不甚滿意，也不甘於在他人的施與中獲得快感，自行撫慰卻不在此限。迎著男人的視線，金髮王儲配合扭動腰胯的節奏，加快刺激陰莖和花穴的動作。

「哈啊……」撥弄肉蒂帶來的酥麻中和了不適，塞德里克瞇起眼，放任黏膩的悶哼溢出鼻腔。

他並非沒注意到原先搭在腰際的手正不規矩地四處遊移，然而不待出聲阻止，下一秒臀肉就落入一雙骨節分明的大掌中。

怪異而陌生的揉捏觸感令塞德里克不自在地拱起雙肩，與男人肌膚相貼的部位又熱又燙，甚至沿著血管在體內四處流竄。本以為那股無所適從稍縱即逝，塞德里克沒料到接著迎接自己的是過於親暱的稱呼。「塞德里克，里奇……」

他的瞳孔瞬間縮放，猝不及防一時間不知該作何反應，「你……」

那是塞德里克先前孤身在外，為了隱藏身分使用的名字。身為北之國現任君王的唯一子嗣，本就沒有多少人有資格直呼王儲名諱，得以使用暱稱的更是少之又少。

塞德里克不願與昆汀過於親近，但顯然正在興頭上的男人沒有讀懂帶有斥責意味的目光，回應的是下身益發失序的進犯。

「唔，啊！」兩腿被昆汀的動作撐得更開，突然一個重頂襲來，身勢不穩的塞德里克慌忙穩住平衡，來不及凝聚的思緒全被撞得支離破碎。「哼嗯，好了沒，快點射進去……」

「里奇你好緊，好熱……」

塞德里克不清楚該如何定義這場漸入佳境，卻也逐漸失去掌控的性愛，配合每一次的抽送顛簸、低吟，眼前的景色在水氣作用下僅餘一片不甚清明的茫然。

他伸手撩開貼在額前的髮絲，就著朦朧的視線，依稀瞧見男人撐起上身逐漸湊近，尚未猜透意圖便覺得乾燥的觸感擦過嘴唇。那是一個未經允許的吻，然後是接二連三的啄吻。

「你！」沒預警被親個正著，塞德里克摀著仍殘有陌生溫度的唇瓣，不知所措瞪大雙眼，甬道本能地收縮絞緊。

還未來得及消化羞惱的情緒，就聽見男人發出一聲粗喘，緊接著幾股熱燙液體灑上內壁。塞德里克渾身一僵，動也不動地定住幾秒鐘，緩緩垂首望向兩人仍緊密交合的部位，好半晌才分辨出充滿下體的物事為何。

最重要的任務結束，塞德里克鬆了一口氣，撐起微微發軟的雙腿，幾乎是迫不及待地抽身離開，甬道內仍殘有餘溫的液體因此流淌而出。溼意滑過腿根的觸感並不好受，塞德里克蹙起眉頭，咬牙忍著清理一身狼藉的衝動，仰倒在柔軟的床褥。

「里奇？你是不是還沒……」

「我要睡了。」

毫不留情打斷男人的話，塞德里克無視仍隱隱作痛的花穴和半勃的陰莖，隨手拉起繡有繁複花紋的被單蓋上，翻身將還欲多說的昆汀拋諸腦後。

Quentin Nestor × Cedric Diallos

NORTHERN EMPIRE

第1章

Northern Empire
Crown Prince & Dragon Knight

「侍衛呢？快把這些歪瓜劣棗都趕出去，別辱了陛下的眼。」發話者身穿配色鮮豔的服裝，聲調高揚，動作誇張而滑稽。

「憑什麼？」

「不是說沒有門檻，任何人都可以參加招親嗎？」

「也不想想那個王子都幾歲了，還挑三揀四的！」

在眾人的哄笑聲中，幾名身形異於常人且打扮奇異的男子紛紛表達不滿。

「雖然如此但你們也該有自知之明，掂掂自己的斤兩啊！」

「什麼意思？」

「你太矮，你太胖，你太醜，至於你看起來就弱不禁風，怎麼配得上殿下？」

宴會大廳中央最為醒目的男子單手扠腰仰起下巴，姿態傲慢無禮，「只有最傑出的優勝者，像是驍勇善戰的騎士團騎士，才夠資格成為我們北之國的王夫。各位尊貴的閣下，我說得對不對？」

「沒錯！」

「他說得對！」

出言附和的是圍攏在一旁的群眾，與穿著戲服的表演者不同，端著酒杯彼此寒暄的男男女女顯然是受邀參加這場宴會的貴族。

「還在等什麼？快把那些傢伙趕出去！」

就在侍衛將扮演挑戰者的表演者押出大廳同時，這場即興演出也隨之落幕。

短劇的靈魂人物，也是受僱於貝倫特侯爵的知名弄臣愚人馬克，正以惹人發笑的姿勢鞠躬。那動作有些不莊重卻無人在意，一如無人在意愚人馬克以插科打諢的方式暗諷北之國特有的文化和王族的目中無人。

「哈哈哈，殿下有看到剛才的演出嗎？」

不陌生的渾厚男聲突然響起，特意站在遠處好避開人群的塞德里克猛地回過頭，沒將詫異表現在臉上，「侯爵閣下。」

塞德里克抿了一口紅酒，才接著說道：「真是恰到好處，又惟妙惟肖呢。」

超過二十歲仍未成婚的塞德里克不是第一次有幸成為這些詩歌和戲劇的主角，縱使再不悅，為顧及風度也只能精準地控制嘴角的位置。

「愚人馬克總是為我帶來歡樂，真希望也能為陛下分憂解勞。里奇殿下覺得如何？」

塞德里克的祖父，也就是已逝的前一代國王歐格里陛下的王夫安德魯親王，同樣也姓貝倫特，算起來現任的貝倫特侯爵與塞德里克父王是同輩遠親。

這不是第一次，也不會是最後一次貝倫特在稱呼上占塞德里克便宜，既是拉近距離，也意圖彰顯自己的地位不凡。

「您有心了，我會向父王轉達。」塞德里克向來不喜歡這些以幽默和詩歌包裝流言蜚語的宮廷愚人，但即便貴為王儲，他也沒有權力要求廢止這項讓上流階級為之瘋狂的娛樂。

幸好現任國王尤萊亞同樣對這些衣著五顏六色的表演者沒有好感，王宮才可倖免於難。

眼見安寧的日子即將被破壞，塞德里克暗自吸了一口氣，強壓下挑起眉梢的衝動，禮貌性地朝貝倫特點頭致意。雖說滿腦子都是對於這段對話的厭倦，王儲噙在嘴邊的笑意依然無懈可擊。

然而未待找到機會脫身，貝倫特便再一次開口：「招親儀式快到了，殿下緊張嗎？」

「我應該緊張嗎？」

「是我多慮了，儀式必然會為殿下和北之國選出最優秀的王夫。」

這是塞德里克聽過無數次的話，比起祝福更似一再被提醒的詛咒，源於王族血脈中無從擺脫的枷鎖。於是他放緩呼吸闔上眼，讓眼皮隔開照亮整座宴會大廳的燭光。

然而再次睜眼時，預期之中的光線卻沒有出現，就連交談喧嘩聲也不知在何時悄然消失。察覺不對勁的塞德里克慌亂地左顧右盼，沒料到意識竟在此時陷入濃稠厚重的黑暗。正因為缺乏光源，聽覺反倒格外靈敏。

「聽說王子終於要招親了！」

「真的假的？從十七歲開始拖了那麼多年，還以為會繼續拖下去，有好戲看了。」

「可是都超過二十歲了，應該很難生出子嗣吧？」

「那也怪不得別人，如果生不出孩子，狄亞洛斯家的王位就要換人坐了哈哈哈……」

來自四面八方的細碎談笑聲起初很遠，接著越來越靠近，最後化作尖利刺耳的笑聲。一張張扭曲的面孔滿布嘲諷和戲謔，一如重現於夢境的宴會，真實得令人心生厭惡。

「滾開！這些討人厭的傢伙，都給我滾開！」

猛地睜眼，從夢中驚醒的塞德里克坐起身，走近落地窗拉開酒紅色的厚重窗帷。晞光爭先恐後地闖入寢宮，然而微涼的晨風沒能拂去塞德里克滿腦子的煩躁，反倒因為裡衣被冷汗浸透先涼得渾身發顫。

洗漱用餐後，塞德里克到位於王宮南側的騎士團訓練場，完成每日例行的劍術訓練，這才拉著年齡相仿的魔法師拜倫密談。說是密談，棋盤前的塞德里克卻始終悶不吭聲，一個勁地操控白棋步步逼近。

「要談什麼？」

抬頭望向發問的拜倫一眼，塞德里克搖了搖頭，逕自擱下手中水晶製的士兵棋子，「換你了。」

「如果只是下棋，沒必要板著臉吧？」

塞德里克沒有搭腔，只是垂眸移動盤上的主教，直逼敵營退無可退的國王，「將軍。」

「我輸了。」

「明明還沒。」

「結束了才好說話，不是嗎？」

塞德里克本想反駁，但看著拜倫淡然的表情，張了張嘴卻又不知該說些什麼，停頓片刻才吐出猶豫多日得出的結論，「我想離宮。」

「扣掉今天距離招親儀式只剩五天，您打算回來嗎？」

「不知道，還不知道……」

「打算去哪？」

塞德里克沒有回話，一邊撥弄棋子一邊陷入深思。

†

這個疑問直到翌日，塞德里克真的帶上簡便行囊和防身武器，牽著馬以一身騎士裝扮，在侍衛的疏忽下溜出王宮時，依舊沒有答案。

塞德里克只知道如果要延長這趟旅程，必須盡快離開王宮座落的王城，也是最可能被認出身分的坎培紐城。話雖如此，要在短時間內出城也不容易，他策馬奔馳整個上午，距離抵達緊鄰的波迪城仍需一天半的時間。

就算塞德里克再有體力，座下的愛馬也需要休息。他就近找了一間酒館，將噴著鼻息的白馬在一旁馬廄安頓妥當，步入外觀看上去頗有歷史的雙層建築物。

室內與一般酒館無異，有些髒亂嘈雜，形形色色的客人分布在由酒桶和木板充當的桌椅上，空氣中混合了汗臭的各種食物氣味，當然比起總是散發花香的王宮並不好聞。

塞德里克才剛在無人的角落找到位置就座，略啞的女聲旋即盡責地響起，那是一位身形豐腴的中年婦人，「需要什麼呢，帥哥？」

「一條小麥麵包和一碗乳粥，你們有羊肉嗎？」

「有羊肉，可是我們店裡只有粗糠的硬麵包。和老闆說一聲的話，應該可以差人去買白麵包，但無法保證要等多久。」

聞言塞德里克這才後知後覺地憶及自己已經不在王宮內，連忙擺手拒絕，「那不用麻煩了，粗糠麵包就好，然後我要一隻羊腿和一杯葡萄酒。」

塞德里克識趣的答案顯然討好了侍女，婦人一改死氣沉沉的態度，語氣歡快不少，「好，馬上就來。」

一如婦人所言，餐點來得很快，而塞德里克隨即發現這是此處唯一的優點。他放下即使泡過乳粥仍硬如磐石的麵包，喝了一口葡萄酒，但還沒達到潤喉的目的，留在舌尖和喉管的酸澀已經迫使塞德里克蹙起眉頭。

囫圇啃了幾口沒有調味但尚可入口的羊腿，塞德里克失去進食的心情，注意力被不遠處的高談闊論吸引。

「不愧是北之國的王城，這裡平常就這麼熱鬧嗎？」

沒給左側的同伴面子，坐在中間的高壯男子立刻出言駁斥：「呿，這麼大一個城鎮結果沒幾間房間，好一點的旅店都滿了！」

「聽說最近有活動，所以才多了很多外來旅客，好像是什麼招親……」

「招親？哪家貴族千金嗎？不如我也去看看，說不定能攀上有錢人家。」男人說著低俗地嘿嘿一笑，露出一口黃牙。

「才不是哪家的大小姐，是王儲，北之國王族唯一的王子。」右側的削瘦男子伸手將滑落鼻梁的鏡架往上推，試圖壓低聲量，不過在空間有限的酒館內明顯沒有多少作用。

「王子？所以招親的對象是女人囉？」

「不，是男人。」

「什麼？原來北之國流行操屁眼？」

此話一出，同桌三人頓時以體型最具威脅性的大漢為首，旁若無人地放聲大笑。

「這我知道！好像是王族的血統有問題，和女人生不出孩子，得和男人搞才行。」

「都是男人，是誰生？」

男人粗魯放下手中啤酒杯，嫌惡地皺起臉，以極為輕佻的態度發表評論，「不管是誰生，男人生小孩，想想就覺得噁心。」

「就是嘛！」

「所以是從屁股生嗎？」

「應該是，不然——」

聽聞越發不堪入耳的猜測，塞德里克咬著牙握緊拳頭，連連深呼吸告誡自己保持冷靜。

「碰！」傳來餐盤被重重放下的巨響，飽含怒氣的沙啞女聲不僅打斷塞德里克的思緒，同樣打斷男人此起彼落的訕笑，「本店不歡迎對殿下無禮的傢伙，要麼閉嘴喝酒，要麼就請你們離開！」

「妳說什麼？」

「我說如果嘴巴不放乾淨一點，就請你們滾出去！」

四人似乎沒料到外表看來庸俗的酒館侍女膽敢出言挑釁，先是一愣，隨即惱羞成怒地瞪大眼，「臭婆娘，妳憑什麼趕我們！」

「就憑這裡是北之國，憑你們腳下踩的是北之國的土地！」

「妳大聲什麼！」

「有什麼好囂張的！」

被拉扯的婦人雙手扠腰，完全不因對方人多勢眾而退縮，「別碰我！把你們的髒手拿開！」

「別以為妳是女人我就不敢打！」

「別以為你們人多我就會怕！」

「臭婆娘，這麼會說大話，等等別哭著求饒！」

「上！給她一點教訓！讓那個不自量力的婊子知道自己有多愚蠢！」

局面一觸即發，任誰都能看出單槍匹馬的婦人居於劣勢。塞德里克握緊手中的金屬器皿，如同試圖揪住逐漸向衝動傾斜的理智。

眼見男人高高舉起拳頭，只消半秒鐘便要招呼在婦人臉上，就在塞德里克即將擲出手中鐵杯的瞬間，突如其來的陌生嗓音打斷了嘈雜。

「住手！幾個大男人對一名女性動手，怎麼都說不過去吧。」那是一道沉穩的年輕聲線，不卑不亢卻能輕易抓住眾人的注意力。

「你什麼東西啊？別多管閒事！」

「你也是那什麼狗屁王室的擁護者？」

「我不是任何人的擁護者，只是意外途經此處的旅人。」風塵僕僕的年輕男人身穿軟鎧，腰間掛有一柄長劍，明顯有些年頭的披肩上沒有任何紋章，不難推測所言不假，他應是一名無主的遊俠。

「那你滾吧，我們和這婆娘有些爭執需要解決。」

「恕我拒絕。」

如此直白的拒絕不僅出乎塞德里克預期，也堵得幾名大漢面色鐵青，「你！臭小子——」

「傳言北之國以尚武聞名，沒想到整間酒館有將近二十人，卻任由女性受委屈，無人上前搭救。我為此感到失望，而我所遵循的騎士誓言依舊不容許這種情況發生。」

「哈哈哈哈，這小伙子太有趣了，看在你的面子上，我們就不跟女人計較了。」

塞德里克前一秒才因男人的直言不諱升起些許好感，下一刻隨即降至谷底。護短似乎是北之國不分貧富的共識，聽聞如此誹謗他不悅地撇下嘴角，毫不意外瞧見方才準備出手卻被搶先的旁人，正同仇敵愾怒視膽敢小瞧北之國風俗的男人。

偏偏男人的批評僅止一句，就此發難實在太過小題大作，塞德里克只能硬生生地嚥下不悅。風波暫且告一段落，塞德里克滿腔的憤恨卻沒能平息，他重重坐回木椅上，一口咬下手中的麵包，洩恨似的狠狠咀嚼。

過於乾硬的口感讓嬌貴的頰肉和齒列發出無聲抗議，年輕王儲就著酒水強迫自己嚥下不合胃口的食物，怎料就在以為稍稍習慣的同時，臼齒毫無預警地撞上不知名的硬物。

「什麼東西！」顧不上儀態，塞德里克齜牙咧嘴吐出異物一看，那是顆混在麵包中的砂礫。他知曉麵包師傅以木屑或石子混充麵粉偷斤減兩的情況相當普遍，卻是初次親身體會。

「恭喜你找到了寶藏。」

「這該和麵包店求償吧，這是謀殺，我的牙齒都差點掉了！」他氣惱地望向出聲揶揄的女性，忍不住抱怨。

「別說笑了，你不是還活得好好的嗎？」剛避過一場混戰的侍女如此說道，隨手裝了一杯啤酒放在塞德里克桌前，「你也是來參加招親的嗎？」

「我……」

不待塞德里克發話，靜默不過片刻的低沉男聲再次不甘寂寞地插嘴，是方才鬧事不成的男人，「別傻了，妳沒看到那傢伙一副弱不禁風的樣子嗎？別說是武器，怕是連鋤頭都拿不動吧！」

「啊不對，他那身板也就適合動動手指彈彈魯特琴。」

「哈哈哈說得對！」

「哎小子，不如給大家唱一首吧！唱得好我們還會給你打賞！」

嬉笑四起，數人一搭一唱說得煞有其事。

「喂！你們別騷擾客——」

「沒事，我可以應付。」對試圖出言阻止的侍女擺了擺手，憤怒無比的塞德里克反倒笑了，嘴角揚起的弧度無比燦爛，「既然機會難得，就替大家演奏一曲吧？」

「啊哈！我就說吧，雖然穿著不太像，那小子是吟遊詩人。」

「詩人你的樂器呢？」

「就在這啊。」頂著來自四面八方的視線，塞德里克踩著輕盈的步伐向前。

「哪裡？」

「就是你們啊。」一記直拳在話音落下的剎那，狠狠招呼在仍然左顧右盼的男人臉上，鼻梁上的鏡架瞬間飛了出去，響起痛呼。

「嘿！臭小子你幹什麼？」

「不是請我演奏嗎？聽我的指揮，你們只要負責發出聲音就行了。」塞德里克說著，一把拉住男人的手臂向自己的方向扯，在對方撲倒的同時順勢瞄準腹部補了兩拳，打出另一聲哀嚎。

「混蛋！別太囂張了！」

抬起左臂格擋來自左側的拳頭，右手逮著空檔，便直劈男人毫無防備的頸側，然後是臉頰，當然悶響伴隨一聲聲的痛呼。

接連放倒三人，酒桶和木板製成的簡陋桌椅被撞倒，酒液漫了一地，本就稱不上整潔的酒館看上去分外狼藉。塞德里克佇立在混亂中心，卻連衣襬皺摺都沒留下，只見他彎起嘴角，對剩下的魁梧高壯大漢勾了勾手指，「輪到你了。」

「臭小子，我馬上就收拾你！」

驕傲的年輕王儲雖沒打算示弱，但同樣不會傻愣愣地和身形幾乎是自己兩倍的敵人硬碰硬，他微微側身，俐落避開直襲而來的龐然大物。

撲空的男人顯然更加惱怒，大吼一聲高舉木板再次攻擊。這一回塞德里克沒再閃躲，以交叉的雙臂硬生生扛下，原本就並不堅固的木板應聲斷裂。

瞇起一雙綠眸，塞德里克在紛飛的木屑中出拳，先是虛晃一招的右勾拳，然後是接連兩下的左勾拳，力道不小卻不足以將男人打倒。

他並未因意料之內的結果而震驚，只是冷眼注視不堪挑釁，嘶吼著撲上前來的大漢，不退反進低下身上前用肩膀將男人撞得踉蹌，緊接著對準膝蓋踹上一腳。下一秒就見巨大的身影晃動，最後狼狽地摔倒，撞擊聲中連帶將一旁的木桶壓成碎片。

「還要繼續嗎？」塞德里克半瞇起眼，居高臨下來回掃視，見數人不敢再輕舉妄動，這才伸手輕拂肩頭和袖口，作勢拍開不存在的灰塵。

赤手搏擊向來被視為粗野不入流的鬥毆，自然不屬於王儲的訓練課程之列，不過塞德里克見過王家騎士們在閒暇時起鬨打鬧，或許技術遠不如下了苦工的劍術，對付幾名無賴尚且綽綽有餘。

「啪、啪、啪……」第一聲掌聲不知從何而來，接著是此起彼落的應和。慣於成為矚目焦點的塞德里克依舊泰然，微笑著朝眾人躬身致意。

然而當目光觸及一地狼藉時，他不免有些尷尬，侷促地抿了抿唇，抬眸與上了年紀的酒館老闆對視，「那個……不好意思，我會賠償的。」

匆匆告別酒館的混亂，塞德里克與許多趕赴招親儀式的外來者不同，一人一馬悠悠哉哉地向王城邊界前進。又是半天過去，險些露宿野外的塞德里克幸運地搶在夕陽完全沒入地平線前，意外找到因旅人臨時提早啟程而空出房間的旅店。

雖說知曉旅店必然比不上王儲富麗堂皇的寢宮，但映入眼簾的老舊陳設和難以忍受的刺鼻霉味，仍遠遠超出塞德里克的預期。

「這是什麼？我房裡的地毯都比較乾淨！」瞪著床鋪上沾染不明汙漬的泛黃被褥，霎時間塞德里克甚至興起不如將就於森林的想法。

幾經考量，他最後終是咬牙收起不合時宜的潔癖，將斗篷鋪在床上，整個人蜷縮在不算大的布料上湊合著度過一夜。

†

逃離王宮的首日，塞德里克理所當然輾轉難眠。翌日沿著郊區前進不久，一人一馬隨即踏上連接坎培紐城與波迪城的林間小徑。

塞德里克尚在思考，粗劣廉價的食物和簡陋乏味的生活似乎並非全然無法忍受，便察覺胯下的馬匹不知何時緩下步伐，正一邊噴氣一邊不安地踱步。

「哈茲怎麼了？」他伸手輕撫愛馬的頸側，一抬頭就見數名男子佇立在不遠處，一字排開將寬敞的通道阻去大半。

綠眸飛快掠過顯然來意不善的陣仗，映入眼簾的包括在酒館教訓過的四人，還有額外三人。塞德里克的目光落在其中幾抹似曾相識的身影上，撇了撇嘴角，「看來有人丟不起那個臉啊！」

「看來有人還不知道自己麻煩大了。」

一比七的數量差異雖說稍嫌懸殊，但考慮對方的武藝，塞德里克自認勉強能夠應付。於是嗤笑溢出鼻腔，嘗過勝利甜頭的王儲驕傲得意，嘴上當然無所顧忌，「你以為多叫幾個人就能贏我嗎？」

怎料嘲弄才剛躍出舌尖，就聽見身後傳來越發逼近的騷動。塞德里克連忙循聲回頭，看清景象的同時不由得皺緊眉頭，臉色變得有些凝重。

後方不知何時憑空多出五道人影，兩波人馬一前一後以圍獵的方式逐漸聚攏，獵物無他，正是塞德里克。即便退無可退，塞德里克也沒打算束手就擒，抽出腰際的佩劍，扯緊韁繩的同時往馬腹一蹬，搶在對方動作前主動進攻。

白光一閃，只見傻愣在原地的兩名男子先後落馬，第三名男子則勉強避開橫劈，受傷的右臂汨汨滲血。頃刻間十二比一的局面來到十比一，奪得先機的塞德里克成功扳回些許優勢。

然而僅僅只是一瞬間，回過神的數人隨即吆喝著反擊，「抓住他！抓住那個臭小子！」

「鏘！」這是塞德里克即時檔開橫劈的聲響。幾乎是同時間，破空而來的風聲由左側襲來，他來不及細想，身體便已做出反應。

「鏗！」勉強閃避又一次逼近的威脅，劍刃互相撞擊的聲響越發密集，就算塞德里克劍術再高明，也無法完全阻擋來自四面八方的攻勢。

「臭小子，再得意啊！」

「看到我們這麼多人嚇傻了吧！不敢吭聲了吧！」

「趁現在下跪道歉，說不定還能放過你。」

敵方的長劍先是劃過手臂，然後是腰側。傷勢不嚴重，但接連負傷加上體力快速消磨，寡不敵眾的塞德里克光是防禦就已很是吃力。話雖如此，他嘴上仍舊不服輸，「就憑你們幾個連劍都拿不穩的傢伙，誰放過誰還說不準呢！」

一邊控制馬匹，一邊調整急促的呼吸，仍被團團包圍的王儲握緊手中的劍柄，不斷告誡自己必須冷靜，減少露出破綻的機會。

只是敵方依舊數量眾多，一味閃避終究不是根本解決之道。塞德里克咬緊牙根，正忙著思考翻轉局面的方法，就聽聞清脆的哨聲響起。

「咻——」響徹雲霄的音量輕易擄獲眾人的注意力，塞德里克同樣也不例外。然而奇怪的是，循聲望去卻沒有瞧見任何人影，反倒目睹一匹發狂的馬向人群直奔而來，而後頭則詭異地漫開濃密煙霧。

「那是什麼？」

「是馬，有灰色斑點的馬，好像有點眼熟，很像傑瑞的馬……」

「你們有沒有覺得牠快撞上來了？」

七嘴八舌的眾人很快看出不對勁，一般馬匹不會在看見障礙物後既不改變路線，也不放緩速度持續全力奔跑。

「牠好像拉著什麼……稻草，是著火的稻草！」

「喂你們看，後面還有另一匹馬！」

「快散開，快散開！別擋路！」

望著跟前出乎意料的混亂，無所適從的塞德里克手執長劍卻顧不上多想，只能連忙驅使哈茲閃避到道路邊。

「喂！喂！」相對此起彼落的驚呼，來自身後灌木叢的呼喚顯得格外突兀，「騎白馬的金髮小子！就是你！」

塞德里克凝神聽了半晌，先是不著痕跡地挑起眉頭，接著小幅度左右張望，確認並無他人髮色可稱為金色，這才緩緩回過頭，隨之映入眼簾的是昨日在酒館曾見過的流浪遊俠。

「你叫我？」

「當然，你還發什麼呆，走啊！還等什麼？」

「可是還沒分出高下。」在塞德里克的認知中，公平對決是賭上性命的榮耀之戰，落荒而逃則是恥辱的行為。

「分什麼高下，再打下去你就要輸了，還不快走！別讓那兩匹馬白跑了。」

「可是……」

「別可是了，要跑就要趁現在！」

「我不，嘿——」塞德里克的拒絕才說到一半，胯下坐騎便被騷亂引起的響動嚇得抬起前腳，發出一聲嘶叫接著全速直奔森林方向。

顧不上其他，險些被甩下馬背的塞德里克連忙拉緊韁繩，一邊試圖重新取回控制權，一邊柔聲安撫顯然受到驚嚇的哈茲。雖說不清楚手法，但始作俑者是誰，無需細想答案便已呼之欲出。

他一時半刻無法強迫馬匹停下，索性放任哈茲飛快穿梭在濃密的林木之間，好半晌過去，狂奔的速度總算逐漸趨緩。

「好女孩。」塞德里克伸手拍了拍哈茲的頸側，動作俐落地翻下馬背。

踩在由枯枝落葉織成的溼軟地面，金髮王儲抬頭環顧，觸目所及全是成片生機盎然的蓊鬱綠意，無須四周比先前道路旁灌木叢高大密集的杉樹證實，塞德里克也清楚自己位於森林深處，遠遠偏離經過修築的平坦道路。

他雙手扠腰呼出一口長氣，仰首望向躲藏在重重針形葉片後的藍天，瞇著眼試圖在金沙似的陽光中辨認方位。

「波迪城在王城的東南方，太陽在那邊，所以……」塞德里克嘟囔著，尚在躊躇是否該依照原路折返，便耳尖地聽聞窸窸窣窣的細微聲響順著風傳來。

落單的王儲凝神蹙眉，右手搭上腰間的劍柄，警戒地猛回過身。碧綠虹膜中的瞳孔在瞬間縮放，映入眼簾的是兩天以來第三次見到的頎長身影。

「看，這不是脫困了嗎？很容易。」

男人的話輕而易舉挑動塞德里克稍稍平復的情緒，他不悅地皺起眉頭，「我不需要幫忙，多虧某人多管閒事，現在我留下落荒而逃的臭名。」

「你已經要輸了，誰都看得出來。」

「比武是一種證明勇氣、力量和技巧的行為，應該光明磊落贏得榮耀，而非如此卑鄙投機地離開。」雖說清楚男人所言不假，塞德里克嘴上依舊不甘示弱。

「尊貴的少爺，你口中的比武不過是美化的愚蠢娛樂，利用冠冕堂皇包裝讓麾下騎士自願拿性命拚搏，供貴族取樂。」男人撇了撇嘴，一臉不以為意。

或許是離開宮牆，沒有無時無刻的視線和步步為營的警戒，心頭很是煩躁的塞德里克也不須顧忌，新仇舊恨全湧上胸口翻騰，向來伶俐的唇舌自是不饒人，「很遺憾我們對於榮耀的定義並不相同，但是沒關係，我就不和不知道從哪個南方小國來，連雪都不認識的窮酸遊俠計較。況且剛才沒比到最後，誰都不知道結局。」

「就我來看，你根本一開始就不該招惹他們，也不會有後續的事。」

聽聞此話，塞德里克氣得瞪眼，自鼻腔擠出怪腔怪調的悶哼，「啊，這樣才符合你對北之國的評價，是吧？」

「你的劍術比他們高明多了，雖然有些沒必要又過於花俏的動作，但底子還不錯。」

「我該為這個評價感恩戴德嗎？」

反諷剛出口，他就聽見男人沒頭沒尾地說：「不過小少爺你心太軟了，平常很少自己出門吧？」

「和你無關。」

「孤身在外應該避免衝突樹敵，相反若真要出手就該狠狠教訓一次到位，讓對方不敢再動歪腦筋。就算善意留了餘地，顏面盡失的那些人可不會感謝你。」

塞德里克不否認對方這番話確實有幾分道理，只是驕傲的王儲並不樂意讓人指手畫腳，扭過頭牽起一旁的馬匹就走。

「喂，那可不是折返的方向。」

沒給身後的提醒任何反應，塞德里克繼續悶頭前進，選擇穿越森林而非人工修築的平坦道路，不僅是為了趕上因為意外插曲而被耽擱的路程，也是為了避免再次被有心人士伏擊。

「你認識路嗎？需要我送你出去嗎？」

「不用你多事。」塞德里克頭也不回，加快腳步將男聲拋諸腦後。

†

雖知山路難行，塞德里克卻怎麼也沒料到走在綠色草皮看似不費勁，實際竟超乎預期地耗時，為了不在別無二致的景色中迷失，更需要頻繁停下腳步校對方位。時而步行時而乘馬，一整天沒有多少進展，天色已逐漸轉暗。

就著昏黃的夕照，只知理論未有機會實踐的塞德里克費了一番功夫，總算依循淙淙流水聲找到地處低窪的小溪，彎腰掬起一捧水洗去臉上的沙塵和疲乏。

他裝滿水袋，拍了拍沾上長靴的泥濘直起身，對岸邊甩動尾巴的白馬招手，「走吧，再不找地方過夜天就要黑了。」

話說得輕巧，從未有過露宿經驗的塞德里克沿著溪流前進良久，依然無法拿定主意要在何處紮營。眼見天色越來越暗，他儘管故作鎮定也忍不住心慌張望著，正猶豫隨意找棵樹湊合一晚的安全性，就意外瞧見前方不遠處似乎隱約透出微光。

一如蟲蛾撲火的本能，塞德里克未來得及多想便已舉步靠近。間隔些許安全距離定睛一看，光源來自旺盛燃燒的火堆，一個人正在一旁不知忙碌些什麼。

由似曾相識的背影和衣著判斷，他無奈地發現在偌大森林內走了整天，唯一碰上的活人正是半天前分道揚鑣的男人，那名自己不樂意相處的對象。

塞德里克皺起眉頭，正欲悄聲無息地離開，卻沒顧及到地面一腳踩斷樹枝。細碎的脆響雖不至於驚動蟲鳥，吸引男人的注意綽綽有餘。

霎時間兩個人四道視線在半空中撞得正著，無暇調整的動作擺明有意退縮，令愛面子的塞德里克感到侷促，「你、你為什麼還在這裡？」

「原來這座森林是你的？」

「你怎麼知道不是？」身為王儲，塞德里克的確未擁有繼承封地的資格，不過王都坎培紐城和鄰近城鎮都屬於狄亞洛斯家族倒是無庸置疑。

「是你的還會迷路？」

「我沒有迷路！」塞德里克怒視逕自繼續手邊動作的男人，連忙提高聲量澄清，「喂！你聽見了嗎？」

「我有名字，叫昆汀，你呢？」

塞德里克被預期外的提問問得一愣，戒備地蹙眉，腦中飛快撥放接連兩天與昆汀互動的每一個場景和每一句對話，藉以審視一連串的發展是否並非偶然。

「喔，原來你沒有名字。」

沉默好半晌，暫且沒能看出男人另有目的的塞德里克綠眸一轉，給出簡化後的答案，「里奇，我是里奇。」

「那麼里奇，你找到過夜的地點了嗎？」

「和你無關吧！」

「我只是想提醒你，再不決定就要摸黑前進了，如果需要我可以借你一點火，雖然不能對付大型野獸，但聊勝於無。」

抬頭仰望已經陷入濃黑的夜幕和高掛其中的皎潔月彎，又聽聞時近時遠的尖銳鴞鳴和不知何種生物造成的細碎響動，塞德里克只能不甘願地承認伸手不見五指的森林確實如男人所言危機四伏。「不用了。」

「那你慢──咦？」

沒有理會昆汀詫異的目光，塞德里克將馬拴在一旁的杉樹，一屁股往距離營火三步遠的地方坐下。相較可能蟄伏在任何陰暗處的蛇蟲鼠蟻或野獸，一名不知底細的外邦人似乎容易提防許多。

塞德里克不再多想，伴隨空氣中越發濃郁的食物氣味，就著微涼的水和充滿雜質的乳酪塊，強迫自己嚥下大半個乾硬的麵包，算是囫圇解決一餐。

嘗遍山珍海味的王儲當然不習慣，可是如今條件簡陋也沒什麼挑三揀四的本錢。塞德里克選擇忽略胃裡蠢蠢欲動的飢餓感，攏起斗篷將自己裹住，背倚著樹幹，逃避似的闔上雙眼，才陷入黑暗，思緒便不自覺飄遠。

擅自離家二天，宮裡發現後應該亂糟糟的吧。依照父王的性格，應是暫且找了什麼理由瞞住眾多耳目，然而招親儀式的風聲早已傳遍各國，眼見挑戰者紛紛湧入北之國，失去主角的儀式該如何收場？

如果自己就此遠走天涯，可以想見尤萊亞將因從未發生過的王儲逃婚淪為笑柄，狄亞洛斯一脈能否繼續穩坐王位還是其次，北之國威震四方的顏面恐怕會就此陪葬。

塞德里克是王儲，下任王位的首要繼承者，享受特權的同時也肩負著責任。生在尊貴雍容的王家看似無憂無慮，卻只有身在其中的人清楚貴族之間的曲折，體會隱藏在爾虞我詐下的身不由己。

前任國王歐格里生性浪漫，人生也如一齣高潮迭起的史詩，在位期間不僅婚姻觸礁鬧得沸沸揚揚，甚至面臨篡位風波。雖然勉強保住王位和性命，但也就此臥床不起，迫使王儲尤萊亞年幼繼位扛下重任。

北之國尚武，起初無人看好這名體弱多病的年輕君主，連帶外敵也蠢蠢欲動，不過尤萊亞憑藉奇謀將略固守國土，漸漸贏得人心。塞德里克深知父王多年來統馭貴族的艱辛，更了解任性舉動可能造成的危害。

長年被保護在雙親羽翼下的他比誰都清楚，只要對國對家仍有牽掛，便就做不到拋下一切遠走高飛，這趟如同兒戲的旅程與其說是逃家，更似是對自由的弔祭。他必定會回去承擔責任，只是希望盡可能延長以不同視角認識世界的時間。

塞德里克尚在悲秋傷春，怎麼也沒料到視覺被剝奪後，嗅覺和聽覺相對敏銳的結果便是忍不住關注眼前男人的一舉一動。

布料摩挲的細微聲響，柴火燃燒時造成的氣泡破裂聲，翻動枯枝的窸窣聲，伴隨肉香的咀嚼聲，然後「咕」一聲，這是塞德里克自己吞嚥唾沫的聲音。

飢餓感讓時間變得格外難熬，不知過去多久，塞德里克後知後覺意識到四周不知不覺安靜了下來，而陌生的氣息似乎逐漸欺近，越來越近……

不待對方踏入戒備的界線，已經伸手握住劍柄的塞德里克猛地睜開雙眼。想像中的偷襲並未出現，取而代之的是擱在唾手可及之處的不明物體，出自何人手筆不言而喻。

視線掠過跟前以樹葉包裹的物體，塞德里克直勾勾望向昆汀，「那是什麼？」

「我吃飽了，如果不吃你就扔掉吧。」

「我不吃剩下的東西。」

「我沒吃過的東西，你敢吃嗎？」

「你……」男人夾帶低笑的揶揄堵得塞德里克啞口無言，正欲反駁就見對方已經回過頭。失去宣洩對象，飢腸轆轆的王儲只能瞪著憑空落下的食物生悶氣。

只是看一眼而已，沒有真的要吃……猶豫片刻，塞德里克捧起仍殘有餘溫的燙手山芋，一邊如此心裡暗自抱怨，一邊掀開包裹在外層的樹皮。

幾乎是同時間，擾得他心神不寧的氣味便撲鼻而來，那是未經處理、源自食材本身的天然氣味，甚至還帶了點土腥味，自然比不上城堡內增添昂貴香料，由廚師精心烹調的菜肴。

塞德里克望向手中盛放在樹皮上，外皮有些焦黑，形體貌似野兔後腿的肉塊抿了抿唇，本就稱不上堅定的意志再次面臨挑戰。

「吃吧，沒有毒。還是需要我吃給你看？」雙手環抱胸前的男人沒有睜眼，只是倚著身後的大石小幅度挪動，似乎在尋找最適宜入眠的角度。

塞德里克不願表現得神經兮兮，但初次孤身在外，一直處於緊繃狀態的精神難免受到任何細微風吹草動影響。見對方確實許久再無動作，他鬆了一口氣，來自胃部的空虛感似乎也越發強烈。

只嘗試一口，沒什麼大不了。可是若對方懷有惡意，偷偷加了什麼呢？這種荒郊野嶺要如何逃出生天？你一言我一語，正反兩種聲音在腦中亂哄哄吵成一團。

最後理智戰勝了口腹之欲，塞德里克再次低頭看向掌心的熱源，牙一咬將足以解決燃眉之急的兔腿隨手一扔，任其沾滿土灰，徹底阻斷另一個選擇。畢竟逃家王儲因貪吃橫屍山林的結局，遠遠超出塞德里克的人生藍圖。

†

「唧啾啾——」來自各方的悅耳鳥囀一唱一和，喚醒向來淺眠的昆汀。常年在外闖蕩養成的習慣，讓男人睜眼的第一件事便是巡視周圍。

映入眼簾的先是只餘下微弱火光的灰燼堆，然後是孤零零摔在泥地上的不明物體，定睛一瞧，那是昨夜善意分享的兔肉，至於不領情的男人仍睡得毫無防備。

雖說情有可原，但好意被踐踏的昆汀實在無法對這個明顯出身富貴，思想迂腐又驕傲的少爺有好臉色。思及此，他撇了撇嘴，起身走向不遠處的溪畔洗漱。

不多時昆汀折返重回營地，出乎意料自稱里奇的男人已經清醒，正親暱地湊在白馬旁互動。

「早。」

「呃，早。」

男人顯然沒料到昆汀會主動打招呼，捕捉到綠眸之中一閃而逝的不自在，昆汀登時起了興致，故作不慎踢到沾滿塵土的兔腿驚呼：「咦，這什麼？」

「噢，那個……我不小心沒拿穩，所以……」

昆汀當然不相信里奇蹩腳的藉口，發出一聲低笑，小心眼地補上一句，「還以為那東西入不了你的眼被嫌棄了。」

「我……」

駐足等待片刻，見對方不再多說，昆汀便垂首確認沙土已蓋熄營火，背上隨身行囊邁步出發，「那麼，我就先走了。」

「喂，你要去哪？」

早已猜到兩人目的地相同，昆汀刻意挑釁似的瞄了男人一眼，「波迪城。」

「喔。」

他思考著彆扭又自負的貴族少爺會迫不及待與自己撇清關係，怎料錯了。里奇一反昨日拒人於外的作風，一人一馬始終慢吞吞地跟在後頭，距離不遠不近，擺明將昆汀當成嚮導。

昆汀以任務賞金為生，熟於應付各種險惡環境，穿越這片平坦太平的森林只是小事一樁，加上無須顧慮同行者，腳程更是飛快。原以為會輕易甩開看上去養尊處優的男人，沒想到對方竟一聲不吭死咬在後頭。

狀似不經意地掠過里奇透出疲態的面孔，昆汀挑了挑眉，對男人的認識又增添一分。考慮到距離波迪城不過剩下半天路程，昆汀沒有費心張羅食物，嘴裡叼著與美味沾不上邊的乾糧一路上邊走邊啃，不求飽足只為簡單充飢。

如同預期，午後不久便抵達森林邊緣，沒有看上去極為相似的高大群木，鬆軟泥地也被屢受馬車和行人來回碾壓的硬實地面取代，風聲、蟲鳴和不知是何種動物發出的細碎響動亦逐漸遠去。

走過整齊的田埂，冉冉炊煙和熱鬧的人流已然近在眼前。波迪城與坎培紐城相鄰，雖比不上後者的繁盛，但以鳥禽為主的市集遠近馳名。

一如此時昆汀才踏進城門，就見四通八達的大街滿是人潮，道路兩旁商家販賣各種穀物、水果、肉類、布料、動物毛皮、皮革製品等日常用品。

牛、羊、馬等家畜顯然受限空間不在此處販售，獨獨色彩斑斕、歌聲婉轉、體型或大或小、性格或凶猛或溫馴的鳥類有這等特權，鼎沸嘈雜聲與鳥鳴交錯呼應，形成格外奇異的景象。

周遊多國的昆汀自認已有不少見識，但不久前途經此處前往坎培紐城，初次瞧見如此大量叫不出名字的珍稀鳥禽，仍對驚人的畫面感到訝異。而今第二次造訪，雖不至於看傻了眼，卻免不了心生讚嘆。

選擇雪鷹為護盾獸的國家，對鳥類的狂熱實在不容小覷。昆汀腦中掠過各種思緒，僅是稍稍放緩腳步，穿越忙於為一兩個金幣討價還價的人群，逕自走向街道另一頭，同樣門庭若市的酒館。

奔波一天，他打算依循過往習慣先吃點食物撫平勞累，然而還未入內，反倒先讓張貼在外牆的紙張吸引目光。

「嗯？」這一回，昆汀確實停下步伐。那是張繪有人像的布告，上頭言簡意賅說明北之國近期的盛事，廣邀各路勇者前來挑戰。無須多加解釋，任誰都能看出畫像上面色倨傲的男人正是現任國王的唯一子嗣。

「這是——」昆汀才剛起了話頭，就聽見身後傳來急促腳步聲，整天幾乎沒有互動，險些忘記對方存在的男人反常地竄上前，彷彿極有興趣似的湊近布告。「那是這次要招親的王子？看起來……」

「怎麼樣？」

昆汀自然察覺里奇的忸怩，在好奇心驅使下眉頭一攏，試圖從牆面的布告和男人透出侷促的臉龐找出端倪。畫像有著高挺的鼻梁、上揚的眉梢、微微下撇的薄唇，以及趾高氣昂的睥睨目光，以純黑線條活靈活現勾勒出王儲自視甚高的神態。

老成而嚴肅的畫像與杵在牆邊的男人的確頗為神似，然而相對紙張都能透出的疏離感，里奇長及肩頭的白金色髮絲稍嫌凌亂，一雙碧綠瞳眸熠熠生輝，連纖長的眼睫都染上陽光的些許溫度。

昆汀以指腹蹭了蹭下巴沉吟半晌，終於得出結論，「你們倆長得還滿像的，果然……」

「果然什麼？」

「你們是親戚吧？」

「咦！」

將男人錯愕的反應視為默認，大受鼓舞的昆汀接著說道：「我沒猜錯吧！你這臭屁模樣一看就是沒有獨自出過門的貴族少爺，不知道什麼原因離家出走。我想想……是弟弟分到的馬比你多一匹？還是父親不打算讓你繼承他的爵位？」

「你的想像力真是豐富……」

聽聞里奇難掩尷尬的乾笑，昆汀對自己的猜測更加有信心，甚至在聽聞一旁行人對王儲表達傾慕時忍不住發表意見，「那什麼王子是長得不錯，不過你長得比較好看。」

「什麼？」

「他的眼神太冰冷，看起來就和勤政愛民搆不上邊。」

「勤政愛民還能從長相看出來？」

「你看他的眼神，那是容不下一粒沙的剛愎自用，還有下巴微微上揚，他只在乎權勢，根本沒將臣民放在眼裡。」

見里奇良久沒作聲，昆汀疑惑地回過頭，這才察覺男人正一臉陰沉地盯著自己瞧，「呃，抱歉，我不是……你不會告訴他吧？」

「這可不一定。」

「身為一個王子，他想必很大度吧？」

「不，和你推測的一樣，他是錙銖必較的自大狂。」

「好吧，儘管告訴他，只是他得先逮住我才能懲罰。」昆汀聳了聳肩，轉身便要踏進酒館。

「嘿！你要多少報酬？」

「什麼報酬？」

「帶路的報酬。」

「你不是跟蹤我嗎，小少爺？跟了一整天，還以為你要和我告白呢。」

「喂我才沒——」

沒讓里奇把話說完，占了口頭便宜的昆汀擺了擺手，沒再理會身後的叫喚。即使一開始里奇便言明要求護送，他也不會收取分毫謝禮，更遑論今日僅是默許對方跟在後頭這種舉手之勞。

†

沒將這段小插曲放在心上，昆汀該吃就吃該喝就喝，酒足飯飽後又帶著各種慰勞品趕在城門關閉前出城。

「雷因？是我──嘿！噢！嘶，你夠了！」一如預期，被迫隱身山林之中的戰友憋了一肚子氣，昆汀話都還沒說完便先閃避接二連三的攻擊滾得一身沙塵。

「嘿！等等，我已經拿到東西了，和約好的一樣，明天一早就能從酒保口中換取答案，然後找到那株藥草把這件事情解決。再忍耐幾天，好嗎？」好說歹說做出各種承諾，昆汀總算勉強安撫已經悶壞的友人。

翌日清晨天邊的魚肚白都還未全亮，昆汀便被最親密的戰友吵醒，趕著回波迪城兌現承諾。交出自坎培紐城指定處取得的包裹，換來情報的同時卻也帶來新的難題。

雷因需要的最後一株藥草叫做冰鈴草，不僅離土後保存不易，對溫度、溼度、土壤的成分更有極嚴苛的要求，以男人的原話來說就是──冰鈴草他媽的只長在國王他老子家後花園，漫山遍野全都是，但要採來入藥根本痴人說夢。

在眾人的笑鬧聲中走出酒館，昆汀眉宇深鎖低垂著眼，沉思隻身闖入王家森林的成功機率有多少。還沒等他得出結論，肩頭就被非預期的衝擊撞得一偏，紊亂的思緒頓時四分五散。

「抱歉。」

循聲望去，只見一名男子匆匆扔下道歉的同時。快步走向不遠處的數人。定睛一看，昆汀這才發現被數名大漢簇擁其中的單薄身影似曾相識，嚴格來說里奇的身形並不算削瘦，但與一身甲冑重裝的騎士相比，金髮男人難免顯得嬌小。

身高略遜一籌，頤指氣使的氣勢倒是分毫不輸，這時里奇不知和身旁為首的黑髮騎士說了些什麼，隨即有另一名騎士俐落地將水袋遞上前。

年輕貴族仰頭喝了一口，重新將水袋交予旁人，接著才在黑髮騎士伺候下翻身上馬。眼見不知來頭但成功吸引眾多注意的大隊人馬漸行漸遠，昆汀別開臉，發出一聲不以為然的悶哼。

Quentin Nestor × Cedric Diallos

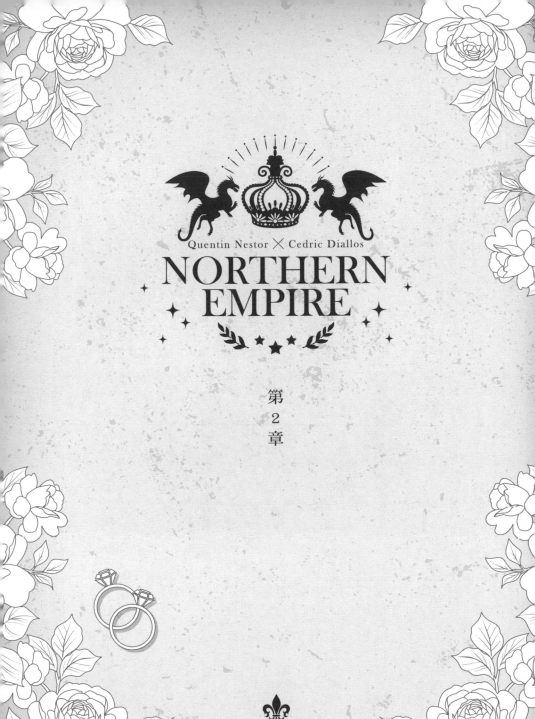

NORTHERN EMPIRE

第2章

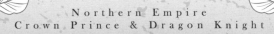

「謝了。」將韁繩交予上前接手坐騎的騎士，熟悉的場域令塞德里克因長時間奔波而緊繃的神經放鬆下來，本能地便要往起居室方向前進。

然而才剛踏上階梯，他便躊躇著緩下步伐，回過頭盯著黑髮的騎士好半晌，張了張嘴，欲言又止終於開口：「那個，康納……」

「殿下有何吩咐？」

「這陣子，宮裡的狀況如何？」

「招親儀式在即，陛下卻突然派您獨自出宮辦事，儀式因此被迫推遲。宮裡傳出各種流言蜚語，甚至聽說陛下有意取消儀式。」

聞言塞德里克有些詫異，也感到窩心和瞭然。這就是北之國的現任君王，人們總說尤萊亞體弱多病的外表下，藏著殘酷殺伐的冷漠和不擇手段，卻無人知曉尤萊亞對於獨子的縱容好似沒有限度。

聰穎如尤萊亞自然清楚塞德里克這番舉動的目的，然而他不僅隱瞞真相，甚至一肩扛起所有責任。

「是父王命你來找我嗎？」有別於獨行時對諸事皆感到新鮮陌生，由騎士護送的回程相當順利，路走多長塞德里克便困擾多久。

「不，是我擔心殿下獨自在外碰到危險，所以擅自帶著幾個兄弟行動。」

「是嗎……」塞德里克重新抬眸，再次提問，「那你怎麼會去波迪城？」

「運氣好罷了。因為不知道您執行任務的地點，路上耽擱不少時間，還好命運讓我們交會。不過團長這幾天應該氣壞了，我等等要去領罰。」

「我幫你和男爵解釋吧。」見康納的表情垮了下來，塞德里克如此提議。率領王家騎士團的普利莫男爵向來治下嚴明，廣義而論塞德里克的劍術同樣師承於普利莫，不過畢竟是王儲，終究多了幾分討價還價的餘地。

「殿下的好意我心領了，但為了生命著想我還是自己來吧。」

見康納還有心思說笑，塞德里克也不勉強，「那我先走了。」

他擺了擺手，再次舉步前進。一如騎士教條之於騎士，身為王儲同樣也有不得不面對的考驗。行經空無一人的議事廳，塞德里克來到座落在偏殿的國王寢宮，並不意外兩抹熟悉的身影正在對弈。

「父王、父親。」擅自離家的王儲垂下腦袋，面對雙親難免忐忑，「我回來了，真的非常很抱歉，我——」

「想清楚了？」只見尤萊亞緩緩擱下瓷杯，語氣與平日無異仍是雲淡風輕，絲毫看不出這些天來由於塞德里克的莽撞行動遭受多少壓力。

「對。」塞德里克重重頷首。這趟外遊最大收穫除了野外求生的技能，便是重整思緒徹底釐清自己的心聲，既然已做出抉擇，就該承擔責任。

「你似乎晒黑了，這幾天好玩嗎？」話鋒一轉，顯然比起塞德里克糾結的心路歷程，尤萊亞更在意一路上的明媚風光和奇聞軼事。

談及連日的新奇經驗，塞德里克眼睛一亮，手舞足蹈地湊到雙親身旁，「這幾天碰到很多從來沒接觸過的事情，像是第一次吃黑麵包，第一次在酒館和人打架，還有第一次露宿森林，全都很有趣！」

「打架？有人找你麻煩？有受傷嗎？」

「父親我很好，我可是以一擋他們十幾個！」對難掩緊張的托爾親王勾起嘴角，塞德里克笑得相當得意。

「十幾個？」

「只是小事一樁，我的劍術不僅師承普利莫男爵，可是有北之國第一騎士的指點。」塞德里克刻意略過當時的驚險與好事的昆汀不提，胡亂吹噓的同時不忘打趣騎士出身的父親。頃刻間一家三口的笑鬧聲充滿整間起居室，暫時沖淡了塞德里克藏在心頭深處的不安。

†

日升日落，一如冬季無法阻止片片雪花落下，因塞德里克擅自出宮而被迫推遲的大日子總算來臨。

由於北之國王族體質特殊子嗣單薄，成年王子少之又少，多年才舉行一次的招親儀式自是無比受重視的活動。

為了延續血統，確保孕育的子嗣足夠優秀，北之國發出召集令，不設門檻廣納人選。與過往的經驗相同，前來報名的挑戰者身分各異，上至王公貴族下到販夫走卒。

儀式通常需要至少三天，才能消化數量龐大的挑戰者。在北之國，絕對的武藝象徵絕對的強大，歷經一場場決鬥，擊敗所有對手的優勝者將脫穎而出，屆時便是塞德里克出場的時候。除此之外，儀式首日的開場同樣需要塞德里克露臉。在侍從簇擁下，一身盛裝的塞德里克來到一間平日鮮少使用的議事廳，然而已有人影候在裡頭，那是一名髮色稍顯斑白，目光犀利的男人。

「尼古拉公爵。」

「多日不見，殿下今天格外容光煥發，看來是特地下足了功夫，打算物色一個好對象。」尼古拉的話乍聽並無異狀，實際卻是暗諷塞德里克臨陣脫逃，更在嘲弄王族利用招親儀式鞏固權力。

聽懂其中的含義，塞德里克扯開嘴角，笑得越發燦爛，「公爵閣下都撥空前來了，這種特殊的日子當然要嚴肅看待。沒記錯的話令郎也有參加此次招親，我很期待他的表現。」

尼古拉向來以其膽敢反對王權的立場著稱，明面上塞德里克是借力使力將兩人拉到同一陣線，暗地裡則取笑對方言行不一，依然企圖透過招親攀權附勢。

「我似乎看錯你了。」本以為尼古拉會被堵得氣急敗壞，卻沒想只是沒頭沒尾地說道。塞德里克狐疑地揚起眉頭，還沒來得及發話，就聽見尼古拉接著說：「原先以為你和陛下個性迴異，如今看來的確是他的兒子。」

將此話視為讚美，塞德里克眼底的笑意更甚，正欲搭腔卻被逐漸靠近的步伐聲打斷。

「尼古拉。」這次是塞德里克再熟悉不過的嗓音。

「陛下。」

「隔得老遠就聽到你在挑撥我們父子倆的感情，塞德里克當然是我的兒子，懷胎十月生下來的心頭肉，不管像不像我都一樣優秀。」

「父王。」

「準備好了？」

塞德里克理了理設計繁複的領口，撫平衣襬的皺褶，在一記深呼吸後重新抬頭對上雙親的目光。

「時間差不多了，我們走吧。對了尼古拉，如果還有事，你知道該到哪裡找我。」不再理會欲言又止的尼古拉，尤萊亞擺手示意侍從拉開酒紅色的帷幕。

才一揭開，就聽見浪一般的歡呼由觀景臺迎面而來，鼓譟的氣氛在尤萊亞領著托爾和塞德里克一同露臉的瞬間達到高峰。自高處俯瞰，只見挑戰者和圍觀人潮全聚集在廣場上，成片黑鴉鴉的畫面十分可觀。

「來了來了，王子來了！」

「哪個？」

「站在國王右側那一位，穿米白色禮服，披著紅披肩的。」

「長得還行。能飛上枝頭混個貴族當當，看來勉強和男人結婚也不怎麼虧嘛。」

「嘴巴放乾淨一點！什麼還行！我們王儲可是一表人才，你這癩蝦蟆還想吃天鵝肉，也不照照鏡子看看自己……」

蓄有落腮鬍的男人話還沒說完，聲音便被王家樂隊演奏的澎湃曲目輕易壓過，不過數秒鐘便成功抓住所有注意力。

樂音停下的同時，只見觀景臺上身形纖瘦的金髮國王向前一步，展開雙臂朗聲宣布：「感謝各位撥冗前來，這次儀式是為王子塞德里克尋覓最非凡最傑出的配偶。不分貴賤、不論出身、不問職業，北之國歡迎每一位賢能之士。記住，把握你的七分鐘，把握你的機會。」

或許是震耳欲聾的掌聲打斷了尤萊亞，男人稍稍停頓半晌，待到群眾激動的喝采告一段落，方才接著說下去：「我，北之國的國王，正式宣布儀式開始。」

在如雷的響動中，事關王儲婚姻與北之國未來的儀式揭開序幕，期待多時的群眾無比興奮。

「開始了！開始了！」

「你覺得誰贏面比較大？」

「那還用說，不管是誰，一定都是我們北之國的人！」語氣篤定的中年婦人挺了挺胸，滿臉驕傲。

「那是當然！我們王家騎士團和邊境騎兵可是讓那些不安好心的國家聞風喪膽。」

「哎你們知不知道前一次招親發生的事情？」

「什麼？」

「妳別吊人胃口，快點說，快點說！」

成功勾起眾人的好奇心，賣足關子的婦人總算開口：「大概二十年前，那次招親的是尤萊亞陛下，和現在一樣來了一堆人，一路擊敗所有挑戰者的男人竟然是來自北方的綠旗軍。還好為尤萊亞陛下守擂的托爾殿下最後不負眾望打贏了那個野蠻人。你們都不知道那一場惡戰多恐怖，兩人一前一後被扛出場，全都一身血淋淋的。」

「天啊！真的假的？」

「小伙子你太年輕了，當時大家還在猜剛出爐的親王會不會就這樣回天乏術了。」

「如果他當時真的死了，要怎麼辦啊？」

「大概會再重新招親吧，畢竟王家也不能——」

不等閒聊結束，禮侍官中氣十足的嗓音便蓋過所有聲響，「第一場比賽是來自東之國的卡什拉·喀迪爾男爵，和山火島的特特阿克王子。再提醒一次，紅旗揚起代表比賽開始，每場比賽只有七分鐘，當一方倒下或認輸即分出勝負。三、二、一，開始！」

眼見首場賽事即將開打，婦人擺了擺手不再多說，「哎喲不說了不說了，我要看比賽了！」

場中兩人才剛站定，交鋒不過片刻，就見一抹紅影騰空飛越由錦旗圍成的對決範圍，恰好砸在湊熱鬧的人群中。

「天啊！」

「哇哇哇！不是才剛開始，那個紅衣服的怎麼一下就飛出去了？」

「我沒看清楚，看起來好像是他反應比較慢所以才……」

頓時間驚呼此起彼落，輕而易舉地將群眾本就沸騰的情緒撩撥得更加高漲。

「下一場！下一場！」

「一開始就這麼精彩，等到最後一天我們可能要屏住呼吸不能眨眼才行。」

一如旁觀群眾發出的感嘆，挑戰者沒有多少試探對方深淺的機會，在場上若未及時奪得先機，便可能受制於人。

「下一場是霍蘭的戴希德．丹克將軍，對戰北之國的雷蒙．尼古拉閣下。」

「北之國的雷蒙．尼古拉閣下勝出。」

「下一場是奈斯特王國的昆汀．奈斯特閣下，對戰瑞茲國的瓦倫斯登．范．內爾達伯爵。」

「奈斯特王國的昆汀．奈斯特閣下勝出。」

「霍蘭的戴希德．丹克將軍勝出。」

「北之國的朗尼特．貝倫特閣下勝出。」

†

快節奏的比賽越到後面越是刺激精彩，上百名挑戰者經過兩天嚴格篩選，僅餘數十人。這一日登上看臺的塞德里克依舊與雙親並排而坐，一旁被允許一同列席的毫不意外是四大貴族中聲望最高的兩人，尼古拉公爵和貝倫特侯爵。

相對下頭打得如火如荼的賽場，看臺上的氣氛同樣熱烈，與平日在議事廳的劍拔弩張相去不遠。

「嗯，三個，這次撐到最後一天的外鄉人似乎比以往多，實力也不錯。公爵閣下，您對於這場對決有何看法？」

「你廢話還是一樣多，果然貝倫特家缺乏男丁，難以共襄盛舉吧。」對於試圖搭話的貝倫特，尼古拉回以一聲悶哼，直諷早些年因為疾病接連喪子的前者後繼無人。

「閣下此言差矣，我侄子也參與了此次盛事。」

「可惜他昨天就被淘汰了。」尼古拉目光死死盯著場中纏鬥的兩道身影，不以為然地聳肩。

「哇喔就差一點，如果被流星錘打到一定很痛吧！也許一不小心，閣下也會淪落到我的下場。」

一如貝倫特所言，體型巨大的外鄉人步步逼近對手，駭人的流星錘在空中飛舞，數次幾乎擊中處於劣勢的棕髮男人。這令尼古拉越發緊張屏住呼吸，顧不上和向來不對盤的貝倫特鬥嘴，戴有指環的左手不自覺攥握成拳。

幸而一面倒的局勢在最後時刻產生變化，棕髮男人反過來搶得節奏，在群眾爆出歡呼的同時，尼古拉也鬆了一口氣。他終於得空喘息，扭頭望向貝倫特，語氣透出驕傲，「不論對手是誰，我的兒子雷蒙都會獲勝。」

然而尼古拉這份驕傲，很快就在雷蒙下一場對陣落敗的同時畫下句點。果不其然，貝倫特不會放過這個幸災樂禍的好機會，「唉就差那麼一點，真是可惜了，不過畢竟康納是王家騎士團裡公認的高手，雷蒙輸了也不丟臉，公爵閣下您說是吧？」

「看來閣下就是學不會沉默是金的美德，孩子成長歷程中若是少了父親，的確會大受影響對吧？」

「這就——」

塞德里克沒將兩人互揭瘡疤的諷刺聽進耳裡，直勾勾望向場中脫穎而出的最後兩位挑戰者，不由得面露錯愕。一方身穿王家騎士團全套甲冑，身後藏藍色披風繡有象徵王族的雪鷹紋章，頭盔縫隙露出的雙眼無比熟悉，是康納。

令塞德里克感到震驚的是僅著軟鎧的另一方，沒有重甲保護的脆弱頭部暴露在外，是張似曾相識的臉面。表情從容的男人裝備雖不如人，氣勢卻凌厲得過分。

「怎麼會是他……」塞德里克可沒忘記昆汀在波迪城瞧見儀式布告時的反應，當時看似一無所知也毫無興趣，如今不僅出現在此，甚至一路過關斬將，距離獲勝僅餘一步之遙。

王家騎士對陣異邦遊俠，塞德里克和所有國人相同，理所當然偏心前者，無關個人喜好而是國家意識。

「接下來是極為重要的一役，北之國的康納·蓋爾，對上奈斯特王國的昆汀·奈斯特。」

紅旗揚起，在響徹雲霄的鼓譟中，這場能左右結果的對決開打了。

場中兩人沒有立刻動作，而是沉默凝望。半晌過後先沉不住氣的是康納，只見重裝騎士彷佛一頭氣勢恢弘的巨熊嘶吼著突進，厚實的重劍一揮，企圖直取敵方首級。怎料看似毫不閃避的昆汀動作更快，驀地立起劍身格擋。

「鏗！」剎那間兩劍相碰，敲擊出清脆的聲響。

沒讓旁觀者有喘息的機會，康納又行動了。他挾著北之國騎士訓練養成的慣有強勢猛烈進攻，密集的白光令人目不暇給，將群眾的歡呼聲帶至高潮。

自家騎士取得優勢，塞德里克當然為此開心，但下一秒年輕的王儲便察覺異狀。昆汀看似節節敗退，腳下步伐卻不見倉皇，臉上亦沒有絲毫緊張，怎麼看都不是落於下風者該有的反應。

塞德里克蹙起眉頭，尚在思考昆汀究竟有何盤算，就見只守不攻的男人突然改變作風，高舉過頭的巨劍先是左劈，緊接著是一記右挑。沒料到昆汀行動的騎士狼狽閃避，重甲雖厚實但輸在靈活度受限，康納再想防守已經來不及。

昆汀的劍尖劃過康納上臂盔甲時發出令人牙酸的刺耳聲響，來自左側的攻擊隨即精準地穿過腋甲之間的接縫，劍刃帶出一抹鮮紅——康納受傷了。

康納當然不會就此認輸，只是昆汀總能看透男人試圖反擊的招式和時機，不僅提前擋下攻擊，甚至反過來加以利用，招招受壓制的結果不言而喻。不多時只見一柄重劍飛出場外，康納輸了。

打破多數群眾的預期，超乎想像的結果連負責宣達的禮侍官都震驚得險些說不出話，「獲、獲勝者是來自奈斯特王國的昆汀．奈斯特。」

沒有歡呼或掌聲，獨自承受漫天質疑和敵意的昆汀在廣場中央執劍而立，臉色平靜，看上去似乎絲毫不受影響。「所以我贏了？」

「還沒，還有最後一場。」清楚規則的禮侍官隨即搖了搖頭。

「為什麼？剛才的騎士不是最後一位了嗎？」

「殿下有權力指派一人代他守擂，所以還有一場，如果你贏了才──」

「好吧，那哪一位是我的對手？」

昆汀的提問好似一記響雷，震醒了陷入低迷情緒的群眾。一時間所有視線全投向觀景臺上唯一擁有決定權的塞德里克，唯一的救命稻草。

金髮的王儲垂眸掠過廣場上一張張寄託濃烈期許的面孔，最後定神望向回過頭的褐髮挑戰者，「是我，我來做你的對手。」

即便距離遙遠，居高臨下的塞德里克也能清楚瞧清昆汀在與自己對上目光時所流露的震驚。

「這一場，也是最後一場，我們尊貴的王儲塞德里克殿下，決定親自對陣奈斯特王國的昆汀．奈斯特。」

塞德里克在眾目睽睽之下踏進廣場中央圈起的範圍，才站定就聽見昆汀如此說：「果然沒猜錯，你是貴族家的少爺，只是沒想到是這種程度的尊貴，我很意外你的名字竟然是真的。」

「少擺出一副受害者的姿態，說不定某人早就認出我的身分，當時還裝作什麼都不知道。」

聽聞揶揄，昆汀自然沒有默不作聲的理由，「我該知道什麼？」

「你為什麼參加招親？」

「為了贏，不論你是王子還是庶民都贏不了我。」

「不試試看怎麼知道結果？」話雖如此，塞德里克十分清楚自己的程度對付流氓無賴綽綽有餘，單挑能夠戰勝所有挑戰者的頂尖劍士卻是毫無勝算。

一如禮侍官所言，招親的王儲有指定人選應戰的權力，然而即便勝算有限，塞德里克也不願將命運託付他人，否則今日也不會選擇較以往輕便、更適合行動的裝束。

「如果挑戰者再次拿下勝利，將確定成為準王夫人選，反之若是殿下獲勝，王夫人選則由殿下另行指定。」

諸多北之國人本就不滿昆汀的異邦身分，如今塞德里克現身，加上禮侍官的話讓本就不平靜的群眾再掀騷動。

「打敗他！殿下，打敗他！」

「給他好看！讓他知道我們北之國不是好惹的！」

塞德里克在吆喝聲中垂下眼簾，深深吸了一口氣，睜眼的同時將長劍高舉過頭，重新凝聚的視線直勾勾盯著昆汀。紅旗揚起的瞬間，塞德里克沒等男人反應便快步逼近，劍尖如閃電般刺出。

「鏘！」一擊未中，身形輕快的塞德里克不退反進，手腕順勢一翻，在空中劃過半弧的長劍再次襲向昆汀的頸項，這一次依舊被有所防備的男人避開。

接連出招沒能得手，塞德里克也不慌，腳下一蹬，長劍再次竄出，搶在昆汀回防不及的空檔成功在男人臉頰留下一道傷痕。約莫一指長的傷口很淺，不過是皮肉傷，卻讓圍觀的群眾士氣大振。

塞德里克和康納師出同門，兩人的招式難免有幾分相似，只是前者的身形不若後者高壯，塞德里克雖使不了震懾力更高殺傷力更強的重劍，但勝在靈活。

在外人看來是塞德里克搶得先機，不過金髮的王儲自己清楚，好不容易得手的這一擊與原先的預期有多少落差。剛才康納吃的悶虧歷歷在目，塞德里克握緊劍柄，警戒地緊盯著昆汀。

一直按兵不動的男人果然有所動作，恍若自沉眠中清醒的雄獅。昆汀邊說邊撲上前來，「我說過了，你的底子不差，只是太多沒必要的花俏動作。」

面對直襲而來的攻勢，塞德里克想也不想便提劍格擋，接著便聽昆汀如此說道：「像這次防守，如果抬手時不旋身你可以快一秒。」

聞言塞德里克一愣，還來不及說些什麼，就見白光伴隨著風壓自右側閃現。

極快的速度加上武器與人體的重量，身形較對手單薄的塞德里克要接下這招並不容易。一聲悶響，年輕王儲被過大的力道彈開，整個人向後退開好幾步才狼狽地穩定身勢，被震傷的虎口隱隱作痛。

「還有現在你該做的是屈膝蹲低，而不是為了儀態挺直腰桿。」昆汀絮絮叨叨地說著，越發密集的進攻也沒耽誤，「這裡是決鬥場，不是飲酒作樂的宴會廳，每分每秒都要想著如何打敗對方，而不是像花蝴蝶忙著吸引貴族小姐的注意。」

顧不上反駁男人，忙於拆招的塞德里克呼吸越發急促，很快便顯出疲態，到後來長劍甚至屢次無法即時到位。他理應傷痕累累，然而拜昆汀精準拿捏的力道所賜，除了皮開肉綻的自尊，驕傲的王儲毫髮無傷。

任誰都能看出塞德里克陷入無法逆轉的頹勢，然而比起渾身浴血，昆汀有意相讓的態度更令人難堪。

「啊啊啊——」血氣湧上面頰，夾雜慍惱和不服氣的情緒由胸口翻騰而出，化作怒吼和蓄積所有不滿的劈擊。

「鏘！」兩劍相撞，當然奇蹟沒有發生。雖說勉強握住險些被震飛的劍柄，但再次受傷的右手已全無知覺。即使不是醫官，塞德里克也清楚自己短時間內不可能再戰。

「王子殿下，你輸了。」

聞聲抬頭，鋒利的劍尖停在塞德里克眼前，距離鼻頭不過一指節的距離。群眾的叫囂不知何時被寂靜取代，塞德里克咬著下唇，喘著粗氣死死怒視膽敢在決鬥場上以這種方式侮辱自己的男人。

好半晌，塞德里克輕飄飄地拋下一句，便頭也不回地離開，「禮侍官，宣布結果吧。」

「咦？是、是……歷經三日鏖戰，擊敗群雄獲得優勝的是昆汀・奈斯特。」

禮侍官高呼劃破尷尬的死寂，王夫人選終於出爐，與欣喜沾不上邊的招親儀式在忿忿不平的氛圍中畫下句點。

由異邦人拔得頭籌明顯是不在預期內的結果，昆汀就算再遲鈍也能察覺來自四面八方的不友善，不論是引路者稍有怠慢的態度，亦或是沿途受到的注目和竊竊私語，全都流露出顯而易見的排外。

†

他跟隨侍從穿越以素白巨石砌成的高聳拱門和長廊，走進一間鋪有酒紅色地毯的謁見廳。隨之映入眼簾的是滿布牆面和屋頂的細膩浮雕，但最引人注意的還是懸掛在王座上方的巨大畫像，畫中主角與昆汀曾在廣場上見過的國王雕像無異。有趣的是，在如此崇尚武藝的國家，王族男人不論是身形或長相似乎都略嫌纖細。

「失禮的傢伙，還不拜見陛下！」

「沒事，你下去吧。」

昆汀收回與畫像大眼瞪小眼的目光，便聽見男聲再次響起，「恭喜你，奈斯特閣下，你的表現很精采。」

聲源來自前方裝飾浮華的王座，昆汀從尤萊亞那張與塞德里克有幾分相似的臉上收穫今日第一個微笑，那是上位者特有的矜持優雅和從容大方。

「陛下，我對你們說的王夫一點興趣都沒有，我來這裡只是為了——」

「不可以。」

話都還未說完就被冷言拒絕，昆汀一愣，登時不知該做何反應，「我都還沒……」

「選擇參加招親的是你，期間有三天的時間可以選擇退出，但你沒有，甚至費盡心力打敗所有對手，所以容我掐滅那點心思。現在只有兩個選擇，成為王夫，或是把命留下。」輕柔的聲線與男人外表相符，語氣卻是不容拒絕的強硬。

「恕我直言，我已經打敗你們最厲害的騎士。」反駁不經思考便躍出舌尖，昆汀回過神暗叫不好。

怎料男人不僅未動怒，彷彿聽聞趣事般綻開笑靨，「天真的孩子，你或許能打贏任何一個騎士，但能同時對付十多個甚至上百個弓箭手和騎士嗎？」

「以多欺少就是北之國的騎士精神嗎？」

「比起被退婚，暴君的罵名我倒是承擔得起。」金髮君王相對上彎的嘴角，一雙毫無波瀾的綠眸冷得令人發寒，昆汀清楚尤萊亞所言有幾分真實。至於國王身側，始終緊盯自己，看上去巴不得有藉口動手的中年男子，即使無人引薦，也不難由與塞德里克神似的鼻梁輪廓猜出身分。

「所以，你的答案是？」

「可是……」

常年在外闖蕩，這種命懸一線的危險並不足以逼迫男人服軟。昆汀還欲多說，便被氣急敗壞的熟悉男聲搶白：「剛才在場上羞辱我不夠，現在還打算羞辱我的家族嗎？」

昆汀下意識循聲回首，在那一瞬間隔空撞進塞德里克盛滿慍怒的祖母綠色瞳眸，他晶亮的眼眸亮得猶如夜空中的繁星。

「里奇，別對我們的貴客無禮。」

「哼，這種貴客我們恐怕款待不起。」

「我只是個野蠻的外地人，自然不須里奇殿下費心。」塞德里克的態度雖不友好，然而對比高深莫測的尤萊亞，昆汀更樂意與心直口快的年輕王儲鬥嘴。一如此時，昆汀話音剛落，就見塞德里克拉長本就緊繃的臉色。

他還未來得及趁勝追擊，輕柔男聲已先一步發話：「既然有心情說笑，奈斯特閣下想必做出決定了吧？」

「不，我……」昆汀不願屈服於男人藏在吟吟笑意下的脅迫，然而雷因被怪病纏身的狼狽模樣不合時宜地浮上腦海。他垂下眉眼，屢次重複握拳與展開的動作，歷經幾番躊躇後終究鬆口：「好吧，所以我需要做什麼？」

「這幾天辛苦了，我代表北之國歡迎你的加入，昆汀親王。旅店再舒適也不如自己家，回去收拾行李，明天就搬進宮裡就近和里奇培養感情。在正式成婚前，你需要修習一些必要課程。」

受迫於人並不好受，陌生的稱謂更是讓昆汀渾身不自在，瞄了渾身散發敵意的王儲一眼，昆汀沒搭腔。

「需要安排人手替你搬行李嗎？」

「不勞費心，我能自己處理，那些多餘的人手……就不用了。」聽出尤萊亞的弦外之音，悶哼下意識便要溢出鼻腔，所幸昆汀在意氣用事的最後關頭尋回理智，「不過確實有一件小事需要陛下協助。」

「你憑什麼以為有討價還價的本錢？」

「雖然刺耳，但里奇說得沒錯。」昆汀眉頭一擰，沉下臉正要思考如何另謀他法，就聽見尤萊亞話鋒一轉，「不過聽聽看也沒什麼損失，對吧？看你是要金銀財寶或是封地我們都給得起。」

「我不要財寶也不要封地，只要冰鈴草。」

「冰鈴草？開了滿山坡的那種花？有什麼問題，進宮之後你隨時有機會去後山的森林活動筋骨。」

尤萊亞不愧是一國之君，鞭子與糖果的手段使用得爐火純青，過程中昆汀就算再不滿，為了得來不易的結果也只能忍氣吞聲。

†

雖未明說，但塞德里克對於昆汀堂而皇之入主城堡相當無法接受，那是種領地被外人侵擾卻無法將之驅離的煩躁。塞德里克看什麼都不順眼，從寒風太過刺骨，到餐食不合胃口，甚至是植物園內花朵的香氣淡了，都能成為挑動情緒的契機。

縱使王宮再大也終有狹路相逢的時候，一如此時，離開議事廳的塞德里克好不容易擺脫尼古拉對於招親結果的冷嘲熱諷和貝倫特的過分關切，正打算騎馬吹吹風抒發一肚子悶氣，隔著木牆就聽見兩道男聲由距離馬廄不遠的訓練場傳來。

「昆汀閣下！」

「你是？」

「我叫安迪，是宮裡的侍者，聽說您一直獨自在外遊歷，依靠任務賞金維生？」

「是。」

除了令塞德里克印象深刻的低沉嗓音，另一方是略顯稚氣的男聲，顯然是年紀尚幼的侍者。

「哇，真好！您一定去過很多地方，真想聽您分享旅途中的冒險故事，一定很刺激，我連北之國都沒離開過。」

「其實多數任務內容都很枯燥，但有些的確很有趣，有機會可以和你說說。」

「我還聽說您拒絕了財寶和封地，只和陛下要了一種草藥，那也是為了任務嗎？」

聽聞少年的提問，塞德里克撫摸馬匹的動作不由得一頓。

「呃，算是吧……為了完成之前許下的承諾，所以我才會參加招親。」

「無心插柳卻意外獲勝，您果然很厲害，難怪其他騎士會這麼不甘願。呃抱歉，我不該亂說話……」

雖說早有猜測，但答案由昆汀親口證實所帶來的情緒，卻遠超過塞德里克預期。自國騎士的不爭氣，加上男人滿不在乎的輕慢態度，以及此時此刻的大言不慚，暴漲的怒火挾帶新仇舊恨直竄喉頭。

失去理智的結果，便是塞德里克回過神後已經站在昆汀面前提出挑戰，「和我打一場，我塞德里克‧狄亞洛斯，正式向你提出挑戰。」

塞德里克見男人半晌沒作聲，又補上一句，「既然閣下這麼厲害，相信不會拒絕我的邀約吧？」

「我拒絕，我還有事。」

「什麼？」瞳孔瞬間縮放，向來擁有特權待遇的塞德里克，從未想過有被拒絕的一天。驕傲的王儲握緊手中劍柄喘著粗氣，死死壓抑直接出手攻擊的衝動。

「啊！突然想起還有工作沒完成。二位殿下慢慢談，就不打擾了。」

「我也先走了。」

目送察覺情勢不妙的少年告退，塞德里克一個跨步擋在試圖趁隙開溜的男人面前，「等等。」

「很抱歉，我現在要去採冰鈴草沒時間奉陪，不過城堡那麼大人那麼多，殿下應該不缺對練的對象吧？」

塞德里克瞪大眼，對於膽敢扭頭就走的男人，比起不悅更多的是震驚。兩人就此結下梁子，挑戰並戰勝昆汀成了塞德里克揮之不去的執著，前者越是拒絕，後者便越是耿耿於懷，花費在練習劍術的時間也一天較一天長。

很快王儲不滿意異邦王夫，而屢次找麻煩的消息不脛而走。有人說是昆汀不知好歹，亦有人說塞德里克過於咄咄逼人，雙方的一舉一動成為大街小巷茶餘飯後最熱門的話題。甚至有人私下開賭，究竟是前者先服軟，還是後者先放棄。

「恕我拒絕。」

「我不夠格讓你應戰？」

這一天是塞德里克連日第五次被拒絕。急性子的王儲當然也曾不由分說直接出手攻擊，只是昆汀就像是沾了油的魚，連武器都沒出鞘，三兩下避開錯身而過的劍鋒，便躲得不見人影。

「比起磨練，你看起來更像是尋仇，我不奉陪無謂的打鬥。」

「我就是想打，還是你不敢？」

話音剛落，塞德里克眼尖地瞧見面露隱忍的男人眉頭一抽。幾天相處下來，塞德里克對於昆汀的個性多少有些了解，原以為擺架子耍脾氣激怒對方的計謀即將得逞，正暗自竊喜，卻不料男人在幾次深呼吸後，躁動的情緒逐漸緩和下來。

塞德里克失落地垂下眼簾，暗嘆今日又一次鎩羽而歸，就聽見男聲自跟前傳來，「好吧。」

「好什麼？」塞德里克吶吶地應聲，下一秒才驀然回過神來，「咦？真的？」

「我同意跟你打一場，但是有一件事……」

聽出昆汀意圖的塞德里克撇了撇嘴，發出一聲冷哼，「你倒是有很多件事。」

「不然可以打兩場。」

目光掠過表情浮現尷尬的男人，塞德里克頓時被氣到笑了，「還兩場，真當自己那麼值錢啊。」

「呃，還是三場？」

「算了，先說清楚到底是什麼事才能衡量價值，你的價值。」一字一頓，塞德里克邊說邊以指尖戳上男人胸膛，落在昆汀臉上的目光猶如攤販前選購的買主，滿是苛刻和挑剔。

「就是，我有一個朋友……」

「所以？」

「或許有人會說是坐騎，只是我喜歡以朋友稱呼雷因。」

塞德里克喜歡和動物相處，憶及相處多年情誼深篤的坐騎哈茲，表情不由得放鬆下來，「這有什麼，把牠帶進宮裡就行。」

「真的？」

「王宮那麼大，多的是空間，多養牠一隻沒什麼。牠的吃食有什麼需要注意的地方，你再和馬廄那邊交代一下就好，就說有我的允許。」慷慨地大手一揮，塞德里克在心頭暗自抱怨昆汀的煩惱如此瑣碎而無謂。

†

只是塞德里克怎麼也沒料到男人口中的朋友，竟是如此超乎想像。

那是個天氣異常晴朗的午後，太陽久違露臉，金粉灑落在白茫茫雪地上，反映出的絢爛光采似乎能將寒冷驅散。悶壞的孩子爭先恐後地跑出家門，踩著皚皚白雪追逐嬉鬧，直到巨大的黑影出現在王城上空，一時之間烏影翳日。

「媽媽妳看！那是什麼？」

「是什麼鳥那麼大一隻？還是烏雲？」

「牠在動，移動得好快！咦，看起來好像越來越大？」

「在靠近，牠在靠近！」

「阿奇不要再看了，快走，找地方躲起來！」

譁然四起，非比尋常的異象掀起騷動，多數人們驚叫著尋找庇護處所，亦有不少大膽的群眾始終仰著腦袋試圖一探究竟。

當示警的號角聲響徹雲霄，在寢宮埋首於書冊的年輕王儲才察覺不對勁，連忙擱下羽毛筆直奔聲源而去。在前往偏殿的路途中，塞德里克先是瞧見已整裝備戰的騎士，而後才是越飛越低，距離王宮越來越近的黑影。

塞德里克瞪大雙眼，在眾多形色匆匆的侍從和僕役中一把攔住年邁的老管家，「安德森，現在是怎麼回事？是敵襲嗎？那東西……看起來好像有翅膀，是鳥嗎？」

「還不清楚，前線似乎尚未回傳任何消息，陛下已經下令備戰，隨時因應各種變化。」

「父王呢？」

「陛下在議事廳，他剛才急召團長和副團長——」

陌生的低沉鳴吟蓋過安德森未完的語句，黑影帶來的強烈風壓吹得塞德里克連連踉蹌。他將手掌平舉至眉骨位置，屈膝勉強穩住身勢瞇起雙眸，設法在一片蒼茫的雪塵中看清來者。

混亂之際稀瞧見的是遍布漆黑鱗片的長尾，能夠輕易劃破獵物喉嚨的尖銳利爪，足以遮蔽天空的巨大蝠翅，最末是金黃色的豎瞳，那是屬於獵食者的眼神，透出名為興奮和狂喜的波動。

塞德里克猛地倒抽一口氣，綜合所有特徵，耳聞多時卻從未親眼見過的答案呼之欲出，「那是，龍嗎？」

回應塞德里克的是俯衝而下的黑影，風壓更加強盛。當傳說中的生物降落在騎士團空曠的訓練場時，大地似乎亦為之震動。

面對幾乎與城牆同高的龐然大物，威壓沉甸甸地壓在肩頭，耳膜被龍吟震得隱隱作痛的塞德里克實際感受到人類的渺小。在北之國過往歷史中，從未有稀罕的龍族出沒，而今貴客不請自來，比起驚喜更多是驚嚇。

「黑龍閣下，沒有經過允許就擅闖王宮可不怎麼禮貌。」直勾勾瞪著不過數步之遙的巨大生物，塞德里克語調故作輕鬆，手掌搭在劍柄上快速運轉腦袋，想的全都是該如何利用人數優勢戰勝體型差異過大的對手。

「等等，等等！」還未得出答案，不陌生的男聲便先一步打斷塞德里克的思緒，「抱歉，這傢伙憋太久，好不容易可以出來活動有點失控。」

塞德里克困惑地皺眉，就見一抹頎長身影俐落地自黑龍身上一躍而下，「昆汀？」

「呃，這是我之前說的那一位朋友，牠叫雷因。」

「牠是你的坐騎？」還沉浸在詫異之中的塞德里克話音剛落，便被無預警湊到跟前的碩大龍首，和噴出的熱息驚駭得向後退了幾步。

「雷因別這樣！抱歉，牠不喜歡那個說法。」

塞德里克愣愣地盯著通體漆黑的巨龍看了好半晌，又再度望向面露尷尬的昆汀。

龍族雖是真實存在的生物，但多數人窮極一生都沒機會親眼拜見，而傳說中得以獲得巨龍認可，被允許與之並肩作戰的龍騎士亦同。若說前者是對於絕對力量的崇敬，後者便是整片大陸所有少年的夢想，亟欲成為的對象。

在北之國尚武國情的耳濡目染下，塞德里克自然也是如此，只是要將百般不順眼的男人和傳說畫上等號，他心頭的不甘願只有自己知曉，「所以，你是龍騎——」

然而塞德里克話還沒說完，驚天動地的聲響便搶先劃破天際，「哈啾！」

Quentin Nestor × Cedric Diallos

NORTHERN EMPIRE

第3章

新任王夫竟是一名龍騎士，拜黑龍製造的騷動所賜，這個出乎意料的消息很快便傳遍大街小巷，絕對的實力似乎輕而易舉弭平人們對於昆汀出身異邦的不滿，先前蠢蠢欲動的各方勢力也暫且沉寂下來。

身為當事人，塞德里克卻做不到如此平靜。聽過無數傳聞，只在書冊上見過的龍族就這麼活生生出現在眼前，只要憶及與之對視的場景，他便忍不住渾身戰慄，夜裡更是輾轉反側興奮得像個孩子。

只是驕傲矜持的王儲無法像其他人那般直率表達情緒，塞德里克做不到跟在昆汀身旁打探龍與騎士的冒險故事，也做不到正大光明表現出對於巨龍的興趣。好吧，如果那名龍騎士並非屢次出言挑釁的昆汀，也許還有幾分可能。

話雖如此，塞德里克不斷膨脹的好奇心沒有因為這點阻攔而減少，於是避開眾人耳目悄悄溜進暫時安置雷因的地點，成為他除了磨練劍術以外的次要興趣。

縱使塞德里克小心翼翼地觀察，並錯開昆汀出現的時間，也難免有出錯的時候。一如這天，喜孜孜的王儲來到城堡最南側，距離王家馬廄約莫三英里的位置，還未來得及踏進廢棄馬廄，就聽見傳來不小的響動。

塞德里克猛地停下腳步，凝神細聽才驚覺裡頭一人一龍似乎不知為何起了爭執。

「別任性了，快點吃藥。」

巨龍雖無法言語，但噴氣聲已完整傳達答案。

「跟你說過藥要吃整個月，現在稍微好轉就鬧脾氣，是忘了那天多丟臉嗎？」

藥？聞言塞德里克先是一愣，半晌才意會昆汀口中的藥應該是以冰鈴草為材料製成。至於雷因的病，儘管不清楚病因，症狀沒意外就是那個響徹雲霄，糊得牠自己一身鼻水的噴嚏。

思及此，男人的話正好接著應證塞德里克的猜測，「故意耀武揚威鬧出那麼大動靜，結果當著所有人的面打了個大噴嚏，都不知道他們背後怎麼嘲笑你。」

昆汀話才剛說完，巨龍又噴出一聲滿是不屑的龍息。

「還噴！嫌前幾個月噴嚏沒打夠嗎？」顯然昆汀被巨龍不配合的態度惹惱了，斥責的語調恍若面對不聽勸的孩子，「快點吃藥，把你那毛病根治了！不然改天又在空中打——」

†

「殿下、殿下！」

記憶中男人的叨念尚未結束，塞德里克的思緒便先一步被滄桑的男聲打斷。他回過神眨了眨眼，連忙抿唇壓下不自覺上揚的嘴角，「嗯？」

「這是您今天第二次走神，剛才解說的內容都懂了嗎？」

「啊，嗯……」祖母綠色的瞳眸一轉，目光飛快掠過老管家安德森的嚴肅面孔，漫不經心地點頭。

「那殿下親自操作一遍吧，從潤滑和擴張開始。」

塞德里克垂下眼簾，瞪著桌面上結合魔法製作的仿真模型，一動也不動。他並非沒聽聞安德森的話，只是年輕王儲向來牴觸性教育課程，過去能躲則躲能逃則逃，如今招親儀式落幕婚事在即，既然避不開便選擇消極抵抗。

「殿下。」

撇了撇嘴，塞德里克百無聊賴地用指尖撥弄擱在桌面的潤滑用品，佯裝沒有察覺安德森的怒意。

「殿下，需要我再講解一次嗎？」

年輕的王儲依舊默不作聲，直到安德森祭出殺手鐧，「資質如此聰穎的殿下都吸收不良，顯然我的教學方式出了問題，這就去向陛下請罪，再為您安排其他指導者。」

面對赤裸裸的威脅，塞德里克猛然抬起頭，視線與行至門邊的老管家隔空對個正著，一如前者知曉後者的用心良苦，後者同樣清楚前者的軟肋為何。

在外人面前，年輕王儲總能完美扮演該有的模樣，驕矜自持且優雅從容，但面對自幼隨侍照顧的安德森，難免有些任性脾氣。對望的一老一少僵持許久，委屈的王儲拉長了臉，最後嘟囔著打破沉默，「就只是潤滑，然後插進去，有什麼困難的嗎？」

塞德里克一邊抱怨，一邊動作粗魯地擺弄手下的模型。

那是以北之國王族為範本特製的教學用品，外觀模擬人類腰胯位置，顏色是有些半透明的膚色，半是固體半是液體的柔軟觸感十分特殊。雖做不到人體那般溫熱有彈性，但不論是尺寸較一般男性小巧的陰莖、隱藏在囊袋下方的陰道，和臀縫間的入口全都模擬得惟妙惟肖。

塞德里克挖了一大坨潤滑用粉色脂膏糊在模型的花穴位置，分開外頭的陰唇，手指毫不憐香惜玉地長驅直入。

「咕啾……」脂膏被體溫融化，曖昧的水聲在蠻橫翻攪下顯得格外清晰。

「殿下……」

「怎麼，我有做錯嗎？」瞄了一眼欲言又止的安德森，塞德里克的語氣透出濃濃的賭氣意味。

「擴張的動作溫柔一點，那麼粗魯您會受——」

「我自己的身體自己清楚。」打斷老管家未完的話頭，塞德里克將備在一旁的透明晶球塞進撤出手指後尚未合攏的穴口。

先是一個，接著又一個，眼見模型蠕動著吞沒第五顆小巧物事，看不下去的安德森終於發話了：「殿下，晶球是為了幫助狹窄的體腔逐漸習慣並適應被外物進入，目的是避免您在性愛過程中受傷。」

或許是見塞德里克沒作聲，向來嚴肅的老管家嘆了口氣，語氣柔和不少，「殿下體質雖天賦異稟，但畢竟男子受孕不易，參考過去歷代王儲的經驗，大婚初夜受孕可能性最高，為了——」

「為了盡快懷上子嗣，事前準備很重要。不就是要我把自己弄溼弄軟，好讓昆汀那小子爽得射進去，把我肚子搞大以延續子嗣。別念了，一樣的話已經聽膩了。」過往僅是模糊形象的王夫一詞，如今有了具體樣貌，塞德里克撇了撇嘴，越發不耐煩。

「殿下，請注意您的措辭！那些粗鄙的市井語言不該由——」

「現在連實話都不能說了嗎？」洩憤似的伸手戳了戳人體模型的囊袋，塞德里克發出一聲悶哼。

「殿下……」

「你不是要示範嗎？」塞德里克為老管家讓開位置，既是主動終止這段出現過許多回的對話，也是給對方臺階下。

「別光想硬塞進去，像這樣揉一揉陰核，摸一摸陰莖頂端或是根部的陰囊，多方刺激敏感點會讓您舒服一點。」

有別於塞德里克心不甘情不願的敷衍，在安德森輕柔安撫下，那處花穴似乎連吞吐晶球的模樣都乖順幾分，被體溫融化的脂膏也因外物進犯不斷自入口淌出，沾得會陰一片狼籍。分明是異常香豔的畫面，卻吸引不了塞德里克逐漸飄忽的思緒。

†

王族身居高位備受尊崇，不過權力往往伴隨義務，吃喝玩樂之餘，更多是排滿日程的文史曆法、藝術、劍術、騎術等例行課程，還有專為體質特殊的王儲安排的性教育課程。

若說乏味的性教育課程是塞德里克不得不忍受的磨難，劍術和騎術便是少數值得期待的時間，更別提年輕王儲始終惦記著打敗曾經當眾羞辱自己的男人。一如昆汀的承諾，他確實不再閃躲塞德里克的對戰邀約，只是具體進行方式卻遠遠超脫預期。

「手抬高，腳步更快一些。對，就是這樣，繼續往前！」

大清早空曠的王家訓練場還未湧入騎士，就見兩抹身影一進一退，比起熱血沸騰、命懸一線的對決，更似是枯燥乏味的常規訓練。

「等等！」無預警聽聞喝阻，塞德里克猛然停下動作，綠眸不悅地橫了昆汀一眼。

「當與敵人靠得越近越要小心，任何一個多餘的動作都可能致命，所以──」

「我是要找對手，不需要光說不練淨會指手畫腳的人。」沒等昆汀把話說完，塞德里克手腕一轉，劍鋒直刺男人的左眼。

怎料塞德里克還來不及得意，疼痛便毫無預警由腹部傳來，持劍的右手小幅度震動，偏開軌道的刃口僅僅削去對方髮梢。

「有進步，不過輕敵可會丟掉性命。」

塞德里克錯愕地垂眸，恰好目睹襲擊者緩緩收回打在身上的拳頭，甚至涼颼颼地扔下一句，「如果我手上有刀，你已經死了。」

又一次被傷了面子，塞德里克心頭雖承認昆汀武藝了得，嘴上依然做不到服氣。瞧見男人欲舉步離開，他想也不想便舉劍擋阻昆汀去路，「喂，你去哪？」

「今天先這樣，你把剛才我提過的幾個地方練一練，剩下的之後再說。時間差不多了，我還有事。」

「什麼事？」追問下意識躍出舌尖，塞德里克為自己急切的口吻懊惱地皺起眉頭，然而再想改口已然無從補救。

「我需要去……上課。」

所幸遲鈍如昆汀不僅沒能察覺塞德里克的異狀，反倒是年輕王儲先看出端倪，「什麼課？內容是什麼？」

「就……」

昆汀越是語焉不詳，塞德里克便越是理直氣壯，「喂，發什麼呆？在問你話呢。」

「就只是一些理論和實務操作……」

昆汀不自在的態度和游移的目光映入眼簾，再連結到王室一貫的作風，塞德里克一瞬間就頓悟了，能讓個性大剌剌的男人露出如此表情的科目無他，正是金髮王儲自己同樣不甚厭煩的性教育課程。

塞德里克直勾勾盯著迴避視線的男人，綠眸之中原先的不耐被興致取代，清楚課程進行方式的王儲不自覺勾起嘴角。連頸根都透出緋紅的昆汀比起厭惡，更似不知所措。

「啊，是那種課啊，難不成在課堂上發生了什麼？」塞德里克拖長尾音，繞著昆汀繞圈子，語帶揶揄。

「什麼都沒發生。」

「但你臉紅了。」

「今天太陽比較大。」

「你的課程進展到哪個程度了？歷史？理論？圖解？」

抬眸掠過陰鬱的天空，塞德里克發出一聲嗤笑，緩步走近昆汀，同時放慢聲調細數課程內容，很快便從男人變化多端的表情得出結論，「你應該見過模型了，對吧？摸了嗎？」

「我，得走了，不然要來不及了……」

這回塞德里克沒再阻攔，嘴角噙著笑，遙遙目送素來無所畏懼的龍騎士落荒而逃。

†

對比塞德里克的幸災樂禍，昆汀這頭可說是水深火熱。方才在訓練場溜得飛快，然而越是接近目的地就越是舉步艱難，顧不上周圍飽含狐疑的打量目光，昆汀在飾有巨大石柱的長廊上一步一頓走得極慢，然而王宮就算再寬敞也有盡頭。

此事擱在從前，昆汀必然不會相信自己竟因這種不會傷及性命的小事躊躇煩惱。他杵在精緻的雕花門前好半晌，深吸一口氣，不再給自己拖延的機會，逕自推門入內。

幾乎是同時間，踏進書房的昆汀都還未站定，涼颼颼的指責已然響起，「昆汀殿下，準時是紳士必備的美德。」

「我今天沒遲到吧。」

「壓線出席可不怎麼禮貌。」自從勝出擂臺賽，身為不被歡迎的新任王夫，昆汀日日接觸無數排外的目光和言詞，安德森便是其中最不加掩飾的一個。

那些刁難對於昆汀的確不痛不癢，但就如蚊蟲殺傷力有限卻相當擾人，情緒仍免不了受到影響。於是他故意如此答道：「若不是你親愛的殿下胡攪蠻纏，我早該到了。」

「滿足殿下是王夫的義務而不是藉口，你的一舉一動都關係到殿下顏面，所以把你自己管好，別讓人有機會看殿下笑話。」

豈料抱怨目的沒能達成，反而還招來一頓義正嚴詞的訓斥，昆汀瞪著眼，下意識就要辯駁，「你——」

「好了快點入座，笨拙的人就該有自知之明，別總想著偷懶。」伴隨一記瞪視，昆汀在老管家絮絮叨叨的滄桑聲線中坐定。

「前幾次課堂中介紹過王室血脈的獨特性，殿下雖無法讓女性懷孕，但與男性交歡後，能夠以男體親自孕子。為了提升受孕的機率，你大婚當晚的表現特別重要！」

昆汀隨著敲擊聲垂下視線，攤開在桌面上的書冊毫無疑問繪有清晰的生理構造圖。只見墨黑的線條細緻勾勒出三具全身赤裸的人形，由左至右依序是寬肩窄臀擁有陰莖的男性，豐胸翹臀擁有陰道的女性，以及同時兼具兩套性器官的北之國王族血脈。

伸手翻至下一頁，映入眼簾的依舊是栩栩如生的性器結構圖。大開的兩腿中央不論是毛髮、陰囊的皺摺、陰莖的脈絡，到女性陰唇的內部構造無一不被精細描繪。

他目光落在三者之中最為罕見的一張，那是相較一般男性小巧的陰莖和陰囊，以及隱藏在下頭，外觀僅是一縫緊閉的裂口，同樣比正常女性的陰道來得更加秀氣。

既不是男性也不是女性，同時卻又是男性及女性。第一眼的驚嘆過後，昆汀胸口接著燃起的是濃烈好奇心。那個驕矜倨傲的王子在華貴衣袍下，真的生了副雌雄莫辯的軀體？那麼弱不禁風的部位，真的能夠容納外物甚至承受性事嗎？

不待昆汀繼續多想，安德森已經接著說下去：「因為殿下體質特殊，所以潤滑和擴張相當重要，上次講解過的內容還記得吧？」

「啊，是……」

「那來吧，實際做一次。」

聞言昆汀一頓，隔空和面色嚴肅的老管家對望良久，才緩步走向擺放人體模型的雕花木桌。昆汀接過安德森手中的骨瓷罐，先是看了看潤滑用的粉色脂膏，又看了看半透明的膚色模型，眉間凹陷的疙瘩益發深刻。

「快啊，有什麼問題嗎？」

在男人灼熱的注視下，昆汀被逼著沾取脂膏，手卻懸在半空中，幾番猶豫就是沒能碰觸極為逼真的模型。兩相僵持，越發尷尬的昆汀終究忍不住開口抗議：「這，我……」

「這是必要課程。」

「那我要求你暫時迴避，這種事被一直盯著看沒辦法做，我可沒有當眾辦事的興趣。」

「不行。」

「我們南方人懂得羞恥，知道哪些事情該關起門來做，還是說在眾目睽睽之下做愛是北之國慣例？」

顯然昆汀的指控對安德森完全無關痛癢，只見老管家臉色未變，語氣理所當然，「隨便你怎麼想，我只在乎殿下的感受和安危，你的意願不在考量範圍。」

聽聞擺明偏心的坦率發言，昆汀原以為自己會發怒，挾帶無奈的笑聲卻忍不住溢出唇角。

笑容鬆動凝滯的氛圍，連帶籠罩全身的侷促也被沖淡不少，他垂下眉眼，視線緩緩掠過模型的寸寸肌膚，最後選定微微翹起的陰莖作為落下指尖的第一處位置。

雖然僅是教學用品，但這是昆汀第一次碰觸自己以外的男性性器官，微涼且富有彈性的觸感很奇特。他先是花費數秒鐘的時間適應，才以手掌圈握莖身，就著脂膏的潤滑來回套弄。

「用心一點！你平常對自己胯下那東西也是這樣散漫嗎？如果不知道怎麼動手指，就動你的舌頭。」

風聲破空的剎那帶起刺痛，落下的馬鞭在昆汀閃避不及的手背留下一片緋紅。

「哎，你……」懵然地眨了眨眼，被指責的昆汀滿臉詫異，一時間不知該作何反應。

「認真做。你的任務很重要，好好伺候殿下，為北之國誕下子嗣。」

「說得跟配種一樣，難道沒想過我對你家殿下可能硬不起來嗎？」昆汀這話帶上幾分情緒，卻所言不假。

「你有性功能障礙？」

性功能似乎是所有男性的軟肋，安德森質疑的目光立刻讓昆汀如同被侵犯地盤的火龍，怒吼著反擊，「我好得很！分明是你們該正視這個可能，我不相信過去沒有發生過這種事。」

「放肆！有機會伺候殿下是你的榮幸，應該感恩戴德，收起那些亂七八糟的非分之想！」

「什麼非分之想？」

「就是……」陷入啞然的老管家彷彿突然回過神，生硬地扯開話題，「總之謹守你的本分，記住是因為殿下才有現在的地位和待遇，伺候殿下是你的責任和義務，其他的別胡思亂想！」

「說不定他才不想要我伺候呢。」昆汀可沒忘記塞德里克布滿在劍鋒上的不甘心，咕噥著抱怨道。

「那表示你怠慢了，該好好反省。身為王夫卻挑不起殿下的興致，還不趁現在學會利用你的手指和舌頭！」

得到安德森一記瞪視，昆汀不以為然地撇了撇嘴，指腹撫上模型外陰唇的動作卻輕柔不少。連男人自己都不清楚是受到老管家的一席話影響，還是陰道是女性器官，而婦孺是騎士準則中誓言要守護的對象。

目光掃過兼具男女器官的人體模型，昆汀一邊套弄始終維持勃起狀態的秀氣陰莖，一邊小心翼翼地抽送探入陰道內的手指，甬道內很緊很窄，一片冰涼顯得格外不真實。

手下這副身軀既熟悉又陌生，男人總有處理欲望的經驗，昆汀清楚自瀆的力道若輕了只是隔靴搔癢，但面對那處看上去嬌弱的部位，根本抓不準該用多少勁。

兩相拉扯的結果便是顧此失彼，不是時不時這裡輕了那裡重了，就是模型毫無反應，昆汀也知曉自己彆腳的技術有待加強。

「好的王夫不止在要檯面上協助殿下，私底下也要讓殿下感到舒適放鬆。看看你，不懂禮節也不聽話，連床上伺候殿下都做不到，還能做什麼？」安德森絮絮叨叨的指責自耳道傳入，在腦中來回震盪播放，一再打擊昆汀所剩無幾的信心，「不要看見洞就只想著插，摸一摸外面的陰唇或是藏在裡面的陰核，殿下的狀態比你的性欲重要。」

昆汀蹙起眉頭，不滿的嘟囔爭先恐後地湧出胸口，同樣影響了手上的動作。

「唔，嘶……」

突如其來的男聲傳入耳中，昆汀瞪圓了眼，連忙停下動作，「怎麼了，會痛嗎？」

昆汀循聲抬頭，這才驚覺冷冰冰的模型不知何時被溫暖的人體取代，那張寫著嫌棄的精緻面孔正是塞德里克。

塞德里克外型上無庸置疑是一名男性，否則昆汀在訓練場上交手時也做不到不留情面，更做不到貼身靠近。但這樣驕傲倔強的存在，卻生了一處那麼柔軟嬌嫩的部位，想得越多他便越是手足無措。

「痛死了，你這個粗手粗腳的傢伙是想趁機報復嗎？不行就滾吧，讓別人來伺候。」

「不！等等，我可以！」

「但是我不可以，靠你還不如我自己來！」

「你——」昆汀剛啟了話頭，就被又一次落在手背的疼痛打斷，前一秒還栩栩如生的幻象頓時消失無蹤。

「你什麼你！連這種時候都能恍神，看來是我的指導方針有問題，我會請求陛下增加你的練習時間！」全然不給昆汀討價還價的空間，臉色鐵青的安德森一錘定音，男人痛苦的磨難就此延長。

昆汀年少離家，在外遊歷總有各種機會接觸男男女女的情愛之事，或許是旅人們口無遮攔的情色笑話，或許是吟遊詩人的香豔小曲，又或許是舞女歌姬白花花的胸脯和大腿。

縱使鮮少主動談及，昆汀亦無法昧著良心否認對性事的好奇與興趣，但在他的認知中，這種專屬兩人赤裸纏綿的行為理應曖昧隱晦，在美好氣氛下適性發展，而非在一臉嚴肅的老管家眼皮下被指揮被評價。

就這麼一個分神的空檔，已然無比熟悉的黑影再次狠狠招呼下來。拜前幾次的負面經驗所賜，閃避突如其來的攻擊成了昆汀的本能，及時收手的結果便是馬鞭「啪」一聲抽在極富彈性的模型上頭，聲音響亮得令人心驚。

「專心一點，你要時時刻刻注意殿下的反應來調整動作。」

「這就是個道具能看出什麼反應。」盯著無端受波及而晃動的性器半晌，出於戰友之間同病相憐的感慨，昆汀安撫似的摸了摸模型陰莖的蕈狀頂端，嘆了一口氣。

「你這樣子我敢讓你伺候殿下嗎？」

或許是接連幾堂課積累的壓力，此時瞧見老管家吹鬍子瞪眼睛的模樣，昆汀樂得咧嘴一笑，「就算你想，我也不樂意。」

「如果耍嘴皮的功力用在對的地方就好了，偏偏……」安德森沒把話說完，恰到好處的沉默成了心照不宣的諷刺。

昆汀被堵得啞然，憑藉衝動低下腦袋，然而鼻尖湊近已經吞下兩指的穴口又忍不住遲疑。他不清楚真正與塞德里克裸裎相對會是何種景況，但此時此刻面對冷冰冰，僅有一截腰胯的人體模型，只覺得格外彆扭。

「做不到就算了，手伸出來。」

聞言昆汀如蒙大赦，十分坦然地伸手領罰，怎料預期中的馬鞭沒有落下，手掌反倒是被安德森一把擒住，翻來覆去端詳。「打還要選地方嗎？」

「上週說過你的手都是厚繭，為避免殿下受傷，有給你一罐保養手部的膏藥，你都沒有使用對吧？」

憶及被拋諸腦後的骨瓷容器，自知理虧的昆汀垂下眼簾，藍色的瞳眸轉了轉，在謊言和吐實之間選擇緘默。僵持半晌，最後只聽老管家呼出一口長氣，語氣無奈，「今天就先這樣，下次把膏藥帶著，距離大婚還有兩個月，我會親自盯著你。」

好不容易暫時獲釋，步出書房的昆汀心情依舊沉重。入住王宮轉眼已半個多月過去，每天接觸的人事物全都反覆提醒他什麼該做什麼不該做，這場沒有轉圜餘地的婚事彷彿無形的枷鎖，牢牢錮在身上。

雖說當時尤萊亞辭色俱厲以武力要脅，但如果昆汀執意離開，護城河再寬、城牆再高也阻止不了巨龍騰空而起。昆汀咬牙度日是顧及承諾，畢竟取得冰鈴草入藥在先，雷因恢復狀況良好，說什麼也做不出就此背信的行為。

†

於是日子一天拖過一天，奇蹟始終沒有出現，反倒是昆汀由於意識到塞德里克的特殊，越發不知如何拿捏相處態度。憶及年輕王儲求戰時的拙劣挑釁，昆汀忍不住伸手揉了揉眉心，嘴角卻不自覺上揚。

與此同時，一抹修長的身影從長廊彼方迎面而來，與陷入思緒的昆汀錯身而過。「那個，不好意思……」

逐漸靠近然後遠去的規律腳步聲無預警戛然而止，再加上男聲響起，昆汀一頓，有些遲疑回過頭，「你在跟我說話嗎？」這段期間昆汀沒少聽聞好事者在背後議論紛紛，卻幾乎無人膽敢上前攀談。

「奈斯特閣下，啊抱歉，應該是殿下。」

「你是……」望向樣貌陌生的黑髮男子，昆汀困惑地瞇起眼，試圖從腦海中找出些許蛛絲馬跡。

「是我唐突了，應該先自我介紹。我是康納，騎士團的康納·蓋爾。」

對方態度客氣笑容可掬，昆汀縱使一頭霧水也不好怠慢，只能扯開嘴角點頭回應：「你好，我是昆汀。」

視線無可避免與身形結實的男人對上，對望第一眼並無異狀，直到定睛細看第二眼，昆汀方才察覺那雙黑眸似曾相識。他肯定兩人並非初次打照面，但具體是在何時何地？

皺著眉頭沉吟片刻，當浮雲掠動，灑落在康納臉上的光影有所改變時，眼前的景象終於和昆汀模糊的記憶重疊，「啊！你是那天擂臺上的騎士！」

「很榮幸殿下還記得我。」

「你是可敬的對手。」當時交手的對象眾多，扣除早先見過，衣著打扮又格外醒目的塞德里克，若非康納劍術出色，也不會在昆汀腦中留下幾分印象。「有什麼事嗎？」

「北之國的氣候和習俗都與南方不同，殿下還適應嗎？」

被關切的感受很新奇，胸口漫開的暖意舒緩出於本能的防備，昆汀也有了打趣的興致，

「我常年四處遊歷，習慣克難的環境，王宮裡不用打獵就有食物果腹，晚上還有比稻草柔軟的床鋪，這樣已經很足夠。」

「雖然宮裡傳有各種流言蜚語，但殿下這麼幽默，和里奇殿下一定相處很融洽吧。」

「呃……」昆汀沒料到話題會驟然轉向，不由得一愣，「應該算還可以吧……」

這答案當然只是場面話，整座王宮這麼大，除非塞德里克突然興起前來求戰，否則整天下來，兩人便只有尤萊亞強制定下的晚餐時間才有機會碰頭，連對話都有限，何來融洽。

「抱歉逾矩了，我只是……只是希望殿下可以幸福。」

「看來他是備受愛戴的王儲。」憑藉這些日子的觀察，儘管那名愛擺架子的王儲確實並非原先預期那般驕縱任性，如此受人推崇倒是出乎意料。

「雖說殿下有點小脾氣但很好相處，對待任何人不管地位貴賤態度都不會有所不同，整個騎士團都喜歡他，殿下值得最好的！」

康納神情誠懇不似刻意諷刺，然而聽在昆汀耳中只覺得男人話裡話外不僅在強調兩人之間的交情，更是藉以表明心跡。

除此之外，他也聽出康納並未明說的言下之意。重申塞德里克值得最好的，亦即暗示現任的婚約者並不適任，配不上男人心目中矜貴完美的王儲。

昆汀將匯聚於胸口的煩躁解讀為被指手畫腳的不悅，他自認具備不奪人所愛的雅量，沒有

計較康納的無禮反而給出建議，「比起我，這些話也許你該直接和本人說。」

「我本來打算儀式之後再向殿下告白，但是……」

見話題轉了一圈又回到自己身上，昆汀索性開誠布公，「不用顧忌我，我們的關係不過是一場意外，有情人終成眷屬比什麼該死的傳統來得重要。」

才在思考如何脫身，眼下現成的人選就送上門來，昆汀自然不會放過這個機會。康納擊敗諸多對手得以和自己交手，武藝不在話下，加上隸屬王家騎士團的身分遠比外邦人容易被接納，越是細想昆汀越發覺得這個方法可行。

†

「不用顧忌我，我們的關係不過是一場意外，有情人終成眷屬比什麼該死的傳統來得重要。」

來自花圃另一側的男聲，打斷塞德里克和貝倫特侯爵本就不熱絡的對話。不知是誰先停下腳步，一時間兩人四目相對，陷入尷尬的死寂。

低沉的嗓音塞德里克並不陌生，那是昆汀，擊敗諸多對手成為王夫卻膽敢再三推託的男人。塞德里克雖清楚昆汀的立場，卻無法不因其不尊重的態度感到惱火。

「咳，看來奈斯特閣下應該很難適應北之國呢，要不是拜傳統所賜，殿下的王夫也輪不到他。」

目光掠過加油添醋的貝倫特，塞德里克磨了磨牙，「恐怕他不懂什麼叫傳統吧，會感恩戴德就奇怪了。」

「真是的，如此粗鄙之人怎麼配得上尊貴的殿下，如果當時勝出的是康納就好了。他在這一代騎士中最被看好，熟知禮數不提，更重要的是他為里奇殿下的魅力折服。」

「可惜事與願違。」

「不如我向陛下建言吧，除了武藝，奈斯特閣下並不適任王夫。」

「不。」

「我知道如何處理，殿下無須多慮。」

塞德里克自鼻腔發出一聲冷哼，沒有沒將目光轉向有所誤會的貝倫特，重新邁開步伐，「不用了，隨便放他離開就太便宜他了。」這樁婚事不論成功與否，塞德里克都沒打算讓昆汀好過。王宮是塞德里克的地盤，刁難的手段和法子多的是。

「殿下的意思是……」

沒有多做解釋的打算，心頭已有定奪的塞德里克加快腳步，「我還有事，先失陪了。」

確實不樂意繼續和貝倫特糾纏，不過塞德里克所言並非單純推託。他回到寢宮換下方便活動的獵裝，在侍從服侍下沐浴。大多時候塞德里克對於衣物選擇沒有特殊要求，今日卻鮮有不同想法，「不要這件。」

「殿下想要哪種顏色？」

「不要起居服，穿日常禮服，就前幾天剛做好的酒紅色那件吧。」

「禮服？今天晚餐的層級改變了嗎？」侍從聽聞要求一愣，滿臉詫異。

「你沒記錯，一樣是家宴，只是今天我想穿禮服。」塞德里克說著，逕自取了禮服走到立鏡前揚袍披上。

他瞥了鏡中的人影一眼，確定沒有異狀這才低頭穿戴，但畢竟這類華貴服飾本就設計繁複，塞德里克單手和繡有精緻金絲的袖口糾纏許久還沒能扣上。金髮的王儲蹙著眉頭，一回頭卻見理應上前伺候的隨從仍未動作，「怎麼還愣著？」

「抱歉我看呆了，殿下非常適合這件禮服，酒紅色將殿下襯托得更加優雅貴氣，昆汀殿下必定會為之傾倒。」

自幼在宮裡長大，塞德里克當然能夠分辨這番話摻了幾分恭維，不過沒人不喜歡好聽話，年輕王儲低哼一聲，嘴角彎起一道嘲諷的弧度，「比起傾倒，我更想要他折服。」

他在衣著上費盡心思，一踏進餐廳，迎著尤萊亞充滿興味的目光幽幽在長桌旁落座，便立刻發難，「昆汀，看來你特別喜歡現在身上這套衣服？」

「嗯？」只見褐髮的龍騎士面露困惑，顯然沒料到塞德里克怎會有此一問。

「否則你怎麼會選擇這種穿著出席家宴？難道你不知道謁見陛下前要沐浴更衣嗎？」

「可是之前……」

沒給昆汀辯解的機會，塞德里克逕自將男人未來得及說出口的理由堵死，「之前是看在你缺乏正裝才沒有要求，裁縫應該已經趕製完成了吧？」

「衣服？好像是有那麼一回事……」

「那就好，裁縫差點為了你受罰。」

「我犯錯和無辜的裁縫有什麼關係？」

「比起探究原因，你該做的是別再犯錯吧？」塞德里克聽聞反問並不惱怒，反倒饒富興味地望向昆汀那對緊擰的劍眉，視線再向下，男人似乎連散布兩頰的雀斑都透出濃烈的不認同。

金髮王儲端起酒杯啜飲一口，微甜的口感滑過喉嚨，讓稍贏一籌的塞德里克情緒更加雀躍飛揚。

「里奇，發生了什麼事嗎？你看起來心情很好。」

塞德里克清楚這些小動作瞞不過向來心思細膩的國王，喜孜孜地答道：「算是吧，我找到讓自己開心的方法了。」目光掠過面色凝重的男人，塞德里克回頭對雙親笑得猶如偷腥得逞的貓兒，碧綠瞳眸中閃爍著興致盎然。

沒讓塞德里克等太久，就在湯品上桌後機會來了。在寂靜的空間內，清脆的碰撞聲響顯得格外突兀，年輕王儲在無人瞧見的角度抿了抿唇，壓下嘴角上揚的弧度，才神色肅穆地開口：「昆汀，我們的餐具有什麼問題嗎？」

「沒有……」

「那麼你為什麼一直發出聲音？還以為在為我們演奏助興。」直勾勾盯著匆匆放下湯匙不知做何反應的男人，塞德里克臉上看似不起波瀾，心頭卻已樂得哼起曲調。

塞德里克自幼耳濡目染，這些瑣碎的餐桌禮法如同呼吸般理所當然。同桌賓客偶爾有些錯誤其實無傷大雅，特意當眾糾正昆汀的理由很簡單，就是要令男人感到尷尬和窘迫。

拜尤萊亞的命令所賜，昆汀受邀成為偌大餐桌上的一員，共進晚餐數次後，塞德里克或多或少掌握了對方的習慣。一如他預期，當主餐的烤牛肉取代前一道湯品上桌時，試圖起身拿取香料的昆汀又給了塞德里克找麻煩的理由。

「昆汀，你對父王有什麼不滿？」再次呼喚男人的名諱，塞德里克幾乎掩不住眉梢的笑意。

「當然沒有。」

「還是你對身後的侍從有什麼意見嗎？」

「也沒有……」

「那麼你為什麼似乎打算擅自離席？」

「我只是想拿──」

「無故離席非常失禮！不論需要什麼都應該請身旁的人傳遞，或是由侍從協助。」

接二連三的為難，終於惹來昆汀的抱怨，「哪來那麼多規定，我有手有腳要什麼東西不能自己拿，還要別人服侍。」

「這是必要的禮法，不管你過去的習慣怎麼樣，既然現在是北之國王儲的王夫，對外就代表北之國，別讓王室蒙羞。」自顧自說完，塞德里克瞄了面色鐵青的男人一眼，彷彿沒有察覺空氣中的緊繃，泰然自若地繼續用餐。

「昆汀，大婚日期已經確定，你們籌備的狀況還好嗎？」短促的音節再次響起，這回聲源卻不是塞德里克，而是來自主位。

「準備什麼？」

「里奇，你沒和昆汀說嗎？」

「反正還有時間……」突然被點名，塞德里克皺了皺鼻頭。

只見尤萊亞無奈地嘆了口氣，主動攬下解釋：「儀式雖然有既定流程，但在傳統規範下，不論是禮服的樣式、場地布置細節、宴客菜單都要由你們決定。還有，讓畫匠趕工給你們畫張肖像畫。」

聽聞尤萊亞鉅細靡遺地交代，塞德里克忍不住嘟囔：「父王，沒必要那麼麻煩吧。」

「北之國王儲大婚，當然不能等閒視之。」

「但也沒必要那麼隆重，反正——」刻意頓了頓，塞德里克狀似不經意地將視線掃過長桌另一頭沒做聲的男人，「不過是虛有其表的儀式，你說對嗎昆汀？」

「這……」

瞧見昆汀附和也不是反對也不是的窘態，塞德里克嘴角的笑意更甚，擅自曲解男人的答案，「父王，你看昆汀也贊成我的話。」

塞德里克不須多問也清楚昆汀的想法，這男人腦子裡想必只有取消婚事這個選項，如何操持舉辦儀式、是否盛大舉行，全然不在考量範圍內。他正是了解這點，才將燙手的山芋拋到男人手上，畢竟能夠造成昆汀困擾的任何小事都是趣事。

「就算儀式再低調，該做的還是得做，撒嬌耍賴也沒用。」只見尤萊亞放下銀叉，伸手拿取金屬製的酒杯，就著杯緣抿了一口。輕柔的語氣並不強硬，卻透出不容反駁的氣勢，「昆汀剛進宮，還很多不熟悉的地方，里奇你帶著他籌辦儀式，別想渾水摸魚，定期向我彙報進度。」

「噢……」

「至於宮廷禮法部分，就請安德森再向昆汀說明。」

「是。」始終候在主位後方的老總管聞聲上前，掛有布幔的右手在前，左手背在後方，上身微微前傾彎腰領受命令。

見狀塞德里克連忙毛遂自薦，「不用了還是我來吧，這部分就交給我負責。」

「你負責？」

「父王覺得我平日的禮法有什麼不妥之處嗎？還是有什麼需要改善的地方？」

「好吧，既然里奇這麼有把握，就交給你了。」

「遵旨。」塞德里克將右手貼上左胸口，在不起身的情況下，向尤萊亞微微躬身。既然獲得諭令，後續給自己「找樂子」的行為也有了理所當然的藉口。

Quentin Nestor × Cedric Diallos

NORTHERN EMPIRE

第4章

「湯匙應該持平，動作優雅地由外向內舀，送至嘴邊後再從湯匙側面喝湯。」

一個口令一個動作，昆汀彷彿成了不足三歲的青稚孩童，在嚴厲監護人的看管下學習如何遵照繁文縟節進食。昆汀才如此自嘲，就聽見男聲從身後傳來，「不是這樣，別彎腰，抬頭挺胸。」

馬鞭幾乎是聽聞喝斥的同時間抽打在背上。「嘶——」吃痛的昆汀本能挺直脊椎，因為動作過大，撞得整張桌子連帶餐具都在晃動。

「動作小一點，別那麼粗魯！」

「說到粗魯，殿下也不遑多讓。」

同樣都是馬鞭，塞德里克的力道比起安德森顯然有過之而無不及，緩過火辣辣的刺痛後，緊接著是更加難受的癢意。

不論塞德里克是否意會昆汀話中的諷刺，自顧自開啟話題的男人顯然毫不在意，「好了，下一道是主菜，把刀叉拿好。小小一把餐刀應該難不倒偉大的龍騎士吧？」

昆汀抬眸轉向將肋排推至面前的聲源，視線對望僵持數秒鐘後，他終究依言執起鐫鏤精緻紋飾的金屬餐具。

「食指抵住刀叉上方支撐施力，使用時手腕放低一點，手肘不能碰觸桌面。」

「這樣？」

「沒錯，背挺直別低頭，食物送到嘴邊再張口，這麼容易應該不會犯錯吧？」

「不難看出殿下對此十分期待。」聽聞男人語句中透出的惋惜，昆汀就算再遲鈍，也能察覺塞德里克的情緒有別以往。

先前塞德里克屢次嚷嚷著求戰，總是籠罩在顯而易見的煩躁和急切中，此時他情緒相對沉穩，彷彿慢條斯理戲弄獵物的大型貓科動物。

「好了，今天就先這樣吧。」

未待昆汀釐清塞德里克有所轉變的原因，就聽見似乎暫且盡興的金髮王儲如此宣告。眼見男人將馬鞭隨手一擱，轉頭就要離開餐廳，昆汀來不及多想，挽留已搶先理智躍出舌尖，「哎，等等！」

「還有事嗎？」

被塞德里克問得一愣，呈現屈膝模樣的昆汀只能藉由直起身的時間信口胡謅，「呃就是……那天陛下說的婚禮籌備，有什麼需要我做的嗎？」

昆汀壓根不在意那場亟欲擺脫的婚禮，但為了替自己找隻代罪羔羊，和塞德里克打好關係是必要的。而要達成這個目的，他們需要更多相處時間，以及化衝突為融洽。

「你對禮服、菜單和布置應該有偏好和想法，我都沒意見，但想多少出一點力，有什麼是我可以做的？」對上塞德里克質疑的目光，昆汀連忙解釋，「我就是，想幫點忙……你負責指揮，我負責出力。」

「先畫肖像好了，你的衣服有什麼顏──算了我直接過去看吧。」

「現在？」出乎意料的發展讓昆汀瞪圓了眼。

「怎麼，你藏了什麼見不得人的東西嗎？」

「沒、沒有……」

「那走吧。」

昆汀張了張嘴，缺乏拒絕的藉口，只能認命跟在塞德里克身後直往自己的寢室去。他在宮裡沒有朋友，理所當然也沒有外來賓客，熟門熟路闖入的塞德里克倒是來訪的頭一人。

若是三多月前有人告訴昆汀，他會在此時此刻身陷名為城堡的囹圄，為一樁無人祝福的婚事煩惱，他必定會嗤之以鼻，而非杵在門邊放任塞德里克對其衣櫃中為數不多的衣服指手畫腳。映入眼簾的畫面極其生動，卻也極其不可思議，甚至比巨龍能吐出人言來得更加超乎想像。

「這披風補過幾次，五次？六次？該丟了吧？」不待昆汀搭腔，向來錦衣玉食的王儲捏起布料一角，語帶嫌棄，「還有這外衣都洗到褪色了，別留了。」

就在塞德里克絮絮叨叨之中，陪伴龍騎士四處走闖的深褐色披風與麻布衣袍相繼投奔地面的懷抱。

「嗯，這件馬褲質料還行就是太舊了，看看縫線的邊緣都——」

搶在下一件衣物受害前，昆汀連忙拉住男人的胳膊，隨手撈出款式陌生的華服，試圖轉移焦點，「不是說要找衣服嗎，這件如何？」

「香檳色？老天，這顏色當初是誰幫你選的？」

「不然這一件？」昆汀沒有爭辯，自衣櫃取出另一件剛趕製完成的禮服。

「顏色可以，但這不是晨間禮服。」只見塞德里克沉吟片刻，目光挑剔地掠過空虛的衣櫃內每一寸空間，終於勉為其難地做出抉擇，「不要藍色，不要灰色，這件吧，雖然黑色沒什麼新意，至少中規中矩。」

「好，那時間……」認分扮演模型的昆汀佇立著沒有動作，任由塞德里克將綴有銀絲滾邊的禮服在自己身前比劃。

「皮帶用這條，領巾就這條吧。時間我會再差人告訴你。」

一整天下來，兩人相處時間不短，昆汀面對掌控主導權的王儲卻毫無插嘴餘地，好不容逮到空檔，說什麼都得硬著頭皮開口，「那個，里奇……」

「我們沒那麼熟吧？」

「呃，殿下。」

「還有事嗎？」

聽聞今日第二次反問，迎著男人不加掩飾的審視目光，昆汀越發沒有底氣，「就是，謝謝，關於宮廷禮法還有衣服，我對那些都不怎麼了解。」

「噢，不得不說我有點驚訝，原來你也會道謝，還是為了根本不在意的事情。」

話題再次終了，語塞的昆汀盯著塞德里克逐漸遠去的背影看了好半晌，這才呼出一口長氣，有氣無力地將飾有精緻紋路的門板闔上。就兩人不投機的尷尬狀態來看，距離和睦相處顯然還有很大努力空間，或許該配合對方的興趣預先準備話題？

†

時間來到約定那一日，換上禮服的昆汀早早抵達起居室，正與忙著準備顏料的畫匠有一句沒一句地搭話，頎長的身影便夾帶較往日更甚的張揚炫目而來。

「殿下。」

「嗨。」昆汀下意識站起身，主動打招呼。

「如果不說話的話看起來還行。」

上流社會中互相吹捧的嘴上功夫，對不善言辭也不屑撒謊的昆汀而言，是猶如騙術般的存在。原以為為了討好塞德里克，他勢必要打破原則，卻不料映入眸底的景象讓一切擔憂都迎刃而解。

縱使昆汀對於穿著再不講究，也得承認氣質出眾的王儲的確完美駕馭那身華服，繁複精緻的刺繡絲毫不顯俗豔，合身的剪裁令男人看上去格外挺拔。

「你、也看起來很棒，領口的寶石和你的眼睛很搭。」昆汀伸手蹭了蹭鼻尖，雖說僅是如實陳述，但不熟悉的用詞難免讓他不自在。

「謝謝，看來這顆祖母綠也是又冷又不勤政愛民。」

被自己曾說過的話堵得啞口無言，馬屁拍到馬腿上的昆汀一陣乾咳，尷尬得連頸根都漲紅了。所幸塞德里克沒再多說，只是自鼻腔發出一聲低哼便將注意力轉向畫匠，「開始吧。」

「殿下請坐，麻煩昆汀殿下站在椅子的左後方。」

「這裡嗎？」昆汀在塞德里克身後約莫一步距離的位置站定，鬆了一口氣的男人總算重新找回舌頭。

「對，就是這樣，昆汀殿下請把右手放在殿下的椅背上，稍微低頭。殿下則側身轉向左邊，順勢抬起下巴，兩位的目光就能完美對上。」

昆汀依循畫匠的指揮垂下眼簾，正思考此時與塞德里克大眼瞪小眼會是何等窘迫的場景，就聽見金髮的王儲直接駁回提案，「不用了，我們看前方就好。」

「好，那麻煩兩位殿下靠近一點，然後都看向我這邊。」

不待昆汀為暫且逃過一劫感到慶幸，畫匠便改口更換指令，男人驀地一頓，遲疑片刻後才配合動作。

「昆汀殿下能再靠近一點嗎？」

豈料畫匠仍不滿意，昆汀只好再次小幅度挪移腳步。

「可以再近一點嗎？」

這一回昆汀還沒反應過來，涼颼颼的諷刺已然響起，「如果你的腳不太方便，我很樂意移動椅子。」

塞德里克都發話了，昆汀咬牙索性不再顧忌，跨步上前，整個人幾乎貼上披有酒紅色絨毯的寬大木椅，彷彿將端坐其中的男人環在臂膀之下。

這個動作讓兩人靠得極近，近得昆汀隱約能聞到男人身上的薰香氣味，那是煙燻皮革揉合雪松和其他不知名辛香，即使只是氣味也與塞德里克本人相同，矜貴而華麗，且極富存在感。

充滿各種不確定因素的旅途不比平日方便，碰上髒汙或腥臭昆汀都能面不改色，然而此時單單是與空氣中若有似無的暗香共處，就足以令他無所適從。越是想要抵禦無孔不入的氣味，便越是在意，並非觸目所及的樣貌或衣著，必須貼身靠近才會察覺的氣味太過私密也太過親暱。

芒刺在背的昆汀下意識屏住呼吸，就算肺活量再充足也得適度換氣，然而那一剎那，爭先恐後竄入鼻腔的香氣竟較先前更甚。昆汀本能地想要退開，不過尚未有所動作，意圖反倒先被眼尖的畫匠識破，「非常好，這樣的畫面看起來很美很和諧，請兩位殿下暫時不要動。」

退路受阻，渾身僵硬的龍騎士只能咬牙苦撐，握緊搭在椅背上的手，將吐納的頻率放緩以減少吸入體內的空氣。

†

苦不堪言的時光總是格外難熬，好不容易撐過潛藏在平靜與祥和之下的酷刑，當昆汀走出富麗堂皇的起居室，沐浴在久違露臉的陽光下時只覺得恍若隔世。

若說性教育課程讓昆汀確實知曉兩人生理上的差異，今日的折磨便是他初次意識到不知何時開始，即使不細究器官的不同，自己仍無法視塞德里克為一般同性，當然亦非異性。

對昆汀而言，外型與常人無異的塞德里克並非那些得以稱兄道弟輕鬆打鬧的男性，更不是那些應該維持一定距離尊重守護的女性。塞德里克就是塞德里克，一個昆汀越是相處，越是抓不著應對方式的特殊存在。

仍殘有餘香的腦袋暈乎乎的，昆汀根本記不清自己如何穿越腹地寬敞的城堡，抵達重新整修的廢棄馬廄，又是如何在龍背上吹了兩個多小時的風，最後被不耐煩的雷因刻意翻轉甩下。

昆汀以矯捷的翻滾卸去墜落的衝擊，站直身後不顧殘雪沾滿華服，指著空中低飛盤旋的黑影笑著罵：「小混蛋，別仗著會飛就得意，你下來我們打一場。」

回應昆汀的是巨龍俯衝而下掀起的強烈風壓，眼見黑影疾速逼近，男人彎起嘴角發出一聲難掩興奮的低哼。任由一頭褐髮被拂亂，全無閃避打算的昆汀邁著大步直迎上前。

「轟！」伴隨巨響，驚人的龐大軀體夾帶著強烈風勢落地，未融的積雪登時化作霧白煙塵，將一人一龍籠罩其中。

在濃霧之中，昆汀依舊清晰感覺到雷因近在咫尺的氣息，為了不受視覺被剝奪的影響，男人索性闔上眼。王家獵場的後山鮮少人為破壞，生態自然極佳，傳入耳中的除了風聲水聲，便是鳥囀和蟲鳴。

「沙沙……」突然，幾不可察的細碎聲響突兀地打斷平靜。

聽覺敏銳的男人俐落迴身，厚重長劍同時出鞘，「鏗」一聲穩穩擋下試圖偷襲的尖利龍爪。

「哈，你動作太大了！」

然而昆汀話才剛說完，就被橫掃而來的長尾揮個正著。雖說雷因的力道已有所收斂，但體型相對弱勢的男人依舊騰空飛了出去，直到撞上後方不遠處的高大杉樹。

「別得意，等等你就認輸了！」昆汀晃了晃腦袋，邊說邊舉劍衝向故意伸長頸項噴氣挑釁的巨龍。

視野極佳的廣闊山坡上，只見兩抹身影一來一往纏鬥得難分難捨，互不相讓的兩方看似至死方休，卻只有身在其中的當事人清楚，這不過是平日再尋常不過的玩笑。

一番胡鬧後，耗盡體力的昆汀仰躺在殘有積雪的草地上，全然不在意衣衫狼狽，只是望著天邊形狀多變的浮雲愣愣出神。當急促的呼吸逐漸平緩，紊亂的思緒也在此時趁虛而入，受困囹圄的惆悵隨之湧上心頭。

「哎，你覺得王宮如何？」提問換來身旁巨龍不屑的噴氣聲，昆汀忍不住揶揄，「怎麼，想離開了？之前不是對這裡的裝潢和伙食很滿意嗎？」

噴氣聲再次響起，這一回龍息逼得更近。

「這裡做什麼都綁手綁腳，我也想離開啊，可是承諾還沒兌現走不了。」昆汀說著，扭頭對上一雙流露鄙夷的金黃色獸瞳，語氣無奈地嘆了一口氣，「我有想到辦法了，只是執行不怎麼順利……」

†

昆汀怎麼也沒料到，預期之外的轉機會在數日後出現。

那是個再尋常不過的午後，昆汀邁著沉重步伐走進舊馬廄時，還在為婚期逐漸逼近，計策卻苦無進展而煩惱，思考著打算暫時離開王宮散心。然而話還沒說完，便瞥見曳在地面的人影戛然而止，「雷因我們今天去遠一點——咦？」

昆汀困惑地擰起眉頭，一抬頭，巨龍和身旁不陌生的頎長身影隨之映入眼簾，「你怎麼在這裡？」

「我只是散步路過，突然聽到聲音，想說來看看情況……」與昆汀的愕然相比，信口胡謅的年輕王儲顯然更加手足無措。

目光掠過塞德里克泛紅的耳根和提在手中的一整桶生肉排，昆汀一愣，詫異之餘不禁啞然失笑，「原來你有攜帶存糧散步的習慣。」

「我，這不是……」

「嗯哼？」

昆汀調侃意味濃厚的反應，換來塞德里克一記羞惱的瞪視。無人搭腔的結果便是尷尬的死寂漫延開來，原以為性格驕傲的男人會扭頭離去，他卻在此時開口：「牠……不喜歡牛肉嗎？」

「當然喜歡，每天都要吃上三大桶才肯罷休。」

「可是我餵牠都不吃，你看。」塞德里克說著，將一塊油花分布均勻、厚度約莫三隻手指寬的牛排送到雷因面前，這動作只換來巨龍冷淡的目光，最後甚至不買帳地別開腦袋。

昆汀看了看鬧脾氣的雷因，再看了看面露頹喪的塞德里克，不由得有些窘迫，夾在兩者之間，他頓時理解身為家長的苦衷。

「牠只是不習慣和陌生人相處。」肩負打破僵持的重任，昆汀只能上前，「不用這麼小心翼翼，雷因皮厚肉硬可不是易碎品，把肉往上拋就行了。」

他邊說邊隨手將血淋淋的肉排往空中一拋，通體漆黑的巨龍便默契十足地張口接住。只是這番話顯然得罪了雷因，滿布鱗片的龍尾如長鞭似的拍擊地面，力道雖不大，但響亮的聲音已足夠表達不滿。

這點動靜或許能嚇退其他試圖親近的人們，對經年相處的伙伴卻毫無威脅性，昆汀神態自若地又拋出一塊牛排，「我說的難道不是實話？你這身銅牆鐵壁根本刀槍不入，敵人想攻擊都不知道怎麼下手。」

不知是食物，還是將昆汀的說法視為讚美，巨龍沒再吵鬧，只是自鼻腔噴出一股熱息，金黃色的獸瞳瞥向塞德里克手中的桶子。

一方是無聲催促，另一方是看得目不轉睛的期待，雙方都沒有多加掩飾的打算。夾在中間的昆汀也沒有多想的餘裕，咬牙選擇能夠同時滿足兩者的答案，「你試試吧。」

「可以嗎？」一雙總是冷淡高傲的翡翠色瞳眸，突然綻放別於以往的稚氣光芒，整張精緻面孔也連帶靈動起來。

「當然。」昆汀明白無人能拒絕那道無比炫目的視線，果斷出賣並肩作戰的伙伴。對上雷因控訴的目光，他以手背蹭了蹭鼻翼，有些心虛地垂下眉眼，「嘿兄弟，別那麼不友好。」

他可是我們離開王宮的關鍵。昆汀暗自抱怨，試圖緩解湧上胸口的複雜情緒。

「喀、喀、喀——」

聽聞雷因刻意加重力道咀嚼肉排，白森森的利牙看得昆汀背脊發涼，正思考事後該如何安撫巨龍，就聽身旁傳來難掩雀躍的驚呼。「牠吃了！這麼多次牠第一次吃我給的東西。」

男人少見的興奮模樣讓昆汀多看了好幾眼，半晌才後知後覺從語句中發現端倪，「你經常來嗎？」

「我，不……不行嗎？」

「我以為這與你的興趣不相符。」

「那你以為我的興趣是什麼？」

「參加晚宴、跳跳舞、喝喝下午茶，或是下棋。」提及下棋，昆汀昨日撞見的場景登時浮上腦門，意外聽聞的對話依舊歷歷在目。

「也沒什麼滿不滿意，反正不是他也會是別人。」

昆汀並非有意偷聽，只是在行經花房時，因為熟悉的聲線緩下腳步——是塞德里克。

「看來他不是你預期的人選。」

這是一道相當陌生的淡定嗓音。昆汀下意識轉向聲源，藉由映在花房玻璃牆面的輪廓才認出發聲者的身分。烏黑長髮、一襲純白長袍，是那名常駐宮中，有所耳聞卻沒有機會親眼拜見的首席魔法師。

「他怎麼可能是預期的人選，甚至不是北之國的人，你知道和一個根本不尊重我們傳統的人溝通有多難嗎？」

聞言昆汀瞇起眼，心頭升起一股不快的悶氣，縱使不樂見這場婚姻，任誰都不樂意被拿來比較，更何況還是如此負面的評價。

「那麼如果是別人會比較好嗎？像是騎士團那些仰慕者。」

「至少他們都是熟悉的人。」

魔法師的提問和塞德里克的答案令昆汀一凜，他可沒忘記前些日子在自己面前表達心跡的康納。或許康納曾經當面向塞德里克傾訴情衷？又或許任性的王儲私底下有個深愛彼此，只差名分的祕密情人？

未等釐清真相，昆汀就聽見塞德里克如此說：「不過你沒參加儀式可是讓我好傷心。」

昆汀驀地瞪大眼，為男人鮮少的示弱而驚訝。他當然聽得出那是個親暱的玩笑，只是沒想到原來塞德里克面對雙親以外的人能如此鬆懈。

突然間一個念頭如閃電般擊中昆汀，或許那名傳聞總是待在高塔上的魔法師是塞德里克喜歡的對象？那是否意味著康納沒有機會？這個猜測令他陷入更加膠著的苦惱，誰適合頂替自己成為王夫，是康納？魔法師？還是其他人？

「誰說興趣只能有一個？喜歡下棋和喜歡龍並不牴觸，況且怎麼會有人不喜歡龍，那可是傳說中的生物，象徵力量和……」

思緒被嘟囔的男聲打斷，昆汀望進那汪亮晶晶的綠潭，探問不自覺躍出舌尖，「那個魔法師呢？」

「你說拜倫？這是個好問題，我之前和他提過幾次雷因，他的確感覺興趣缺缺。不過拜倫算是例外，那個滿腦子只有法術的人對什麼都意興闌珊。」

「聽起來你們關係很好。」

「算是吧，我們年齡相仿，宮裡也沒其他玩伴，所以不得不忍受彼此。」只見金髮的王儲聳了聳肩語帶嫌棄，嘴角卻藏不住笑意。

見話題稍有進展，昆汀連忙趁勝追擊，「那騎士團的成員呢？記得你和康納的劍術風格雷同，平常應該都一起訓練？」

「我們師出同門，但我和騎士團基本上會錯開訓練時間，平日碰上也會互動，只是……」沒把話說完的塞德里克將最後一片肉排拋向巨龍，低下頭，待以巾帕拭淨手中的血水才再次開口，「在他們眼中我就是王子，我必須表現得像個王子，那是我的身分，我的職責。」

「可是身分不代表一切。」昆汀向來對貴族一類特權階級沒有好感，初次聽聞別於以往的觀點，震撼之餘也不忘為自己的看法辯解。

「是啊，你以為每個人都和你一樣粗魯無禮。」

「嘿！」

「不說那些了，我還能來看牠……雷因吧？」

「在詆毀牠的伙伴後，你覺得我會答應？」

「看來我需要提醒你一件事，不論是你或雷因，目前都在屬於我家族的土地上，沒有人可以阻止我巡視領地。」

「你知道我們隨時可以離開。」昆汀憑藉身高優勢瞪了笑得洋洋得意的男人一眼，板著臉試圖壓下不自覺上揚的嘴角，然而不足兩秒隨即宣告失敗，笑意露餡。

「那還等什麼？」

氣。

「要不是為了遵守承諾，我早就——」

你一言我一語，或諷刺或挑釁，口頭上兩人誰也不讓誰，格外融洽的氣氛中無人真正動氣。

†

自從那次偶遇之後，昆汀時不時會碰上前來探訪雷因的塞德里克。話題除了繞著同在現場的巨大生物轉，兩人也會天南地北閒聊幾句。

一如今日，昆汀依照慣例在剛過晌午的時間，領著早已等不及的黑龍步出格局經過修整的廢棄馬廄，就見身穿獵裝的頎長人影已經候在前方不遠處，自然得彷彿事前相約出遊。

一人一龍才剛靠近，塞德里克就率先打破沉默，「你們要去哪？後山嗎？」

「連續幾天都下雪，今天天氣稍微好一點，再不放雷因出去牠都要拆房子了。」

「那走吧。」

「說起來，你最近似乎來得特別頻繁？」視線落在逕自邁步走在前頭的男人身上，昆汀眨了眨眼。

「和之前差不多吧。」

「可是我從沒看過你。」昆汀疑惑地挑起眉梢。

「那是因為我故意避開你會出現的時間，上次只是意外。」

聽聞嗤笑，昆汀下意識反問：「為什麼？」

「因為我不喜歡被人打擾。」

「那為什麼這幾次都——」

「沒有為什麼！因為我樂意！」眼睜睜看著絲綢般金髮下透出的白皙後頸染上緋紅，昆汀心靈福至瞭悟男人以氣急敗壞掩蓋的理由。

他清楚自家伙伴面對外人的防備態度，可以想見塞德里克私下不知已碰壁多少回，選擇與自己一同出現，無非就是想藉此增加和雷因的互動，昆汀思及此不禁莞爾。

分明沒有發出聲響，塞德里克卻敏銳地回過頭，「你笑什麼？」

昆汀見狀笑意更甚。想當然爾，這番舉動惹來越發銳利的怒視，昆汀抿了抿唇，連忙收斂表情，「沒有，我沒有笑。」

越是相處，昆汀便越是了解年輕的王儲看似驕縱任性，實則不過是孩子心性。受到刺激時，只要忍讓哄勸就不會再計較，如果非要衝突，就算是絲毫枝微末節的小事都會記仇許久。

繞過城堡的主建築，與看守森林的騎士打過招呼，兩人很快來到覆蓋皚皚白雪的森林邊緣。目送迫不及待的雷因展翅升空，昆汀將目光轉向一旁穿著相較平日簡便的男人，「今天有什麼事嗎？你的穿著不太一樣。」

「我剛帶哈茲跑了幾圈，為後天的慶典暖身。」

「慶典？」

「每年冬季都會依循傳統舉辦狩獵慶典，平日管制的王家森林也只有這時會對受邀參與的貴族開放，最後的勝利者可以向父王提出一個請求。」

「什麼請求都可以嗎？」昆汀眼睛一亮，彷彿久困於伸手不見五指的黑暗，終於捕捉到一絲光線般興奮。

「當然不是，歷任的勝利者都知道分寸。」

心頭燃起的希望被一記白眼撲滅，昆汀不是滋味地撇了撇嘴，仰頭望向在高空頻繁變換盤旋姿勢的小黑影，流淌在血液中的好動因子不由得浮躁起來，「我能夠參加嗎？」

「先說清楚，參加慶典的基本門檻必須是貴族，婚禮還沒舉行，目前你只具備準王夫的虛位，並不符合資格。」

聽出塞德里克的言下之意，昆汀也不著急，「你的語氣聽起來還有商量餘地。」

「可以破例讓你參加，但因為身分受限，即使表現再優異，都不可能成為勝利者，更不可能得到你想要的獎勵。」

「無所謂，我只是想活動活動筋骨。」得到滿意的答案，昆汀迎著風，咧嘴笑得燦爛，腦中已經浮現久違在森林中策馬奔馳的景象。

†

在昆汀的翹首企盼下，將近四十八個小時過去，總算來到一年一度的慶典當天。

那是個碧空如洗的午後，太陽穿透重疊的雲層，細碎金色光點灑落在積雪未退的山坡，彷佛披上一件華麗而曖昧的薄紗，與幾乎看不見盡頭的茂密杉木林構成一幅明媚畫面。

向來寂靜的王家獵場迎來一眾盛裝打扮的男女賓客，裝束簡便的昆汀身在其中反倒相對醒目，更遑論他本就因王夫身分和破例被允許出席而成為關注焦點。除了昆汀本身，在空中盤旋的黑龍同樣輕而易舉地吸引在場所有日光。

閒言閒語嗡嗡直響，昆汀就算再遲鈍也不可能沒有感覺。他想盡辦法忽略來自四面八方或嘲弄或好奇的打量視線，幾乎是本能地驅使胯下馬匹走向相對熟悉的對象。

身為王儲的金髮男人理所當然是眾星拱月，只是當昆汀稍稍靠近，那些圍攏在塞德里克身旁的群眾便不約而同往兩側讓道。

似乎是透過氣氛變化察覺了端倪，原先正與一名年輕女士對話的塞德里克驀地回過頭，幾乎是在與昆汀對上眼的瞬間，男人好看的眉型便打了個結。「你怎麼穿成這樣？」

聞言昆汀低頭看了看自己有些陳舊但乾淨整齊的衣物，語氣理所當然，「狩獵不是應該靈活輕便，難不成還要穿禮服嗎？」

「狩獵時穿獵裝不是應該的嗎？」

「這就是我的獵裝。狩獵又不是選美，穿著那些華而不實的布料還能拉弓嗎？」昆汀不贊同地撇了撇嘴。

這話換來塞德里克一聲冷哼。昆汀還欲多說，就聽見端坐在一匹高大白馬身上的尤萊亞朗聲宣布慶典開始，低沉的號角登時響徹雲霄。

「狩獵以三小時為限。規則很簡單，獵物體積越大獲得的點數越高，點數最高者勝出。敬請各位小心自身安全，也預祝各位——」

禮侍官尚在說明細節，然而或許是多半參加者只顧爭奇鬥豔，而另一部分則急於出發獲得更多獵物，根本沒有多少人願意撥出注意力多聽幾秒鐘。

昆汀目送馬背上的人們三三兩兩進入森林，落在後方也不著急。他緩緩地抬頭，望著那抹熟悉黑影來回穿梭於雲層之間的模樣，不由得低笑出聲。

「你怎麼還愣在這裡？」

聞聲回首，昆汀突然意識到塞德里克身旁少了一抹人影，「怎麼沒看到拜倫？」

「他對這種活動沒興趣，比起面對這些人，他大概寧願一輩子都關在塔樓裡。」

「真是可惜。」

面對昆汀的感嘆，塞德里克只是聳了聳肩，率先拉起韁繩，輕蹬馬肚。

昆汀見狀，連忙跟上前去，「哎，你去哪？」

「慶典的號角已經吹響，而你我身處獵場，我以為答案理所當然。」

「但你只有一個人？」

「我看起來一個人就無法狩獵嗎？」

「不，我不是那個意思，是說其他人都有帶侍從或是獵犬，你不用帶上幫手嗎？」

「誰說我沒有幫手？」只見塞德里克伸手湊到唇邊，吹出一聲清脆的哨音，下一秒就見一抹白影以極快的速度從身旁飛掠而過，掀起的強風拂亂了髮絲。

待昆汀定睛一瞧，才看清穩穩停在男人左手臂上的巨型鳥類，由專人精心打理的羽毛在陽光映照下閃閃發亮。「這是米菈，我視力絕佳的幫手。」

那是隻通體雪白的猛禽，被北之國王族作為紋章的雪鷹。牠姿態優雅、氣宇軒昂，尖銳的鳥喙與腳爪閃爍著不容質疑的森冷光芒，完美地將力與美結合於一身。

「牠真美。」雪鷹盛名遠播，卻因生性警戒不易捕捉，即使意外拾獲也難以人工飼養，初次有幸近距離觀察雪鷹，昆汀忍不住驚嘆出聲。

同時間，原先親暱啄食男人手中肉條的米菈昂起腦袋，犀利的目光緊緊鎖住昆汀，睥視昂藏的神態倒是與塞德里克有幾分相似。

「去吧，米菈，替我向巴羅問好。」雪鷹振了振展開後長達七英尺的雙翅，發出一聲長嘯，在塞德里克揚手的剎那騰空而起。

「巴羅？」

「巴羅是米菈的配偶。」

昆汀依依不捨地收回落在雪鷹身上的目光，策馬跟上塞德里克，「你剛剛說替你問好，代表你接觸不到這位巴羅？」

不等男人搭腔，就聽到另一聲長嘯劃破天際，與方才鳥鳴有些相仿，卻相對低沉一些。

昆汀循聲昂首，詫異地瞧見另一隻體型更大的雪鷹，正以銳不可擋的速度衝向在空中盤旋的米菈，不容阻止的氣勢令他心頭一緊，想也不想便取箭搭上長弓。

「昆汀，別動！」

聽聞喝止他先是一愣，隨即意會過來，「那……就是巴羅？」

從綠眸中得到肯定的神色，昆汀震驚地瞪大眼，再次仰首望空。沒有發生預期中的激烈廝殺，取而代之的是互動親暱的兩隻猛禽。

「那位巴羅，看起來可不像是被馴養的鷹。」不似米菈優雅完美，帶有傷疤的巴羅看起去更加強大也更加貼近自然。

「巴羅是野生的雪鷹，牠歷經無數征戰，贏得這一片森林的統治權。」塞德里克勒停馬匹，噙在嘴角的笑意有幾分得意和驕傲，「每次看著他們翱翔，我都忍不住想像御風而行的感覺。」

「如果——」

昆汀剛起的話頭被逼近的馬蹄聲打斷，接著響起熟悉的男聲，「殿下，抱歉希望沒有打擾你們。剛才殿下身旁很多賓客所以來晚了，父親託我向殿下問安。」

「蓋爾男爵多禮了。」

「我有這個榮幸與殿下同行嗎？殿下身旁沒有侍從服務，請容我毛遂自薦。」

「我以為邦妮女爵和幾名女士剛才已經向你遞出橄欖枝。」

康納面對揶揄漲紅了臉，飄向塞德里克的目光似乎有些手足無措，「呃不……的確有些不擅狩獵的女士希望我能同行，但我都婉拒了，因為更希望陪伴殿下。」

眼見氣氛正好，後知後覺憶及目的的昆汀這才意識到該給兩人獨處空間，連忙找藉口離開，「啊，我看前面好像有一隻兔子，先走了，你們慢慢聊。」

他把話扔下，不等回應便匆匆策馬拉開距離，心頭始終惦記著能否脫身的關鍵。昆汀沒有走遠，藉著杉木林的遮蔽，目光始終落在並騎而行的兩人身上。聽不見對話，只能瞧見塞德里克和康納仍在閒聊，由神情判斷似乎相談甚歡。

他跟著繼續前行的兩人走進森林深處，突然間黑髮騎士伸手指向前方，回頭呼喚塞德里克。接著金髮王儲動作俐落地拉滿弓，下一秒羽箭疾速掠過天際，精準地射中一隻大雁，正式為慶典揭開序幕。

康納上前替塞德里克拾取今日第一個戰利品，期間兩人不知說了些什麼，雙雙對視而笑。昆汀遙遙盯著塞德里克向男人綻開的燦爛笑顏片刻，沒來由地一股無以名狀的彆扭湧上心頭。他抿了抿唇沒有多想，將陌生的情緒歸納為牽線計策初次奏效的無所適從。

既然情況發展順利，應該不須時時刻刻緊迫盯人吧？更何況就算繼續鬼鬼祟祟地投以關注，對於擺脫王夫之名也沒有什麼實質作用。最初的興奮淡去，開始浮現不耐煩的昆汀伸手蹭了蹭鼻頭。

他正考慮不如遠離人群聚集的方向，獵幾隻大雁或兔子給雷因加菜，然而還未來得及動作，便聽尖銳的鳥鳴劃破寧靜。不待辨別聲源的方向，緊接著是一聲高呼，「殿下小心！」夾雜其中的迫切和緊張無比真實，令昆汀心頭一跳，來不及猶豫已順從本能策馬跑向聲源。距離稍稍拉近，率先映入眼簾的是雙雙倒臥在雪地上的兩抹人影，以及盛開在潔白雪地上的猩紅血花，鮮豔得幾乎刺眼。

「里奇！」昆汀呼吸一滯，瞳孔瞬間放大，接連催促胯下的馬匹加快速度。

俐落地躍下馬背，他趕忙上前扶起被康納護在懷中的塞德里克。確認男人除了衣物沾染雪屑，看上去似乎毫髮無傷，昆汀急促的呼息才漸趨緩和，停擺的思緒重新開始運作，「還好嗎？有哪裡受傷嗎？」

「沒有，就摔了一下，馬背這點高度沒什麼。」

「你知道怎麼回事嗎？」

「不確定……我是先聽見米菈長嘯，接著康納又發出一聲大喝，還來不及回頭查看就被撲倒了。」

「所以地上的血是康納的？」

昆汀聞言，這才將些許注意力移向黑髮騎士仍汩汩滲血的胳膊，「嘿兄弟，你的傷勢嚴重嗎？」

「沒事，只是皮肉傷。雖然米菈無法阻止箭勢，但多虧牠改變箭矢方向，幸運避開了致命位置。」

「你有看見什麼可疑的人嗎？」

「很抱歉，情況太危急了，我只知道箭是從那個方向過來，很急很快，明顯不是由高空落下的速度，當時只來得及撲過去把馬背上的殿下推開，沒有時間細看。」

昆汀隨著康納手指的方向望去，毫不意外視野所及範圍內一個人影也沒有。他蹙起眉頭，垂首轉向斜插在積雪中的凶器，還在深思就聽見狗吠響起，不須細聽也能察覺為數不少的雜沓腳步逐漸靠近。

這番騷動既能夠吸引昆汀的注意，會招來他人注意也不奇怪。不過片刻，好事的賓客紛紛由各處向塞德里克聚攏，連帶箭矢來襲方向的雪地也滿布獵犬、馬駒和侍從的腳印，行凶者可能遺留的痕跡理所當然地全被破壞殆盡。

「這麼吵怎麼獵得到東西？兔子都被嚇跑了。」

「就是嘛，難道想用這種方式妨礙大家贏得勝利嗎？真是下流的手段。」

高亢的聲調換來接二連三的附和，一方仍在絮絮叨叨地抱怨，就聽到另一方驚呼：「有血！是血！噢、噢我頭好暈，誰快來扶我一下……」

「殿下受傷了嗎？天啊，哪個刺客膽子那麼大！」

「刺客？真的假的？」

「應該不會吧，也許只是意外？」

「意外？閣下別說笑了，朝高空射箭應該是常識吧！」

「連在王家獵場都不安全，這世道究竟是怎麼了！殿下身旁也沒人伺候，那些懶惰的傢伙一個個都該受處罰！」

王儲遇襲，理應同仇敵愾的情景此時卻只見眾人你一句我一句，七嘴八舌爭先發表意見，吵吵嚷嚷的議論聲量大得甚至驚起成片鳥群。

即使眼前諸位貴族的名字一個都叫不出來，也不妨礙昆汀察覺真正有心關切塞德里克的人少之又少，站在旁觀者的立場，那無疑是個萬分滑稽的畫面。

昆汀以為驕傲如塞德里克必定嚥不下這口氣，怎料沉默的金髮王儲面色泰然，一雙祖母綠色的瞳眸平靜無波，似乎對這場鬧劇毫不意外亦毫不在乎。

「殿下受了驚嚇，今天是否先回去休息？」康納終於發話了，在嘈雜紊亂的環境中，騎士低沉溫和的聲線說服力十足。

「對啊，也不知道那個刺客躲去哪了，殿下應該以安全為重。」

「雖然有些可惜，但打獵不用急於一時，等到把人抓住再說。」

紛紛附和中有幾分誠意尚且不論，至少說得有理，然而塞德里克顯然不領情，「多謝各位關心，不過身為北之國王儲，我可不會輕易被嚇退，一年一度慶典怎麼能因為這點小事受到影響，城裡人們都還在期待晚上的宴會呢。」

聽聞塞德里克說得漂亮而圓融的一席話，昆汀忍不住蹙起眉頭。男人別於以往的陌生模樣，與那畫像如出一轍淡漠和疏離。

「殿下說得沒錯！北之國的字典裡沒有認輸這個字！」

「不過殿下——」

有人義憤填膺地認同，亦有人另有顧忌，只是未待任何人勸阻，眾人談話就被一聲毫無預警的低沉咆哮打斷。「吼——！」

「你們有聽到嗎？那什麼聲音？」

「吼——吼——」

回應提問的是一聲較一聲逼近的獸吼，人們還杵在原地四處張望，率先察覺不對勁的馬匹頻頻刨地甩尾，獵犬難掩不安警戒地低嗥。

糟了，是熊！昆汀心頭暗叫不好，再有經驗的獵人即使組隊，面對如此大型獵物也不敢輕忽，更遑論冬眠被驚擾的熊隻脾氣更是格外暴躁。

不想造成恐慌，昆汀並未聲張，只是收緊韁繩安撫胯下躁動的馬匹，同時扭頭吩咐：「康納，帶所有人離開！」

「可是——」

「沒有可是，立刻！」昆汀的想法很簡單，人多勢眾或許是優勢，卻也可能因為默契不佳陷入互扯後腿的劣勢，與其將希望加諸於不知會不會添亂的群眾，不如在第一時間將其疏散。

憑藉常年四處遊歷的經驗，昆汀單槍匹馬挑戰熊隻或許冒險，不過並非毫無勝算。只是勇敢無畏的龍騎士沒有料到憤怒的巨獸來得那麼快，仍處於懵然的人們根本來不及反應。

「是熊！天啊，那真的是熊！」

「熊？冬天怎麼會有熊？」

果不其然，恐懼在犬隻密集的吠叫聲中飛快蔓延，未受過戰馬訓練的馬匹多半禁不住如此壓力，紛紛嘶叫著四處逃竄。

「哎！別亂跑啊！」

「笨傢伙！喂！哎喲，痛死我了！」

驚慌失措的貴族單單控制慌亂的坐騎就已吃足苦頭，更有不少人從馬背上狼狽摔落，自然顧不上反擊。

「快點把人帶開。」見局勢發展如同預期，昆汀暗嘆了口氣，再次向手忙腳亂的康納下達指令，同時策馬迎上已經逐漸進入視線中的龐大身影。

「我也可以幫忙！」

「確保眾人安全已經是幫了大忙，至少別讓他們被馬蹄踩死。」

「康納，護送大家離開。」

突然聽聞不容置喙的命令響起，昆汀先是愣了一下，隨即意識到男聲源自一旁的金髮王儲。

「殿下，那您呢？」

「做我該做的。」

雖然已預作心理準備，但當昆汀真正與巨獸面對面時，仍舊免不了發出驚嘆，「該死……」他瞪大眼自腰際劍鞘抽出武器，對於塞德里克如何打算的好奇立刻被出於本能的戒備取代。

這頭棕熊很大，比預期中大得更多。拜禁獵規定所賜，這種大型肉食動物缺乏天敵，憑藉體型優勢能夠輕而易舉稱霸整座森林，於是在充沛資源滋養下，竟恣意長成超過十英尺的龐然巨物。

「吼！」不給昆汀遲疑的機會，盛怒的棕熊瞧見獵物的剎那，便張牙舞爪撲上前來，一時間似乎連地面都因體型駭人的巨獸快速移動而震動。

昆汀控制馬匹靈巧地側開身勢，同時提劍格擋重重揮落的巨爪，化解熊隻攻擊的力道。

然而體型造成的力量差異是絕對的，連人帶馬倒退數步的昆汀沒打算硬碰硬，在巨熊再次咆哮著逼近時，他在馬背上向後仰倒。尖銳利爪夾帶著勁風，幾乎是追著鼻頭揮舞而過，僅只半英寸的距離，就能輕易將男人的頭顱抓出一個窟窿。

沒有猶豫畏懼的時間，閃過熊爪的瞬間昆汀便猛然挺身，揚手對準巨獸腋下就是一劍。

「吼！嗷吼——」吃痛的棕熊發出一聲怒吼，顯然更加不悅，勢如破竹咆哮著衝向膽敢造成傷害的人類。

龍騎士面對生死一瞬或許無所畏懼，從王家馬廄借來的坐騎卻不是如此，察覺到馬匹的躁動，昆汀一蹬馬肚，在加速繞至棕熊身後時順勢一躍而起。凌空落下的昆汀伸手攀住巨獸，讓鋒利的劍刃藉由重力劃破厚實毛皮，反應不及的棕熊登時血流如注。

受傷的大型獵食者在嘶吼中陷入瘋狂，始作俑者的昆汀理所當然是頭號目標。為了閃避巨獸越發加劇的攻勢，他在雪地上連躲帶滾，裹得一身白泥，無奈地發現失去坐騎，棕熊的身形看上去更加龐大。

雖說對手受了傷，但單槍匹馬的昆汀依舊沒占到什麼便宜，幾番周旋好不容易成功在巨獸腿上留下一道血痕，同時來不及躲開便與熊掌錯身而過，整個人彈飛出去幾步之遠。

昆汀當然不是任人揉捏的軟柿子，吐出一口血沫，提著劍主動迎上暴跳如雷的巨獸，動作俐落地反手又招呼在棕熊身上，然而同時間利爪已經當頭襲來。嗅著巨熊嘴裡的腥臭味，昆汀已經準備硬生生扛下這回攻擊。

只是褐髮龍騎士沒料到，一股氣流竟在此時擦著右側耳畔呼嘯而過，緊接著就見一支箭矢精準地射中棕熊左眼。「嗷！」

聽聞熊隻因為吃痛發出震耳欲聾的嚎叫，他連忙就地一滾，逮著空檔自熊掌下脫險。昆汀當然不會放過這個大好機會，執劍的右手一揮，俐落解決視力受損暫時喪失攻擊能力的巨獸。

「碰！」確定轟然倒地的龐然大物不再動彈，鬆懈下來的昆汀這才回過頭，果不其然隨之映入眼簾的是跨騎在白馬上頭的挺拔身影。

相對遙遙退開的群眾，與昆汀距離最近的男人擁有一頭醒目的鉑金色鬈髮，那是手持長弓的塞德里克，沐浴在炫目陽光之中，猶如翩然降世的尊貴神祇。

即使昆汀經年在泥地中打滾，對於美感毫無追求，也得承認此時此刻的年輕王儲的確十分賞心悅目，但無可否認，那種無法觸及的距離感同樣令他反感。

於是不待理智運轉，故意為之的揶揄便已躍出舌尖，「嘿，那支箭和我的耳朵就差那麼一點！」昆汀舉起手，故意以右眼透過拇指與食指之間留下的細微縫隙，打量塞德里克的表情。

「相信我，憑你的皮粗肉硬，即使中箭也死不了。」只見塞德里克彎起嘴角，不再是高不可攀的模樣，透出笑意的祖母綠色瞳眸閃爍著狡黠和戲謔，整個人變得鮮活靈動。

Quentin Nestor × Cedric Diallos

NORTHERN EMPIRE

第5章

Northern Empire
Crown Prince & Dragon Knight

「普利莫，前幾天發生的意外有結果了嗎？」

只見被點名的騎士團團長面露難色，躊躇片刻才開口：「陛下很抱歉，經過徹查，至今對於那支箭矢的來源尚且一無所獲。」

雖說早有預感，但當答案揭曉時，尤萊亞仍不禁皺起眉頭。還未來得及發話，就聽見貝倫特先一步提出質疑，「華夫閣下的意思是，騎士團承認自己的失職？」

「侯爵閣下言重了，儘管並未查出是否真有所謂刺客存在，當時本團騎士的確不負使命，在危急時刻保護殿下周全。」

普利莫才剛說完，尼古拉隨即發出一聲不認同的低哼，「護主乃是騎士義務，難道閣下還要抓著這點小事向陛下邀功？」

「我只是就事論事，不知公爵閣下有何指教？」面對落井下石的兩人，地位略遜一籌的團長毫不露怯。雖未繼承家族爵位，但相較常年駐守邊境的兄弟華夫公爵，任職騎士團團長的普利莫反倒更熟悉議事廳內的唇槍舌戰。

「指教不敢，只是論及功勞，那位奈斯特閣下才是真正功不可沒吧。」

「公爵閣下主動提起此事，想來是做好心理準備將兒子好不容易贏來的獎賞拱手讓人了。」

貝倫特這番話顯然踩到了尼古拉的痛腳，後者頓時吹鬍子瞪眼睛，「那個異邦人根本不具備參加慶典的資格！」

「若非如此，我今天也沒這個榮幸見到……叫雷蒙是吧？」

「怎麼，我家優秀的孩子讓你想起兒子了嗎？」

局勢驟然轉變，向來不合的兩人似乎突然意識到對方存在，一個恥笑獲得榮耀是因為他人手下留情，另一個嘲諷孩子接連早夭連繼承人也沒有。雙方相互攻訐，挑準軟肋毫不留情，原先被當作眾矢之的普利莫反倒成了旁觀者。

見二人沒有休兵打算，王座上的尤萊亞抬手出聲阻止，「行了，都別說了。普利莫繼續調查，有什麼發現立刻向我彙報。」

「遵命。」

尤萊亞垂眸掃視神色各異的眾人，最後落在數張面孔中最青澀的一個，「至於你，雷蒙，年輕的獵人，為了表揚你傑出的表現，想要什麼獎勵？」

「希望三天後的舞會，有幸與王子殿下共舞。」

聞言尤萊亞先是一愣，接著忍不住笑了，「這種獎勵倒是挺新奇的，不過邀約不是應該向本人提出才是嗎？」

「我……」

「好吧，我替王子允諾你一支舞。」應答的對象是雷蒙，尤萊亞的目光卻始終停留在一旁的其父尼古拉身上。畢竟看似玩笑的獎勵，實則隱含著政治意涵，目的即是試探尤萊亞對於異鄉王夫的立場。

「謝謝陛下賞賜。」

佯裝沒有察覺有心人士的情緒起伏，尤萊亞彎起嘴角面露欣喜，「舞會就是需要像你這些年輕孩子。屆時再向諸位正式介紹王室新成員，畢竟婚禮在即，是時候讓昆汀亮相了。」

王座居高臨下，尤萊亞自然沒有錯過眾人聽聞此話的反應，尤其是尼古拉驀然僵硬的笑顏以及隱隱透出難堪的幽深目光。

與塞德里克相同的綠眸一轉，朝始終保持沉默的伊莉莎白女伯爵看了半晌。見無人再搭腔，他也樂得趕緊打發跟前看似平和無波，實則各懷心思的貴族。「今天就到這裡吧，不浪費各位盛裝打扮的時間了。」

目送裝模作樣的貴族離去，遣退左右伺候的僕從隨侍，富麗堂皇的偌大議事廳內只餘下尤萊亞最熟悉的親信，長髮及肩的國王總算得以卸下防備。

「曾以為不屬於任何一方的昆汀能為北之國帶來新氣象，也許是我錯了，這反而將里奇置於險境……」尤萊亞伸手揉了揉眼窩，低聲感嘆。

「醫官看過了，里奇他沒事。」

定神與伴侶對視良久，眉頭深鎖的尤萊亞如此提議，「把我身邊的人分一些過去吧，事發當時里奇身旁只剩一名騎士護衛實在太過蹊蹺。」

「不行，里奇好歹還有點武力自保，你身邊不能沒人。」

習慣了事事順心，被武斷拒絕的國王難免不快，「不是有你嗎？」

「只有一個人不夠，我們談過的，你身邊得有人看著。我信得過的人手，好嗎？我的陛下，親愛的，好嗎？」

尤萊亞撇了撇嘴，試圖抽回被托爾拉住的手未果，自鼻腔發出一聲悶哼算是同意男人的承諾。

服侍王室多年已晉升為首席管家位置的安德森，第一個學會並恪守至今的規矩便是不管看見或聽見什麼祕辛，都該置若罔聞且三緘其口。不論是目睹貴族言談間暗潮洶湧，又或是國王及親王私下的相處模式，老管家始終低眉順目面不改色，直到呼喚聲響起。「安德森。」

「陛下。」當安德森望進尤萊亞那雙綠眸時，毫無意外國王已恢復往昔的冷靜。

「最近那兩個孩子怎麼樣了？課程應該進入下一個階段了吧？」

「是，但我無法昧著良心說一切順利。」安德森嘆了一口氣，昨日的僵持場面彷彿歷歷在目。

一如往昔，那是性教育課程的時段，在書房外碰上彼此的塞德里克與昆汀狐疑地一同入內，兩人雖對於對方的出現感到詫異，但閒聊間流露的融洽顯而易見。

「從今天開始，兩位殿下的課程將會一起進行，並加入雙人互動的要求，例如親吻、愛撫、性愛模擬。性愛模擬的部分，在過去課堂中昆汀殿下已經使用模型進行無數次，那現在請吧。」

然而當安德森宣布進階的授課方式時，一切的悠哉美好都在瞬間凝結，再遲鈍的人也能察覺塞德里克的警戒以及昆汀的無所適從。

果不其然，昆汀在好半晌的沉默後，語帶遲疑地吐出反問，「你說，在……他面前嗎？」

「需要我再次提醒您距離婚禮只剩下幾週嗎？」

「但、但是還沒結婚，難道不用迴避嗎？」

安德森面無表情與震驚的昆汀對視，沒有退卻的打算，「我的工作是確保您清楚該做什麼並且如實完成，所以是的，您得在殿下面前替陰道模型潤滑，然後將陰莖模型插入。」

畢竟房事順利意味著繼承人的誕生，對人丁單薄的北之國王室而言，沒有什麼比子嗣更加重要。為了達成這個目的，忍受此時的僵持與尷尬成了安德森不得不為的必然經過。

有鑑於昆汀過去曾表現出的消極，安德森以為需要更多時間纏鬥，才能逼迫對方退讓，卻沒想到塞德里克在此時發話。

「你還要發呆多久？」與語氣相同，金髮的王儲一臉不耐煩。

「我不是發呆，只是……」

「沒有發呆，只是杵在那邊什麼也不做。」只聽一聲嗤之以鼻的低哼，接著片刻之後，塞德里克故意發出恍然大悟的驚呼，「喔，其實你不是不作為，而是無法作為？」

「嘿！」

塞德里克一把推開試圖抗議的昆汀，在毫無潤滑的情況下，極為粗魯地將擬真陰莖貫穿模型，「就只是插入，這麼簡單的動作有什麼需要猶豫的地方嗎？」

見狀安德森只覺得太陽穴隱隱作痛，雖說清楚塞德里克的性格，但兩人合作打敗巨熊的消息早在慶典當日傳遍王宮，不可否認他難免心懷僥倖，而今證實期許依然只是期許，忍不住呼出一口長氣，「殿下，雖然性事的進行很重要，但首要條件是您的——」

「這個結果真不意外，那孩子脾氣就是那麼拗。」

思緒被突如其來的輕笑打斷，回過神的安德森當然沒有接話，只是垂下眼簾靜候指示。

「別這麼擔心，他們還有時間，像是三天後的舞會。」對比安德森的憂心忡忡，金髮國王顯然樂觀許多。

†

至於成為眾人話題中心的塞德里克和昆汀，在例行晚宴上被尤萊亞提醒務必出席舞會並負責第一支舞後，又是另一番風景。

舞會對塞德里克而言不過是個枯燥乏味卻又無可避免的社交場合，既沒有新意，也沒有丁點值得期待的樂趣，猶如呼吸般的存在自是不須分神做什麼準備。然而當翌日親眼瞧見昆汀的舞姿時，他無比慶幸有多嘴問上一句。

塞德里克盯著以歡快節奏手舞足蹈的男人，伸手捏了捏鼻梁，總算稍稍平復震驚的情緒，「你那是多人的行列舞，雙人舞呢，你會跳吧？」

「算是，會吧……」

聞言塞德里克一愣，為昆汀的答案感到錯愕。尷尬延續了數秒鐘，最後是對男人越發沒有信心的塞德里克打破沉默，「我不打算做沒意義的猜測，這樣好了，你跳一遍給我看。」

「我，一個人？」

「是的，別讓我等太久。」

於是遠比預期來得更為糟糕的畫面，在接下來一分鐘內映入塞德里克的眼簾。憑心而論，昆汀的舞步和節奏都沒有錯誤，僵硬的肢體動作卻比什麼都來得醒目。

理應柔美曼妙的樂曲透過男人彆扭的演繹，不見絲毫輕巧翩然，每個轉身和迴旋反倒如同例行的劍術訓練一板一眼，彷彿一場格格不入的災難。塞德里克擺手示意樂隊停止演奏，語帶促狹，「這麼特殊的風格，可以想像一定是舞會焦點。」

「謝了，我會把這個當作讚美。」

「所以我還有七十二小時可以讓你稍微低調一點。哇，真是充分的時間啊！」不願丟臉的塞德里克嘟囔著闔上眼，深深吸了一口氣，接著徐徐吐出，綠眸重獲光明的同時已恢復往常的冷靜的犀利。「你知道北之國有一種由兩名男性共舞的雙人舞嗎？」

「你的意思是我要學新的舞？」只見昆汀一怔，顯然沒料到這種發展。

「與其去矯正已經定型的習慣，不如從頭開始，而我認為鬥舞的風格更適合你。先看一遍。」塞德里克說著隨手撈起擱在一旁的斗篷披上，將左手懸空背在後腰，樂音奏起的剎那左腳一個重踏，接著是一連數個輕巧的碎步，一邊踩出有力的節奏，一邊以強悍的氣勢逼近男人。

距離昆汀不過半步的距離，塞德里克俐落地旋身，隨之揚起的斗篷幾乎擦著男人鼻尖掠過，帶起一陣勁風。他停下腳步，回頭望向傻杵在原地的龍騎士，「這是主要舞步，其他的變化都是以此為基礎，看懂了嗎？」

「應該吧……」

任誰都能聽出昆汀話裡的不自信，塞德里克再次長嘆了一口氣，「先試試吧。」

「抬手，鬥舞持握的手勢和一般雙人舞差不多。」

「我得說，在我極少數的經驗中，你是最高的舞伴。」

「你則是我諸多舞伴之中跳得最差的一個。」

塞德里克自然聽出昆汀的言下之意，嘴上同樣毫不客氣。

沒等男人反應，金髮王儲握住對方的左手，接著說道：「鬥舞是由騎士決鬥的動作演變而來，比起細膩優雅，動作更加乾淨利落，以力道和節奏展現廝殺的瞬間。說得簡單一點，和劍術對決一樣，主要的步法分成攻擊步、分離步和膠著時的正反並進步。」

「聽起來稍微可以想像……」

「很好，繼續保持下去，現在看清楚我的動作，然後記住音樂節拍。」塞德里克微仰下頷，目光直勾勾鎖住昆汀，低聲數著節拍下指令，「一二、一二……來，臉朝左，右腳伸向左邊，左腳跨向外側，臉和腳復位，一樣的動作再一次，復位同時兩個人一起向右側移動，接著再一次。」

抓準變換動作的前一刻，塞德里克再次發話：「現在站定，上半身維持持握姿勢，下半身踩出逆時針旋轉的步伐，象徵戰事的僵持膠著。記住眼睛要看著我，像是決鬥時瞪著你的對手。」

「這或許是今天最簡單的——嘿！」沒等昆汀把話說完，塞德里克猛地將手忙腳亂的男人拉近，近得兩人胸膛緊密熨貼，近得能夠清晰察覺對方的氣息。

「靠近一點。」塞德里克解釋似的說道，下一秒足尖一頓，把昆汀推了出去，緊接著又將他拉近，「放開右手退開，再回來。」

抬眸對上一雙藍色的瞳眸，這是塞德里克第一次如此近距離端詳那張越發熟悉的面孔。

「放手，然後完全分開。」手上應聲使勁，將昆汀推開的同時塞德里克旋身而出，僅餘下視線牢牢黏在男人身上，「收腹挺胸，踩著弧形前進，我一步你一步，互相打量互相警戒，伺機尋找下一次攻擊機會。」

嘴上絮絮叨叨地說著，塞德里克肅穆的神色沒有絲毫懈怠，虛垂的右手彷彿真的執有一把得以取人性命的長劍。「鬥舞的基本編排很簡單，一方先攻，接著兩方近身攻防，拉開距離後再由另一方攻擊。換你了，進攻。」

「你說，進攻？」

「別懷疑，騎士，拿著你的劍撲向敵人。別說不會，這不是你唯一的專長嗎？」沒等男人抗議，塞德里克自顧自數起節拍，「注意腳步，一二、一二、一二、踏步、轉身，現在已經逼近敵人，左腳重踏，然後再一個迴圈。」

也不知是否塞德里克蹩腳的激將法起了作用，昆汀遲疑片刻，首次在無人帶領只依循聲音指揮的情況下有所動作。

「手抬高，揮舞你的劍，斜劈、橫砍、上挑直取首級，這個時候把手搭上我的腰，我會後仰上身閃避，你的右腳要配合我退後。」塞德里克或扭頭或側身，隨著昆汀的動作做出反應，活靈活現演繹出決鬥場上每次命懸一線的攻防。

一個口令一個動作，逐漸靠近的男人雖說尚有進步空間，但至少乍看之下有模有樣，而非如同先前抒情慢舞那般尷尬得令人不忍直視。

†

經過緊鑼密鼓的訓練，時間很快來到舞會當晚。

諸多貴族毫無疑問不會放過這得以爭奇鬥豔的社交場合，為了從中脫穎而出，擁有一頭王族標誌性金髮的王儲選擇一席藏紅禮服，搭配長及地面的雪白狐裘斗篷，將本就雍容尊貴的容貌襯托得益發氣度不凡。

與塞德里克一同現身的男人無他，正是準王夫昆汀。相對塞德里克的張揚，一身純黑打扮的龍騎士顯然低調不少，綴於領口及衣襬的銀白滾邊雖說已較平日穿著來得華美隆重，卻遠遠比不上其他盛裝出席的賓客。

然而拜集於一身的多重頭銜所賜，縱使昆汀傻愣愣杵著什麼也沒做，依舊是眾人的矚目焦點。

「看來你的孔雀開屏策略沒有奏效。」

塞德里克冷淡地瞄了有些幸災樂禍的昆汀一眼，並未接下男人的挑釁，而是話鋒一轉，「說話緩解緊張無所謂，別忘了我說的，微笑，扯起你的嘴角。」

「你是指和其他人一樣端著酒杯傻笑嗎？」

沒有理會揶揄，金髮的王儲傾身湊在不熟悉如此場景的昆汀身旁，狀似親暱地交頭接耳，

「希望你還記得我們的任務分配。」

「你負責賣弄技巧，吸引所有人的目光，而我——」

自主持舞會的國王身上收回目光，塞德里克不滿地斜瞪故意竄改自己說詞的男人，「還能耍嘴皮，你的舞步最好記熟了。」

「我盡力。」似乎是被戳中了痛腳，昆汀的態度頓時萎靡不少。

「挺胸抬頭，這種樣子跳舞能看嗎？把平時握住劍柄就不可一世的模樣拿出來。」塞德里克說著，率先舉步踏進賓客主動讓開的舞池中央。

當樂隊奏起慷慨激昂的節奏，本就因國王宣布由王儲及準王夫開舞而陷入騷動的賓客再起波瀾。

「鬥舞？怎麼會用這種舞開場？」

「傳聞看來不是空穴來風，殿下和那個南方人真的不合。」

鬥舞的確是北之國特有的舞蹈，用於社交場合並不失禮，但絕對不是此時的首選。畢竟鬥舞源於騎士之間的較勁，肅殺戾氣濃厚，即使經過美化，仍有別於其他強調浪漫熱情的舞種。

強勢的進擊角力，警戒的刺探拉扯，亦步亦趨的纏鬥牽制，在侵略性十足的節奏中，一紅一黑的身影時而離得極遠，時而貼得極近，讓每次呼吸吐納都顯得既曖昧又熱血沸騰。

經過連日密集訓練，昆汀的動作已較先前熟練，若是凝神細看，還能瞧見男人的禮服伴隨每個動作折射出或深或淺的紺碧色。

若說昆汀的動作可稱之為流暢，年輕王儲不論是抬手的姿勢、鞋跟敲擊地面的力道，或擺胯的角度全都嫻熟完美得無可挑剔。只見塞德里克俐落地攻城掠地，雪白披風配合節奏在空中劃出道道凌厲卻不失優雅的弧度，鑲在邊緣的燦金絲線與一頭微鬈的髮絲相互輝映，輕而易舉地抓住群眾的注意力。

「鬥舞是北之國特有的社交舞，殿下就不用說了，每個動作都精確到位，一個沒接觸過的南方人能有這樣表現，看來他們默契還不錯。」

「你們難道忘記他在擂臺上的模樣了嗎？那個人就是嗜血又粗魯的武夫，我根本沒辦法想像他跳圓舞曲，大概只有鬥舞才適合他。」

聽聞身後傳來的細碎議論聲，塞德里克不禁嘴角失守，暗自在心頭附和，然而意外就在此時發生——昆汀的步伐亂了。

塞德里克不清楚昆汀是否因為不中聽的閒話分了神，同樣不確定旁觀的賓客是否瞧出端倪，但身為最該熟悉彼此的舞伴，塞德里克在男人踏錯第一個舞步時便驚覺不對勁。

他眉梢微挑，腳下幾個滑步，如同箭矢般旋身上前，搶在昆汀再次出紕漏前一把抓住男人的雙手。

「沒事，繼續。」壓低聲線，金髮王儲猛然將昆汀的手按上自己腰間，一邊帶領男人慢動作擺動肩胛及腰胯，一邊控制對方手掌沿著胯部游移而下，彷彿劍尖遊走在皮膚上，既危險又刺激。

「這，不是本來的……」

「專心，拿劍和人互砍時你還會在意使出的是不是平常學的招式嗎？好好盯著對手，順著你的本能做出反應。」

「但如果突然改變舞步，你——」

「收起你多餘的擔心，不論怎麼樣的舞步我都可以處理。」輕淺卻無比篤定的話音剛落，噙著自信笑意的塞德里克掀起眼皮瞄過昆汀，反手將一身黑衣的男人推出去。

或許是塞德里克這番話起了效果，昆汀的動作褪去先前的墨守成規，恣意取代拘謹，自在輕鬆取代小心翼翼，隱約流露出的張狂與擂臺上拿命拚搏時的模樣甚至有幾分相似。

不再是刻意為之的服從，不再是委屈求全的忍讓，兩抹身影一進一退極具默契，那是勢均力敵的拉扯，亦是慷慨激昂的衝突，氣質迥異的二人看上去格外和諧。

「噠、噠噠、噠——」越是臨近尾聲，樂音旋律越是低沉，鞋跟敲擊地面的節奏密集卻不雜沓，短暫分離的塞德里克與昆汀再次靠近。

最後一個重音落下，舞曲終了，兩人腳下整齊劃一的敲擊聲戛然而止，動作在刹那間停滯。靜止的舞者呼吸仍舊急促，兩道凌厲的視線直勾勾惡狠狠，在空中相互碰撞交纏，如炬的瞳眸僅餘下對方，再也容不下其他。

†

一支舞不過短短幾分鐘，剛開始雖說不到完美，但至少中規中矩。然而在昆汀因塞德里克突如其來的笑容，和眼角下那顆莫名豔麗的痣分神而出錯後，鮮少感到緊張的龍騎士慌了手腳。

侷促、尷尬、窘迫揉合著悔恨爭先恐後湧上腦海，深有自知之明的昆汀不擔心丟臉，卻對受牽連的塞德里克懷有歉意，頂著談不上善意的打量目光，樂曲持續的每一秒都格外漫長。

所幸塞德里克足夠機警，應對得宜的舞步和理所當然的氣勢不僅說服了眾人，也說服了昆汀。在那雙滿是自信的翡翠色瞳眸中，高懸的惶恐安定下來，為昆汀增添任意發揮的底氣，似乎連腳尖蹬地的力度都重了幾分。

昆汀怎麼都沒想過，原先的煎熬在餘下一分鐘時竟能如此暢快。不再是純粹重現先前的練習成果而是深刻投入其中，有那麼一瞬間他生出一股錯覺，恍若正揮舞著巨劍，嘶吼咆哮著撲向對手，直至最後一個音符歸於寧靜。

察覺來自胸口的推拒，驀然回神的昆汀先是一愣，才意識到這是塞德里克的暗示。他連忙鬆開扣在男人後腰的箝制，故作冷靜地站定，將手扶上胸口，以騎士禮向賓客頷首致意。

沐浴在眾人或好奇或驚豔的視線中，昆汀與塞德里克相偕走出舞池，找了個相對無人的角落。或許是緊繃的神經終於鬆懈下來，昆汀頓覺口乾舌燥，他招來侍者，從托盤上取了兩支高腳金屬杯，邊說邊回頭，「我需要喝一杯，你要——」

怎料話都還未說完，就見塞德里克正與一名陌生男子再次步入已聚攏不少人的舞池。緊接著悠揚的樂音響起，那是昆汀認知中的輕柔曲調，身著華服的賓客雙雙對對親暱相偕著翩翩起舞。

目光掠過即使在人群之中依然醒目的金髮和狐裘斗篷，昆汀斂下眉眼，以杯就口喝下端在右手的大半杯酒水。跳一支舞比打三場架還累，也只有塞德里克能面不改色一支接一支……

崑汀正如此暗自抱怨，就聽見身後傳來似曾相識的男聲。「殿下。」

他聞言回首，朝康納點了點頭，「喔，是你。」隨即又將視線轉向舞池。

「您的門舞很有特色。」

「只是班門弄斧，不及你家殿下。」此話崑汀說得真心誠意，沒有絲毫刻意造作的謙虛和吹捧。

「殿下擅長每一種社交舞，不止是美而是藝術，不知道有多少人都爭相想和殿下共舞。」

崑汀見康納沒有反駁，順勢附和的語氣甚至隱約透出驕傲和炫耀意味時，不清楚說者是否無心，但聽者倒是沒來由地有些彆扭。「這麼說，你也是其中一個？」

「如果有機會，我當然希望獲得殿下垂青，只是……」

康納滿懷忐忑的情衷酸得崑汀眉間一攏，正苦惱如何搭腔，左手的酒杯便毫無預警傳來抽動的外力。「嘿！」崑汀幾乎是本能握緊手掌，直到眸底映出熟悉的身影。

崑汀愣神半晌，才意識到原來樂曲已在與康納閒談間結束，無人招呼就擅作主張的男人無他，正是塞德里克。「這不是給我的嗎？」

「算是吧……」吶吶地應聲，來源不明的悶氣既吐不出也嚥不下，崑汀索性仰頭將苦辣的液體和著困在胸臆的委屈一併飲盡。

本就喝不慣的北方酒似乎在此時更顯酸澀，來自南方的龍騎士咂了咂嘴，回頭擱下空杯時卻又順手再取了一杯。

崑汀在這頭和酒水至死方休地糾纏，另一頭康納倒是不忘把握時機。「殿下。」

「嗯？」

「請問我是否有這個榮幸與您共舞？」

「抱歉，我有點累了。」

「不，是我唐突了……那就不打擾您了。」

超出預期的發展讓昆汀猛一瞪眼，佯裝飲酒躲在杯後的藍眸看了看雲淡風輕的塞德里克，又看了看難掩頹喪的康納，縱有滿腹困惑依然識趣地沒做聲。待到日送康納走遠，昆汀方才打破沉默，「他看起來很失落。」

「我沒必要滿足每個人的期待。」

「但剛才你接著就跳了第二支舞，我以為——」

「以為我樂於穿梭在人群之中交際應酬？我可以做到，但不感興趣。至於剛才第二支舞，是慶典勝利者要求的獎勵。」說著塞德里克啜了一口酒，姿態猶如高傲優雅的天鵝。

短短一個夜晚，昆汀得承認開了眼界，鬥舞時的瀟灑強勢，圓舞曲時的繾綣，擔負責任時的理所當然，順從喜好的恣意妄為，諸多面向構成一個陌生卻新奇的驕傲王儲。

對昆汀而言，塞德里克不再是代表王室的概括象徵，而是有情緒有靈魂的鮮活存在。「剛才的舞，謝了。」

「我只是不想讓你丟我的臉，若是搞砸了，被牽連的可是整個王室。」塞德里克嘴上說得難聽，昆汀卻從那雙晶亮的翡翠石中捕捉到一閃而逝的不自在。

頓時玩性大起的昆汀裝模作樣地執起塞德里克的手，湊近唇畔，「你還是幫了大忙，親愛的殿下。」邊說邊在男人手背印上一吻，平日做不出的舉動在酒精催化下倒是異常流暢。

相對昆汀的突發奇想，塞德里克猶如被驚擾的鳥兒，只顧得上倉皇抽回手。片刻過後，金髮王儲似乎是憶及應當挽回受損的顏面，連忙強硬地指正錯誤，「吻手禮不能觸碰到受禮者的肌膚。」

「多謝殿下指教。」掌中一片空洞，昆汀嘴角的笑意卻不減反增，益發興致盎然。

「還有，若是真想道謝應該有些具體表示吧，還是你只是口頭上說說而已？」

聽聞這話，昆汀想也不想便順勢應了一句，「當然不是，殿下值得最好的。」

†

「叩叩——」

夜裡清脆的敲門聲不僅驚動了更深人靜的闃寂，也攪擾正斜倚在寢宮內躺椅上的塞德里克。他困惑地蹙眉，隨手擱下看到一半的書，起身走向聲源的片刻，腦中已掠過諸多猜測。

只是怎麼也沒料到敞開門後，映入眼簾的會是選項之外的男人，「有事嗎？」

「來道謝。」

昆汀沒頭沒腦的一句話，塞德里克倒是聽懂了。他身為王儲，鮮少有落於下風的時候，這也是為什麼即使舞會過去數天，仍清晰記得當晚昆汀如何嬉皮笑臉地逞口舌之快，而今男人手裡揚著酒瓶，顯然是想起兌現諾言。

「這個時間究竟是來道謝還是來找麻煩？龍騎士閣下不該連天色都不會看吧？」塞德里克故意瞄向一片漆黑的窗外嘲諷道。

「我帶了酒。」

「我不缺酒。」冷眼橫過咧嘴笑得燦爛的不速之客，塞德里克正欲將門關上，沒想到昆汀快了一步，將厚實的靴子卡進門縫之間。

「我替你備了酒伴。」

「我不需要酒伴，也沒那個興致。」塞德里克一口回絕自薦的男人，同時加重關門力道。

「喀、喀、喀——」只見一人要進一人要拒，兩相拉扯之際聽見悶響由隱沒在黑暗之間的長廊彼端傳來。

「啊，好像有人來了。不知道王子殿下大半夜不睡覺，偷偷私會男人會不會惹來閒話，還是說對象是準王夫就可以被原諒？」

聽聞鞋跟敲擊地面的腳步聲越來越響亮清脆，眼見負責巡邏的騎士逐漸逼近，有意挑起事端的昆汀仍在說風涼話，擋在門前的塞德里克不由得有些慌了心神。他壓低音量，語氣急促地下逐客令，「快離開，滾回去睡覺！」

「我偏不。」

北之國民風驃悍，崇尚自由戀愛，雖說相對某些國家的確少了幾分含蓄，但未婚兩人在夜半時分悄然私會，不管關係是否清白，終究會影響名聲。昆汀顯然也清楚箇中緣由，不知怎地非要往塞德里克寢宮裡擠，「今天沒喝到酒，我是不——」

「嘖，你這混蛋！」塞德里克已經依稀瞧見走進燭光範圍內的人影，為了藏住兩人拉扯的動靜，索性咬牙將昆汀拉進房，反手將門關上。

「現在有興致了？」

「等巡邏的騎士過去，你就可以離開了。」塞德里克沒好氣地瞪了男人一眼，懷著滿腹氣惱一屁股在方才的長椅坐下，當然沒有繼續看書的心情。

「來。」

「不喝。」扭過頭，塞德里克沒接下昆汀遞到眼皮下的酒杯。

「喝一口看看，這可是好不容易弄來的。」

聽到這裡，塞德里克終於願意給湊到眼下的酒杯施捨幾分目光，「酒就是酒，你那瓶子看起來也沒什麼特殊，有什麼好不容易。」

「北方的酒要不是辣得燒喉嚨，就是淡得沒味道，為了找道地的南方酒，我可是花好幾天，費好大力氣才到手。別光看，你先試試。」

「南方的酒有什麼特別唔……這太甜了吧！」超出預期的馥郁氣味頓時對味蕾造成強烈刺激，塞德里克皺起眉頭，震驚地望向昆汀。

「為了提高糖度，農民會故意延遲採收，讓葡萄更加成熟。加上櫻桃和黑醋栗，酸甜平衡得恰到好處，這才是南方最正宗的果酒！」

「什麼果酒，這是果汁吧？」

「尊重一點，這可是農民和大自然博弈獲勝的成果，要知道延遲採收需要冒多大的風險，稍有不慎蜜葡萄就要變成爛葡萄了。」

這是塞德里克第一次聽聞昆汀提及南方的故鄉，也是第一次瞧見那噙在唇畔的驕傲與懷念，頃刻間不禁陷入愣神。而也正是此時，男人無預警看了過來，塞德里克來不及收回的視線恰好與之撞個正著。

塞德里克連忙斂下眼簾，匆匆灌了一口酒掩飾尷尬，沒料到喝得太急太快，結果嗆得滿臉通紅，「咳咳、咳這……真的太甜，我要加點白酒。」

「這種恰到好處的酸甜，加入任何東西破壞平衡都是暴殄天物。」昆汀嘴上嚷嚷著，卻沒真的阻止塞德里克往杯裡添酒的動作。

見杯中液體由深紅逐漸變淡，塞德里克傾前啜了一口，這才發出一聲滿足的喟嘆，「這樣好多了。」

「好什麼，你加那麼多白酒哪裡還有味道。」

「才沒有，我覺得剛好，不然你試試？」說著塞德里克動作優雅地為昆汀倒酒，並未推拒同時落入自己杯中的赤色液體。

鮮豔的赭紅與清澈的透明一來一往，調和成深淺不一的粉色，但無不是自舌尖一路灼燒過喉嚨，進入二人腹內，再透過滾燙的血液傳至周身，最後以飄飄然的暈眩外顯出來。

酒過三巡，或許是微醺上頭，昆汀有了直白試探的膽子，「那個，康納他……似乎傾慕於你。」

「噢。」

這個不明不白的單音節無法滿足惦記著得到答案的昆汀，靠坐在茶几上的男人彎腰湊近塞德里克，凝重地緊攏眉頭，「你不喜歡他？」

「談不上好惡，我們的交集不算多。」

「而你並不訝異？」

「我的傾慕者眾多，有什麼好驚訝，還是你對此很驚訝？」

「其實你早就知道了對嗎？」開了話頭，平日難以啟齒的話倒是毫無窒礙地躍出舌尖。

「別以為我不知道你在做什麼，奉勸你停止那些蹩腳的行為，愛神的形象非常不適合只會喊打喊殺的某人。」

「咦？我不……」塞德里克的揶揄猶如當頭棒喝，反應不及的昆汀一愣，登時連舌頭都忘了如何捲動。

「看來尊貴的龍騎士不知道隔牆有耳的道理。」

混酒易醉，兩人喝得又急，思緒很快便因而鈍化。昆汀偏著腦袋眨了眨眼，才後知後覺會意男人所言為何，「你偷聽我說話？」

「你以為我想聽？真要論對錯，是在公開場合討論那種事情的你該檢討。」

昆汀撇了撇嘴，一口飲盡杯裡殘存的酒液，語氣透出些許委屈，「我也不知道康納會說那種話……」

「比起有人向我示好，你當時的答案和後續行為更讓我驚訝。」

「我只是想說既然我們都對這樁婚事不滿意，那何必勉強，如果康納入不了你的眼，也許拜倫可……」

「拜倫？他是我為數不多的朋友，可別把歪腦筋動到他頭上。反倒是你，看不出來竟然如此熱衷替人介紹對象。」

望著搖搖晃晃走近的男人，昆汀咕噥著抱怨：「要不是為了幫你找什麼王夫，我才不想多管閒事。」

「你以為王夫是南瓜嗎？市集就能買──哎喲！」昆汀一把握住塞德里克隨著每個字詞戳在自己胸膛的手指。

「放手！」只見面色泛紅的好強王儲提高聲量，同時下意識就想往回抽，見狀昆汀故意握得更緊。豈料兩相拉扯之際，塞德里克腳下一個踉蹌，昆汀本能地伸手去攬撲向自己的人影，結果失去重心的兩人雙雙倒在長椅上。

作為人體肉墊，直接與長椅親密接觸的昆汀自然吃痛，只是來不及抗議，就聽見壓在上頭的塞德里克惡人先告狀，「嘶，硬梆梆的，你一點緩衝功能都沒有，椅子都比你有用……」

「如果王子殿下好好站穩，就不用抱怨了。」昆汀一邊嘟囔著，一邊在支撐另一人體重的情況下，以仰躺姿勢艱難地挪動胳膊和雙腿，努力由根本容不下全部身長的長椅起身。

原以為對方會因這番動靜主動退開，沒料到醉得行為反常的塞德里克只是小幅度地挪動，在尋著舒適的角度後又一次安穩趴下。錯愕的昆汀連忙聳了聳肩，試圖驚擾過於安逸的男人，「嘿，你倒是躺上癮了！」

「南方來的小子，你說貴族的婚姻是什麼？愛情嗎？別說笑了，婚姻不過是維繫利益和鞏固同盟的手段。」

「這動作說話不累嗎？」

「安分一點，椅子可不會一直發牢騷。」

「怎麼不說你會和椅子說話呢……」

然而塞德里克沒有理會昆汀的調侃，逕自提出下一個問題，「你知道北之國為什麼要透過招親的方式擇選王夫嗎？」

「因為最優秀的王夫才能生下最出色的子嗣。」經過這些時日的折磨，昆汀幾乎是反射性脫口回答。

「知道你有把話聽進去，安德森大概會喜極而泣。」

昆汀的目光被發出低笑的聲源吸引，愣愣與塞德里克對視，嘴上卻不知該作何反應，「喔……」

「綜觀北之國這麼多貴族，人人都想透過攀附王家謀取更多利益，選擇垂青一方，就會得罪另一方。招親是傳統，是場公平的賭局，是王室鞏固地位的做法，也是讓這些不安分的勢力都能接受的方式。」

突然在那潭氤氳著水霧的碧綠湖水中捕捉到一絲飛快逝去的清明，霎時間昆汀也分辨不出對方究竟是真的喝多了，或是故作醉態。

「喂，我在跟你說話，你是聽懂了嗎？」

「我一個默默無聞的南方人，顯然不能為王室帶來什麼利益吧？」

「與貴族聯姻能夠鞏固王室地位，卻也忌諱權力被架空，而你的出現就是要讓那些環伺在王位周遭的禿鷹知道，狄亞洛斯有更多選擇。」

「所以只要是外鄉人，不是我也可以吧？」

「當然不行！招親儀式結果已定，你還是認分一點！不管你樂意與否，這場婚事都已經確定了，我不會讓你的天真危害王族。」只見被惹惱的塞德里克氣鼓鼓地皺起鼻頭，不自覺提高音量，「當日父王所言並非只是逼你就範的假話，招親結果不能改變，除非準王夫死了，拿你的命換你的自由。」

「是嗎……」以為算無遺策的計謀成了男人口中徒勞無功的笑話，雖說難免惆悵，昆汀卻不如想像中那般震驚無法接受。望著近在咫尺的濃密睫毛，聽著塞德里克逐漸模糊的絮絮叨叨，受酒精影響的混沌思緒亦悄然遠去。

Quentin Nestor × Cedric Diallos

NORTHERN EMPIRE

第6章

Northern Empire
Crown Prince & Dragon Knight

「殿下，時間到了。」

「好。」應聲的是今日大婚的主角，身穿一襲純白禮服的王儲對前來提醒的侍從點了點頭，抬腳踏上馬蹬，優雅地翻身而上，披在左肩的赤豔色斗篷順勢在空中劃出一道完美的弧度。

塞德里克在安有華麗馬鞍的坐騎背上坐穩，回頭望向從早些時候更衣便面色凝重的另一名主角，「動動你的嘴角，別板著一張臉去遊街。還是說穿那身重甲，你就沒辦法控制表情了？」

「這樣？」

比哭臉還難看的笑臉映入眼簾，塞德里克不禁為之氣結，「你……真誠一點，投入一點好嗎？」

「那這樣？」

見昆汀嘴角不自然地抽搐，塞德里克撇了撇嘴，索性放棄和仍在消極抵抗的男人計較，「算了，還是別笑了。總之和之前說的一樣，我們會隨著遊行隊伍從城堡側門出發，行經廣場再從正門進入大殿，你要做的只有控制你的馬匹，別超過也別落後於我，和我並行。」

交代妥當，塞德里克輕蹬馬腹，驅使已經有些不耐煩的哈茲前進，等了數秒始終沒等到理應上前的昆汀。

脾氣不算好的的年輕王儲頓時失去耐性，瞬間高竄的怒火令綠眸瞇成銳利縫隙，殺氣騰騰地瞪視落在後頭的男人，「嘿，北之國特有的重甲不至於讓你動不了吧？我們的騎兵可是穿著它打仗。」

「我有移動。」

「拖時間沒有任何意義，何不像揮劍一樣乾脆一點？」

「至少我嘗試到最後一刻。」

「真是幽默。」塞德里克白了昆汀一眼，奚落的語調稍稍緩和下來，「你知道找人替你牽馬並不困難，希望在擂臺上打遍敵手的龍騎士不會讓事情那樣發展。」

馬背上的兩人隔空對峙，塞德里克看昆汀不為所動，自然也不打算退讓，擺了擺手示意一旁侍從上前，替不願配合的婚禮主角牽繩。

就在侍從第三次朝轡繩伸手，卻被昆汀控制馬匹避開後，男人終於服軟，「不用了。」

「你浪費了我們五分鐘的時間，快點跟上。」目的達成的塞德里克滿意地自鼻腔發出輕哼，率先指揮坐騎旋身，走向距離不遠的城堡側門。

這一回屬於另一人的馬蹄聲很快便追上前來，通體漆黑僅有尾巴雪白的馬匹負著昆汀，速度適宜地與毛色相反的白馬並肩而行。

遊行的隊伍由四名騎士做為先鋒，才自城門探出頭，就聽見此起彼落的歡呼傳來，毫無疑問來自觀禮的群眾。端坐馬背的塞德里克小幅度吸了一口氣，姿態優雅地向人們展露笑容，「微笑揮手，或是點頭示意。」

「這和你的作風似乎不太符合。」

「是啊，畢竟照你的說法，我是個長相不勤政愛民的王子。」

「呃，我不是——」舊事被重提，昆汀難免有些尷尬。然而不待他多做解釋，就被短促的巨響打斷。

「碰——碰——碰——」

塞德里克抬頭望向接二連三在蔚藍蒼穹綻開的彩色光點，不禁揚起嘴角。

「那是什麼？」

「是魔法彩炮，原理只是簡單的小把戲，但規模越大魔力消耗越多，也更加考驗施術者的控制力。過去在比較重要的場合曾麻煩拜倫協助，沒想到這次也出現了。」說著塞德里克示意昆汀望向東側塔樓，拜倫一身純白的法師袍在高處顯得格外醒目。

「他究竟是以什麼身分留在王宮？若說是輔佐君王，似乎又不太像？」

沉吟片刻，塞德里克才開口：「拜倫沒有爵位，比起那些身外之物，他更樂於鑽研法術或是發明一些小東西。」

「你很了解他。」

「沒辦法，我只有一個玩伴。」塞德里克故作無奈地聳了聳肩，不忘和夾道迎接的民眾招手。

當隊伍浩浩蕩蕩抵達城堡正門，魔法彩炮也精準地停了下來，一直暗自默數的塞德里克連忙轉過頭，笑得有幾分得意，「四十一響，比之前幾乎多了一倍，看來他的魔力增強了。」

「是嗎。」

塞德里克自然察覺男人意興闌珊，撇了撇嘴，話題再次繞回原點，「都已經到這裡了，你可別出差錯。」

「否則即使逃離北之國，也會被追殺到天涯海角，我知道。」

挑起眉梢，身為矚目焦點的塞德里克不再多說，率先翻身下馬。等待身旁的男人站定，才踩著紅地毯，步伐穩健地穿越整齊排列在拱門入口兩側的騎士，進入儀式最後也最重要的場所。

那是用來接待他國賓客或使節的寬敞空間。放眼望去，刻有精緻浮雕的石柱足足有三十支卻不顯擁擠，王族專屬的鳥型紋章高掛在王座上方，素白與淺藍的風鈴草點綴在各處，為奢華肅穆的大殿帶來鮮活靈動的氣息。

兩人步行至王座前方臺階，塞德里克右手撫上左胸，單膝跪地，「父王陛下、父親殿下。」

塞德里克正想抬頭望向沒有作為的昆汀，下一秒就聽聞重甲落地的聲音，男人並肩跪在身旁。

「塞德里克·狄亞洛斯，你願意接受昆汀·奈斯特做你的丈夫，無論健康或疾病，貧窮或富有，都理解他、支持他、體諒他、照顧他，直至生命盡頭，你願意嗎？」

「我願意。」當早已做足心理準備的提問響起，塞德里克的態度相當乾脆。

「昆汀·奈斯特，你願意接受塞德里克·狄亞洛斯做你的丈夫，無論健康或疾病，貧窮或富有，都理解他、支持他、效忠他、體諒他、照顧他、追隨他，直至生命盡頭，你願意嗎？」

如果細聽，便能發覺尤萊亞針對兩名新人的證婚詞有所不同，只是陷入寂靜的此時此刻，所有人注意力都聚焦在始終沒有搭腔的昆汀。一秒鐘、兩秒鐘……不過是幾次呼吸的瞬間，對於只能枯等的塞德里克來說卻猶如一世紀般漫長。

昆汀遲疑越久，人們窸窸窣窣的談論聲便越是藏不住。塞德里克不願在大庭廣眾之下示弱，卻忍不住握緊拳頭以壓制起身揪住男人衣領的衝動，畢竟任誰都不喜歡這種聽候審判的不確定感。

就在塞德里克以為昆汀打算臨時倒戈之際，沉默多時的男聲終於響起，「我願意。」

隨同話音落下的，除了塞德里克高懸的忐忑，還有昆汀的認命。

†

對昆汀而言，今日一切都快得令人措手不及，從一早侍者就不顧昆汀拒絕，強制為其換上早已決定的成套重甲。

遊行結束，緊接著是迎面砸來的提問，原先以為大殿儀式僅是過場，然而當真正跪在尤萊亞跟前，被要求許下諾言時，昆汀卻彷彿喪失言語能力，許久說不出話。

他不清楚塞德里克怎麼想，但承諾即是承諾，婚姻亦非兒戲，所謂的「願意」並非隨口說說，而是代表落在肩上的義務，必須付出努力和代價遵守履行。吐出宣誓頃刻間，昆汀隱約察覺有什麼不同了，可是騎虎難下的當時並不容許男人多想，只能忙著應付接踵而來的儀式。

先是結婚宴會，接著是晚宴，從晨光熹微忙到夜色昏暗，好不容易脫離繁瑣的程序和人群注目，他下意識就要返回房間休息，直到被晚宴時換過一身禮服的男人逮個正著。

「哎，你要做什——」昆汀後知後覺意會過來，噤聲的同時卸下反抗的力道，任由塞德里克動作粗魯地拉進寢宮。

他們的關係變了，歷經整日儀式，在一夕之間起了變化。原先至多能夠勉強稱為朋友的驕傲王子，成為互許誓言的伴侶，那對於昆汀來說是必須認真對待的關係。

他還未來得及消化自己陌生的新身分，錚亮的長劍就已抵上頸項。「脫衣服。」

「咦？」

「發什麼呆，如果還想留著那套衣服就快點脫了。」

昆汀錯愕地眨了眨眼，就在愣神剎那，與塞德里克樣式相似的禮服被利刃挑開，破損的衣袍順勢滑落，半裸的昆汀只覺得上身一涼。下一秒，他毫無防備被突如其來的外力推倒在床上，始作俑者自是態度強硬的塞德里克。

仰望居高臨下跨騎在自己腰間的金髮王儲，昆汀下意識問道：「喂，你做什麼？」

「新婚當晚要做什麼，還需要我提醒嗎？你沒忘了怎麼做吧？」

傻愣愣看著塞德里克動作俐落地脫得渾身赤裸，昆汀嚥了口唾沫，好不容易才找回突然喪失功能的舌頭，「你以為安德森會容許我忘記嗎？」

昆汀清楚自己對於美醜向來遲鈍，卻不得不承認塞德里克的確具備吸引他人注意的天賦。映入眼簾的大片肌膚無瑕賽雪，寬肩窄臀，加上胯間色澤偏淡的陰莖，毫無疑問那是一副屬於男性的軀體。

然而眾所皆知，狄亞洛斯王室的生理構造特殊，除了表面所見，還有第二副性器藏在極為隱密的位置。思及此，昆汀越發無法控制失序的想像力。

塞德里克的會陰處，是否真的如同書冊所繪製多了一道裂口？那處究竟是否如模型那般小巧狹窄？真正伸手撫摸時又是什麼觸感，又會換來什麼樣的反應，是顫抖抗拒，或是柔順迎合？

諸多疑問充滿腦袋，而答案近在眼前。昆汀舔了舔乾澀的下唇，安德森那道老邁嗓音不合時宜地在腦中響起。

「潤滑是必要步驟，千萬不可以讓殿下受傷！」

「男體孕子並不容易，根據統計初夜受孕機率最高，所以第一晚非常重要。你必定要好好伺候殿下，為北之國增添子嗣。」

然而處於被動的昆汀根本還未來得及遵照叮囑，性器便突然被塞德里克一把握住，他下意識發出一聲低呼，這才驚覺自己不知何時起了反應。

昆汀在遊歷過程中接觸過各種低俗玩笑，再加上演練無數次的性教育課程，當然清楚結婚生子背後代表的含義，但如此確實將塞德里克與性欲連結卻是頭一回。

雙頰湧上熱意，侷促及難堪塞滿了胸口，直到陌生的占有欲油然而生，昆汀驟然意識到那股羞於啟齒的欲念是被允許，甚至是被支持的。

眼前這名美得令人別不開眼的男人，不再是雲泥之別高高在上的王子，而是即將攜手共度一生的伴侶。昆汀此時才發現，原來改以另一種視角看塞德里克，不僅較想像中來得容易，甚至絲毫不費吹灰之力。

美色當前，無法坦然接受結論的昆汀只能卡在不上不下的彆扭狀態，消極地以不變應萬變。只是不等他釐清紊亂的情緒，陰莖就被納入極為緊緻又熾熱的空間。

主動促成此事的金髮王儲發出一聲哽咽，便將鬆懈的牙關重新扣牢。未曾如此遭罪的陰道勒得很緊，連連收縮企圖排拒外來異物，這對昆汀無疑是極富誘惑力的刺激。

「唔，哈……」他發出粗喘，陌生快感直衝腦門，性器在來回摩擦間不斷充血脹大。

昆汀初識情欲，不論是他人觸碰，或是甬道內的柔軟，全都為他帶來新奇而強烈的歡愉。雖說並不樂意受迫於人，但也不可能放過送到嘴邊的肉。將並非一時半刻得以想明白的糾結拋諸腦後，昆汀一把掐住塞德里克彈性十足的臀瓣，接連挺動腰胯。

耳邊是男人刻意隱忍的短促低吟，以及肉體相碰的清脆聲響，和著空氣中黏稠而淫靡的氣味，殘存的理智被動物本能取代，只知道尋求更多快意。

吟遊詩人露骨的豔俗歌曲總是這麼唱：「美人嘴唇紅如玫瑰，大腿白如雪，溼漉漉的小穴一夾，再勇猛的騎士都拿不穩劍。」

他從沒想過這種向來誇飾成分極高的歌詞竟所言不假，思緒飄忽之際，緊緊裹住陰莖的甬道突然無預警地一絞，受到刺激的昆汀微仰下顎，自喉間溢出難耐的低哼。待到緩過那股險些被逼得繳械的衝動，他伸手扣住眼前勁瘦的腰肢，將男人白皙而修長的腿拉得更開，挺起腰胯加快下身頂弄的動作。

「嘶——」有別於肉體交合帶出的曖昧水聲，塞德里克透出痛意的抽氣顯得格外突兀。

驚覺性器抽送較先前流暢的昆汀動作一頓，猶如大夢初醒，缺乏潤滑和擴張的嬌嫩肉穴顯然受傷了。鼻腔竄入淡淡血腥味，被欲望挾持的理智驀然回籠，昆汀連忙伸手扶住塞德里克腰窩。

「動啊！為什麼停了？」

「等、先等等……」安德森的囑咐在腦中嗡嗡作響，一字一句都在譴責昆汀定性不足和無所作為，顧不了亟欲宣洩的脹大陰莖，昆汀慌亂地想撤出闖禍的始作俑者。

「喂，不准退出去！」下一秒，目的被識破的昆汀就被塞德里克牢牢箝住，「昆汀・奈斯特，你忘了該做什麼嗎？快點插進來，然後射進去！」

還未完全抽離的勃發被窄小花穴絞緊，溼熱的內壁依依不捨地收縮，試圖挽留最是敏感的頂端。缺乏經驗的昆汀根本無法與這種誘惑抗衡，咬緊牙關艱難地自齒縫間吐出解釋，既是在說服塞德里克，亦是在提醒自己，「可是你受傷流血了……」

「沒事，別囉唆！」

昆汀收回被拍開的手，不耐煩的塞德里克趁勢降下腰臀，肉刃再次沒根埋入柔軟的甬道，逼出兩人情緒大相逕庭的悶哼。殘存的理智潰散，強烈刺激再次席捲而來，無力掙扎的昆汀終究選擇沉淪。

只見律動再起，偌大寢宮內瀰漫著情欲特有的麝香氣味。因婚事而改變關係的二人一絲不苟地執行必要指令，至於親密交疊的肉體究竟有幾分真心，唯有自身知曉。

†

由窗縫潛入的光線悄然爬上一片狼籍的床榻，直到天色微微泛白才終於失去意識的男人驚醒。昆汀咕噥著睜開眼，睡眼惺忪地盯著陌生擺設好半晌，放空的腦袋才重新運作。

昨天為了婚禮從早忙到晚，準備回房休息就被新任伴侶抓進這個奢華典雅的空間，然後半推半就地完成必要使命。當燃盡理智的欲火散去，與體溫一同冷卻的還有受傷的自尊心，盯著塞德里克性事一結束就拒人於外的背影，睡意盡失的昆汀輾轉反側。

這一夜折騰，塞德里克無疑為昆汀帶來從未體會過的新奇歡愉，相反地對方明顯疼痛大過享受。思及此，強烈罪惡感隨即將昆汀吞噬，恍惚的思緒陡然清明不少。

他匆忙探向身旁床鋪，怎料不僅塞德里克不知去向，觸手的被褥竟是一片冰涼，男人顯然已悄聲無息離開多時。

昆汀一躍起身，無奈地發現嘗過情欲難以言喻的情緒壓在肩上，或許是生理作用讓身體格外神清氣爽，下身的輕盈與胸口沉甸甸的煩躁形成截然不同的對比。

若在往常昆汀根本不會也不須在意對方去向，但此時此刻，身分的異動讓一切起了莫大變化，無形的責任感和其他理由作祟，又或許是體內殘存的騷動未歇，再或許是出於愧疚，迫切驅使他去尋覓昨夜親密接觸的男人。

然而過程不如想像順利，這是昆汀首次發覺在腹地寬闊的城堡找人竟如此困難，更深刻體認到對塞德里克了解甚微。依序造訪起居室、書房、餐廳、花園、外側的塔樓……他繞繞轉轉一無所獲，最後只能向來來往往的侍者尋求協助。

「塞德里克殿下？我平常工作以餐廳為主，今天開始被調去支援慶典，沒有什麼機會碰見殿下。」

「我們平常的確負責伺候殿下，但新婚情況比較特殊，安德森總管特意吩咐別去打擾，難道殿下沒有在寢宮休息嗎？」

「昨晚您與殿下同寢，應該最清楚殿下去向吧？」

「難道您惹殿下生氣了？」

侍者的態度有訕笑、有詫異，也有暗示意味濃厚的若有所指，換來的答案不論是有心或是無意，全都一箭箭刺在心頭，指責昆汀的失職。

在新婚第一天，連續七日的慶典不過剛開始，王儲對王夫避之唯恐不及的消息幾乎傳遍整座城堡後，碰了一鼻子灰的昆汀總算得到些許線索。

「我今天一早有看見殿下，他好像往騎士訓練場的方向走。」

「太好了，謝謝。」昆汀綻開笑容，然而爬上眉梢的喜色一閃而逝。拜倫、康納，以及其他叫不出名字的身影不合時宜地浮上腦海，「騎士……嗎？」

值得塞德里克大清早就拖著不適身體碰面的對象，不知是唯一理解彼此的童年玩伴，還是傾慕多時的忠心騎士，又或者是昆汀不知情的低調情人？

塞德里克同意這樁婚事不過是出於責任與義務，任務在昨日告一段落，對家族對國家有了交代，迫不及待溜出去私會情人顯然合乎邏輯。昆汀越想越覺得可能性極高，畢竟貴族之間的政治聯姻，代表的不過是門當戶對，在維持表面婚姻的前提下，另尋真愛的情形並不罕見。

他怎麼也沒想到，一句誓言會帶來如此天翻地覆的改變。同樣是想像塞德里克與另一名男子親暱依偎互訴情衷的畫面，婚前婚後兩個時間點雖距離不遠，心情卻大相逕庭。前者是急於拋出燙手山芋，後者則是為了沒有根據的猜測耿耿於懷。

昆汀忍不住握緊拳頭，連忙加快腳步。來到騎士訓練場所在的東南角，見陽光下揮汗的幾人之中並無熟悉身影，他索性在附近碰碰運氣。沒想到就在走近廢棄馬廄時，真相來得猝不及防。

「哈哈哈好癢……」那是塞德里克，正以昆汀熟悉的嗓音發出陌生的爽朗笑聲，原以為只是多心的猜測，卻在此時被證實。「今天倒是肯讓我摸了，不知道什麼時候才肯讓我騎……」

聞言昆汀先是一愣，瞬間竄起的無奈和怒火將理智燒盡。他素來厭惡貴族，更厭惡貴族將情感和忠誠棄若敝屣。凡事將利益放在首位的態度，以及母親的經歷讓他早早便下定決心，如果沒有碰上能夠一心一意的對象，在外冒險一輩子也並無不可。只是造化弄人，因緣際會之下和從未預期的對象結了婚。

初為人夫，昆汀還在思考如何與伴侶好好相處，怎料塞德里克打的竟是另一種主意。

「今天倒是肯讓我摸了，不知道什麼時候才肯讓我騎……」即使一動也不動，被外物撕裂的下身依舊隱隱作痛，一再提醒塞德里克今非昔比。

他拖著不適的身體，沉著一張臉離開留下各種證據的寢宮。原先打算到後山騎馬散心，但才試圖踏上馬蹬，強烈的疼痛便逼得男人不甘願作罷。在廢棄馬廄再次停下腳步，淤積在胸口的煩悶好不容易有所舒緩，就聽見怒吼響起。

「你們在幹什麼！」當塵霧散去，踹開木門的凶手便現出樣貌。昆汀提著長劍，傻愣愣地杵在原地，分明是始作俑者卻一臉困惑。「雷因？怎麼是你？」

塞德里克直勾勾望進一雙寫著詫異的潭藍瞳眸，幾乎是剎那就由沒頭沒尾的細碎線索推測出昆汀腦中的故事，獲得巨龍反常親近的雀躍登時被惱火取代，譏諷地扯起嘴角，「不然你以為是誰？」

「不是，剛才起床沒看到你。我擔心，我以為……」

「以為我在密會情人？」自喉間擠出一聲低笑，塞德里克朝昆汀攤開雙手，「現在看到了，不動手嗎？你手上的劍只是裝飾嗎？」

「不，我……」沒等支支吾吾的昆汀解釋，塞德里克便踩著重步扭頭離開。

†

依照慣例，王儲婚禮結束後會舉行為期七日的慶典。由王室無限供應酒水和食物，樂隊演奏時而輕快時而激昂的詩歌，從貴族到平民，舉國上下無不因王儲步入婚姻即將帶來新生命而瀰漫歡騰的氣氛，除了歌詞中所頌揚的主角以外。

滿腹牢騷的塞德里克不願雙親為這種小事傷神，然而沒有其他得以訴苦的對象，思來想去終究選擇走向位置僻靜的塔樓。

雖說清楚拜倫悶葫蘆的個性並非談心首選，但他也沒有挑三揀四的餘地，只能將就著湊合。沿著螺旋樓梯拾級而上，在頂層書房找到那抹總是身著素白法袍的身影，「你果然在這裡。」

一如預期，滿腦子只有鑽研法術的年輕魔法師沒去慶典湊熱鬧，昨日出席婚禮甚至費心施放彩炮已經算是給足塞德里克面子。

「你為什麼在這裡？」站在坩堝前忙碌的拜倫態度淡然，嘴上雖問了一句，卻明顯不關心答案。

塞德里克撇了撇嘴，踏入擺滿各種珍稀草藥和材料的空間，也沒徵詢對方意見，張口就抱怨：「你知道那個四肢發達、頭腦簡單的傢伙有多混蛋嗎？」

「不知道。」

沒有得到附和塞德里克也不在意，由左側踱步至右側，「那傢伙竟敢把我當成那些低俗貴族，什麼私會情人，到底把我當成什麼人？」

「你有嗎？」

「當然沒有！你說他憑什麼誤會我！」

「誤會代表一個人對他人判斷錯誤，而人類不論採取什麼舉動，背後一定都有原因。」

「你的意思是，被他誤會是我的錯？」眉頭一擰，塞德里克揚高語調，又從右側走向左側。

「我只是說有這個可能，促成誤會的可能是你，也可能是他，或是兩者都有。」

「嘿，你到底站在誰那邊？」塞德里克腳下一頓，不悅地瞪視一再忤逆自己的年輕魔法師。

「所謂忠言逆耳，若是想聽假話，麻煩另請高明。」

「與其說些不中聽的話挑戰我的底線，不如安靜閉嘴！」又一次被堵得說不出話，塞德里克氣得磨了磨牙，「算了，不提那些煩心事。剛才我摸到雷因了！」談及樂事，他的語調輕快不少。

「嗯。」

「或許是心情不錯，牠今天竟然不排斥我靠近，龍鱗的觸感好滑好特殊，不知道有沒有機會可以乘著翱翔天際。」

「嗯」

「喂，你不覺得太敷衍了嗎？」接連被潑了幾次冷水，塞德里克忍不住抗議。

「你剛才叫我別說話。」

「既然如此你有何高見？」

「你說龍是今天有反常舉動？」只見拜倫停下攪拌銀杓的動作，抬頭與塞德里克對視，「龍是相當敏銳謹慎的生物，不可能在一夕之間無端改變態度，這表示讓牠改變的原因在你身上。」

「改變？是昨天的婚禮嗎？」

「我認為是其他更具體的東西。」

「具體……你說的是──」當塞德里克終於參透男人語焉不詳的暗示，綠眸猛地瞪大，隨之湧上無所適從的慌亂。即便昆汀因為昨夜的親近，在塞德里克身上留下氣味，也該在早些時候隨汗水一併洗淨，唯一被默許甚至被鼓勵留在體內的只有精液。

全國上下所有人都知曉，昨夜他們尊貴的王儲和新上任的王夫，在寢宮內做了些什麼兒童不宜的活動，而現下知情者還多了頭嗅到了證據的龍。祕而不宣的情事毫無預警被攤在陽光下，油然而生的除了侷促還有惱怒，一肚子不滿無處宣洩的塞德里克理所當然將一切遷怒於昆汀。

†

只是就算再不樂意，當晚塞德里克也得領著改變身分的昆汀，一同出席慶典的頭一天宴會，正式向貴族介紹王夫。

一介外鄉人竟打敗北之國諸位好手奪得頭籌，加上龍騎士身分，昆汀的名號早在婚禮舉行前就不脛而走，成為貴族之間茶餘飯後的熱門話題。如今的場合不過是走個形式，然而卻免不了例行的寒暄。

「里奇殿下。」

直接被貝倫特點名，塞德里克當然無法置若罔聞，只能隨口問道：「侯爵閣下，今天備有南方的酒，不知合不合您胃口？」

平時宴會使用的酒水大多產自北之國，由於不久前與昆汀對飲的經驗，塞德里克起了不一樣的念頭，特意吩咐後廚準備讓賓客嘗鮮。

「挺新鮮的，不過比起南方酒過於馥郁的香氣，我更習慣北方酒的清冽，殿下覺得呢？」

「一個熱情，一個純淨，我倒是覺得各有千秋。」

兩人的話題看似聚焦在南北口味差異，塞德里克卻清楚貝倫特是在暗示昆汀。

塞德里克才四兩撥千斤地帶過話題，怎料一旁的尼古拉又上前湊熱鬧，「說起來，不知道殿下是否聽說過一個笑話？」

「願聞其詳。」

「從前從前，有位新娘在大喜之日急匆匆跑出新房，逢人就問是否看見她的新郎，您說那個場景是不是很幽默？」

聞言塞德里克先是一愣，隨即瞭然。看來昆汀確實費了一番功夫，才在廢棄馬廄找到自己，而這件事蹟顯然已經傳開了。與尼古拉相同，他彎起唇角不見絲毫尷尬，「畢竟初來乍到，或許我們該對新娘寬容一些？」雖無意為昆汀辯駁，但兩人被視為命運共同體，表面上怎麼也得加以維護。

「還是殿下看得通透，和我們這些只看表象的愚人就是不同。」

塞德里克彷彿沒聽見尼古拉明褒暗貶的諷刺，笑靨依舊明媚迷人，態度自若地迎上另一位前來攀談的貴族。

所幸這場伴著美食和樂曲的磨難並未持續太久，被賦予盡快為北之國繁衍子嗣任務的二人早早便獲釋離開。回到寢宮，屏退侍從的塞德里克湊到鏡前，面無表情地伸手扯開裝飾繁複的領口，同時將無懈可擊的拘謹和優雅卸下。

「里奇，抱歉……」

頭也沒回，塞德里克自顧自將穿戴的層層衣物褪下，「抱歉什麼？」

「今天早上我的確和幾個人打聽你的去向，沒想到會被傳成那樣，抱歉讓你丟臉了。」

「想看你我笑話的人多的是，不是今天也會是明天，沒什麼大不了。」發出一聲低嗤，塞德里克皮笑肉不笑地牽動嘴角。

「還有，那個……很抱歉我誤會了，我不應該懷疑你……」

「你該慶幸廢棄馬廄足夠偏僻，否則那些謠言可不會只是如此。」塞德里克掀起眼皮，沒好氣地斜瞪男人一眼，憋了滿腹的情緒總算找到出口，「王儲密會情人，王夫現場捉姦，想想就覺得刺激，那些唯恐天下不亂的貴族一定很感謝你為他們提供閒聊的話題。」

「真的很抱歉，這不是我的本意……」

「恭喜學到第一課，在高牆內你的意願並不重要。」說著塞德里克脫下最後一件貼身裡衣，赤裸裸地爬上四柱大床，向仍杵在原地的男人勾手，「我累了想休息，快點完事。」

「完事？」

「你不會以為現在就要睡覺了吧？夜深了，是時候履行你侍寢的義務了，騎士。」

塞德里克姿勢慵懶地斜倚在枕頭上，支起一條腿，袒露那道仍隱約有些不適的隱密縫隙。眼尖地瞧見男人的呼吸在瞬間變得急促，由清澈轉為幽暗的藍眸透出極具侵略性的目光。

雖說塞德里克並不樂意被當成獵物，但對方能產生欲望是好事，這意味著至少無須費心讓昆汀進入狀況。

一把將男人拉倒在床上，不願示弱的塞德里克跨騎而上，「還等什麼，等我叫安德森來提醒你該做什麼嗎？」他一邊嘟囔著抱怨，一邊動作生澀和昆汀褲襠奮鬥。

「別亂動，快點硬起來。」塞德里克揮開探向自己大腿的手，不悅地瞪了昆汀一眼，警告意味濃厚地加重攥握對方性器的力道。

「唔，這只是反效果……」聽聞昆汀吃痛的悶哼，他不甚甘願地鬆手，豈料男人的陰莖隨即以肉眼可見的驚人速度膨脹。

「我看也不盡然吧。」撇了撇嘴，塞德里克嘲諷道。

「還不是因為你一直摸。」

「種馬。」自鼻腔溢出一聲悶哼，塞德里克咕噥著輕彈男人勃起後更為猙獰的肉刃，笨拙地放低腰胯，將存在感強烈的巨物納入體內。

塞德里克咬緊牙關，小心翼翼調整呼吸，好不容易緩過那股彷彿被硬生生撕裂的疼痛，才後知後覺發現另一陣格外陌生的快意正由下身傳來，並不強烈，而是悄然充滿每個毛孔讓人不自覺卸下警戒。

為了完成必要任務，他對疼痛並不在乎，但從中獲得快感卻不在預料之中。塞德里克慌忙拍落男人趁虛而入的手，試圖以平板的聲調隱藏不知所措的侷促，「別做多餘的事。」

「適時刺激陰莖能減緩疼痛，不是嗎？」

「那不重要。」別開臉，塞德里克因為身體的背叛及陌生的失控感心煩意亂，粗魯地將昆汀湊得太近的上身重新壓回床面，「你早點射出來，我們就能早點睡覺。」

塞德里克撐起雙膝，似警醒也似自虐，加大胯部聳動的幅度，滿意地在熟悉的悶痛中找回理智。

†

白日得面對醫官和安德森直白或暗示對於子嗣的關切，晚間得陪同塞德里克出席宴會，任由那些根本叫不出名字的貴族揶揄，夜裡還有說不出是折磨還是獎勵的例行任務，待昆汀渾渾噩噩終於逐漸適應新身分已是婚後第四天。

正是因為有所鬆懈，他在老管家問及兩人床事時意外說溜了嘴，得知真相的安德森氣得火冒三丈，將辦事不利的昆汀數落超過一小時仍不見停歇。至於塞德里克見局勢不妙，老早便毫無義氣地逃之夭夭。

若非昆汀本就心中有愧，自然無法忍受這般漫長的叨念。他咬牙又撐了半小時，好不容易順利脫身，正打算聽從建議以具體行動取代口頭道歉，就在行經花園時瞧見那抹熟悉身影。

「里……」昆汀邁前一步張口欲喊，驚覺金髮王儲並非孤身一人，而是正和另一名男子說話。雖與二人相隔有些距離，但位處下風仍隱隱約約能聽見對話聲。

「殿下的氣色似乎不太好，這陣子真的辛苦了。」這道嗓音並不陌生，是康納。

「沒什麼，只是需要時間適應一下。」

「可惜親王殿下畢竟來自南方，不了解北之國的習俗和文化，能協助殿下的地方有限，否則也不會傳出那樣的風聲讓殿下收拾……」

康納這話說得有理，聽在昆汀耳裡卻不怎麼舒心。不等他多想，又聽見塞德里克如此反駁：「我不需要其他人協助。」那是相當符合塞德里克個性的一席話，此時卻分外刺耳。

「殿下能力出眾人人皆知，即使親王殿下無法為您分憂解勞，也不該惹事生非。」

「他確實是個麻煩製造者。」

被直指為亂源的昆汀瞪大眼，一張嘴開開闔闔，滿腹委屈卻百口莫辯。

「若有什麼能為您效勞的，我很樂意盡棉薄之力，什麼都可以。」

只見康納垂首在金髮王儲手背印下親吻，分明是宣示效忠的動作，昆汀卻從中看出了不軌的意圖。還未來得及細想，身體已搶先理智做出動作，「嗨，這麼愉快是在聊些什麼？」

「在說你的壞話。」

昆汀腳下一頓，被塞德里克的不加掩飾逗樂了，原先的情緒反倒一掃而空，「聽起來滿有趣的，我也能加入嗎？」

「騎士團還有事，那我就先告退，不打擾兩位了。」

目送康納的身影逐漸遠去，昆汀吶吶地感嘆：「走了呢。」

「是啊，因為他沒有某人那麼厚臉皮。」

「我才沒——」

「你難道沒有躲在那邊偷聽？」

「才沒有偷聽！我是不小心，不是故意……」昆汀尷尬地蹭了蹭鼻頭試圖解釋，卻在一雙翡翠色瞳眸的注視下侷促地收聲。

「所以你找我什麼事？不會是安德森要找我吧？我可不去。」

「還真敢說，剛才是誰把我一個人丟在那邊聽訓，明明最不聽話的就是你。」提及男人性事時總是固執己見的強硬作風，被迫背黑鍋的昆汀只覺得格外委屈，「這也不能碰，那也不能摸，沒有擴張就硬要把東西塞進去當然會受傷，某人偏偏愛逞強。」

「反正你也沒有缺條胳膊或斷隻腿，就聽安德森念幾句而已。」

直到腦門被塞德里克嫌棄地推開，昆汀才意識到為了控制聲量，兩人距離竟靠得有些近，遠遠超過一般社交界線，近得能夠聞到對方身上那股特有的薰香氣味。

他連忙直起身，後知後覺地憶及被打斷的目的，「對了，說到安德森，你現在有空嗎？」

「宴會傍晚才開始，暫時沒有其他安排。」

「那我們走吧。」

「去哪？」

「相信我，你會喜歡的。」沒有正面回答塞德里克的問題，昆汀咧嘴一笑，拉起男人的手就往城堡南方前進。

穿越種滿風鈴草的花園，繞過正在訓練場進行例行訓練的騎士團，在廢棄馬廄停下腳步的昆汀伸手推開前不久被自己踢壞並修好的木門，回頭向塞德里克宣布道：「我們到了。」

「來這裡做什麼？」

「我想說你也許會想看看雷因，摸摸牠之類的……」

「還以為神祕兮兮想要做什麼，結果帶我來看寄住在我家馬廄的龍，然後問我要不要摸牠？」

見塞德里克的反應不如預期，昆汀不由得有些緊張，「你不想摸牠嗎？我以為你滿喜歡牠……」

昆汀始終為那日的魯莽，和後續造成的困擾對塞德里克心懷愧疚，先前口頭致歉不見成效，今日意外由安德森的訓斥獲得靈感，便匆匆急於嘗試。思考著投其所好必定能贏得諒解，豈料男人一臉淡漠，他心頭頓時涼了大半。

「看來是我誤會了……」望向不為所動的王儲，昆汀心不在焉地拍了拍正親暱靠近的巨大龍首，越發沒有底氣。即便塞德里克屢次造訪雷因，也不代表對龍族這種大型生物有興趣，或許一切不過是偶爾為之的心血來潮。

頹喪沉甸甸壓在肩頭，昆汀腦袋飛快轉動，還在苦惱如何挽回此時的尷尬，就聽見低呼傳來。「嘿，等等！我身上沒有吃的，今天來得太急，沒有帶食物過來。」

聞言一抬頭，昆汀就因映入眼簾的畫面陷入愣神。既為巨龍願意與塞德里克親近而詫異，也為後者願意縱容前者耍賴討食感到震驚。

「好啦，我保證下次一定會帶食物。」有別於以往那連上揚弧度都仔細斟酌過的完美微笑，此時塞德里克笑得恣意暢快且毫無防備，一雙綠眸亮晶晶，堪比夜幕之中最璀璨的星點，令人移不開目光。

捨不得罕見的神采消失，昆汀選擇嚥下到嘴邊的調侃，「牠喜歡你。」

「當然，每個人都喜歡我，龍也不例外。」

「但是別太寵牠，牠會得寸進尺。」

此話一出，雷因隨即發出不認同的低嗥，一股熱息迎面襲來。

「得罪了雷因，你就不擔心哪天被牠甩下來？」注意力被爽朗的笑聲吸引，昆汀突然意識到這似乎是塞德里克第一次因自己而笑。無以名狀的情緒頓時允盈胸口，彷彿吞下一隻雀躍振翅的蝴蝶，有些怪異也有些新奇。

「我的技術很好。」

又是一記噴氣聲響起，充滿靈性的巨大生物無須言語亦能扯自家龍騎士後腿。

「看來雷因不怎麼認同。」

「嘿！」昆汀揚高聲調，誓言捍衛自己的名聲，「我當時明明很快就上手了，可是從來沒摔下來過！」

瞧見巨龍一甩長尾，昆汀抬頭和金黃色的獸瞳大眼瞪小眼，不願退讓，「不然你說我什麼時候摔下來過！」

面對故意拖長音的龍鳴，昆汀同樣不甘示弱，「在山火島那次才不算！那是為了詐敵才故意做戲，和技術不好是兩回事！」

一人一龍仍在較勁，就聽見好不容易停下笑聲的塞德里克提出疑惑，「說起來，在龍背上要怎麼維持平衡？」

「嗯……」意料之外的問題讓昆汀擰著眉沉吟片刻，才一臉為難地開口，一邊比手畫腳，一邊試圖將鐫鏤在體內的本能化作言語，「腿夾緊，上身伏低，攀住頸部的龍麟，迎著風，就可以感覺你和牠融為一體，懂嗎？」

「你不會以為這樣解釋我能聽得懂吧？」

深知自己嘴拙，昆汀面對塞德里克的吐槽也不懊惱，而是再次陷入沉默，最後眼球一轉，決定換一種方式說明，「不如這樣，來吧，你親自試試。」

「什麼？」

「你不想試試嗎？」

「但是，可以嗎？」

「我和雷因談一談就行。」昆汀腳下一蹬，動作俐落地翻上巨龍背脊，邊說邊伸手拍了拍雷因滿布漆黑鱗片的頸脖算是告知。不待身下的冒險伙伴做出反應，便傾身朝下頭面露期待的塞德里克伸出手。

昆汀將金髮的王儲拉上龍背，以環摟的姿勢一前一後坐定。

「你手扶這邊，然後——哇啊！」怎料話都還沒說完，黑龍突然直起身，兩人猝不及防瞬間騰空，缺乏施力點的昆汀就算反應再快也無法穩住身勢，只能匆忙將塞德里克的腦袋護在懷中，做好承受衝擊的準備。

身處於半空中的兩人，數秒後便迎來碰撞，憑空出現的物體自然是雷因的尾巴。接著又是數秒鐘的下墜時間，重力終於在第二次碰撞時恢復正常。昆汀想也不想，摟緊男人順勢一滾，卸去落地的力道。

「嘶——」以肉身硬碰硬難免吃痛，但多虧黑龍手下留情，讓這一摔不至於傷筋動骨。

「談一談就好，嗯？」就在塵土飛揚之際，揶揄的男聲打破沉默。

「只是一點小意外，我會盡快解決。」連忙將一身狼狽的王儲拉起，誇下海口卻又當場出糗的昆汀看了看塞德里克，又看了看一旁擺明不樂意配合的黑龍，神情難掩尷尬。

所謂騎虎難下便是如此，陷入兩難的昆汀在男人戲謔的目光下，硬著頭皮靠近鬧脾氣的巨獸，試圖拋出誘餌扭轉局面，「嘿兄弟，我們打個商量，你覺得三桶牛肉如何？還是五——」

然而雷因根本不給昆汀把話說完的機會，噴出一股滿是輕蔑的鼻息，碩大的腦袋別向另一側，拒絕意味十分濃厚。

「還是十桶？你看塞德里克他有的是錢，食物絕對不會短少，要牛肉有牛肉，要羊肉有羊肉，要什麼有什麼，你只要——」一人一龍搭檔多年，昆汀不僅熟悉雷因的脾性，更清楚每個小動作背後代表的含意，瞧見巨大蝠翼小幅度振動，察覺對方意圖的他連忙出聲制止，「喂，別這樣！」

只是阻攔並未奏效，黑龍在掀起一陣旋風後離去，徒留佇立在紛飛煙塵中的兩人面面相覷。

Quentin Nestor × Cedric Diallos

NORTHERN EMPIRE

第7章

依循北之國慣例，王儲在婚後百日內，會偕同伴侶一同出使王夫所屬的國家，既是表達尊敬，亦可達到宣揚國威的目的。然而綜觀歷史，有幸脫穎而出的異國王夫少之又少，因此多半省略這項習俗。

昆汀的身分本就讓因王儲大婚熱鬧非凡的北之國更加忙碌，如今七日慶典剛結束，塞德里克才得以喘口氣，旋即接獲安排出使事宜的命令。任務內容主要分成兩項，擇選禮品和欽點隨行者，看似容易卻有不少瑣碎細節需要注意。

轉眼九十天過去，時間來到臨行當日，天邊才微微透出些許晞光，穿著侍者服飾的男男女女便步履匆匆，為使節團做最後的清點工作。

城堡前方廣場整齊停放七輛馬車，除了旅途中必要的糧食和飲水，侍者在安德森的監督下魚貫將裝有珠寶、毛皮、香料、酒水等禮品的木箱搬上馬車，其中最引人矚目的莫過一對裝在金製鳥籠內的雪鷹。

塞德里克親自上前確認，年紀尚淺的鳥禽雖神情警戒，但不至於過分慌亂，便擺手讓侍者以黑布將鳥籠蓋上。

見侍者工作已近尾聲，一身輕便裝束的年輕王儲領著昆汀步入議事廳，在王座前站定，低頭向尤萊亞和托爾鞠躬，「父王、父親，一切安排妥當了。」

「王城和奈斯特王國距離遙遠，你們人員眾多，這趟就算快馬加鞭也需要至少一個多月，凡事切記小心謹慎，注意安全。」

「父王別擔心，我會照顧自己。」

「昆汀，這是里奇初次遠行，就麻煩你多擔待了。」

「應該的。」

聞言塞德里克自鼻腔發出不置可否的悶哼。

「路途上只有你們倆彼此照應，別總是鬥嘴鬧脾氣。」偌大的議事廳內僅有王室核心成員，尤萊亞卸下威嚴，絮絮叨叨的叮嚀顯得格外親暱。

「謹記父王提醒。」塞德里克不著痕跡地掃視身旁的昆汀，嘴上應得乾脆，卻悄悄將背在後腰的右手食指和無名指交叉，為之後留下後路。

「還有這個，行經達克城時再麻煩替我轉交給伊莉莎白。」

塞德里克從托爾手中接過蓋有國王專屬蠟印的信件，直覺認為尤萊亞是藉故強迫自己進行身體檢查，忍不住皺起眉頭嘟囔道：「我昨天已經請安女士看過了。」

「多看一次也沒什麼不好。」

「可是——」

「時間差不多了，你們出發吧，別耽擱了。」

「是。」聽聞逐客令，還欲抱怨的塞德里克只能不情願地收聲，再次向王座上的雙親鞠躬拜別，隨即領著由七輛馬車和二十餘人組成的使節團浩浩蕩蕩啟程。

人馬眾多，塞德里克一行人前進速度不快，離開坎培紐城第三天才穿越波迪城邊界，在午時左右緩緩抵達隸屬伊莉莎白女伯爵封地的達克城。

達克城占地不算大，雖不及波迪城繁華熱鬧，但鄰近王城，貿易仍舊十分興盛。更特別的是，達克城潛移默化受到伊莉莎白一族專精醫藥的特色浸淫，市集販售的商品有半數都是能夠入藥的植物和材料。

雖未特別遣人通傳，但使節團不加掩飾的動向自然很快引起注意，不多時便有遣使代表伊莉莎白女伯爵前來帶路。進入莊園後，塞德里克和昆汀隨著侍者下馬步行，才剛踏進寬敞氣派的大廳，就見一抹娉婷身影在侍女簇擁下迎面而來。

「不知殿下來訪，有失遠迎是我怠慢了。」伊莉莎白女伯爵姿態端莊地屈膝行禮，雖說歲月在女人臉上留下細微痕跡，卻無法減滅其丰采。

「是我唐突，還望閣下別放在心上。」

「既然都來了，如果不會耽擱路程，兩位殿下在寒舍暫且休息一下吧。」

「那就叨擾了。」

北之國歷史悠久，諸多貴族具備爵位頭銜，少部分擁有或大或小的封地，而其中具備舉足輕重話語權的僅有四位，向來反對王族權力過度集中的尼古拉公爵、時常仗勢王家之名狐假虎威的貝倫特侯爵、駐守邊境掌管軍權的華夫公爵、醫術精湛肩負傳承重任的伊莉莎白女伯爵。

相對前兩者氣焰高漲，距離遙遠的華夫一支以忠誠聞名，伊莉莎白一支則不論議事廳內如何嘈雜，只要不涉及醫理範圍便鮮少表態。一如此時，兩人行至會客廳途中三兩句閒聊，將場面話講得客氣而圓融。

「這是父王要我轉交的信件。」塞德里克在伊莉莎白引導下落座，啜了一口侍女送上的紅茶，總算有機會提及正事。

「城裡多的是信使，怎麼好意思勞煩殿下親自送來。」

「只是舉手之勞，閣下無須介懷。」

「陛下總是想得周全，讓人難以拒絕呢。」只見伊莉莎白盯著酒紅色蠟印看了良久，才將信件隨手擱在一旁，對塞德里克揚起一抹輕淺的微笑。

「父王總是如此，否則我們也沒機會駐足達克城，對吧昆汀？」塞德里克隨口虛應著，在微微偏過頭的剎那，順勢給男人投去一記帶有暗示的目光。

所幸昆汀沒有想像中愚鈍，附和得十分自然，「剛才才和里奇說，達克城真讓我大開眼界，什麼珍稀的藥材都能找到。」

「殿下難得來一趟，卻沒什麼能拿得出手的東西，不如讓我為您把脈吧？」

「有幸讓閣下為我問診，當然沒有理由拒絕。」朝走近的女士伸出手，縱然心頭滿是不樂意，塞德里克仍舊應對得體。

「恕我僭越了。」伊莉莎白將併攏的食指和無名指貼上塞德里克手腕內側，凝神靜默半晌，才再次出聲，「殿下近日睡得好嗎？」

「還可以。」

「食欲正常嗎？」

「和平常差不多。」

「房事呢，進行的頻率和次數大概是多少？」

塞德里克一頓，連忙垂下眼簾掩蓋眸底浮現的不自在，「在出發之前每天都有做，至少一次。」

雖說身為王儲，塞德里克早在少年時期就接觸一系列性教育課程，更不避諱談論性事，只是面對伊莉莎白，和在城堡裡面對熟悉的安德森和醫官安夫人難免不同。

「過程還好嗎？精液留在體內可有感覺不適？」

「沒有，一切都正常。」

一來一往答得流暢，刻意美化事實的塞德里克甚至不忘越過神情專注的伊莉莎白，以目光惡狠狠地震懾似乎有意發言的昆汀。

「那麼恭喜殿下，您十分健康。」

「勞煩了。」

塞德里克揚起的嘴角還來不及歸位，就見伊莉莎白轉而面向一旁的昆汀，「只是殿下的體腔偏小，要容納外物進入並不容易，所以事先準備很重要。適當的潤滑和擴張除了能讓殿下放鬆，也能讓情事更加順利。」

這一番話代表的含意很明確，伊莉莎白看破塞德里克拙劣的謊言，卻體貼地並未拆穿。

「我會謹記閣下的提醒。」

「這個，再麻煩親王殿下善加使用。」

「謝謝。」

塞德里克朝被迫收下潤滑膏的昆汀投去幸災樂禍的目光，豈料下一秒伊莉莎白的注意力又回到自己身上，「塞德里克殿下，這是我特地吩咐準備的湯藥，主要成分是聖潔莓、薰衣草和洋甘菊，對調養身體很有幫助，趁熱喝吧。」

看了看侍女遞至眼前的碗，再看一臉不容拒絕的伊莉莎白，塞德里克只能勉強扯起嘴角擠出笑意，「閣下真是太費心了。」

聖潔莓煎煮而成的湯藥對塞德里克而言自是毫不陌生，在宮裡安德森三天兩頭就送上一碗。雖說藥草氣味並不刺鼻，洋甘菊更有回甘作用，但再怎麼美味的東西，一連喝這麼多年怎麼也會膩。他原先還因此次出使可以暫時擺脫湯藥而竊喜，卻沒想到再次相逢竟來得如此快速。

仰頭一口氣將湯藥灌下，塞德里克深怕伊莉莎白繼續變出新花樣，連忙找藉口企圖脫身，「打擾這麼久真是不好意思，我們差不多該出發了，免得耽擱行程。」

「殿下請留步。」然而塞德里克才剛邁出第一步，呼喚就由身後傳來。

「還有什麼事嗎？」

「這兩瓶是我調製的藥品，其中這瓶是外敷膏藥，除了能夠加速傷口癒合的金盞花和沒藥，也添加了微量止痛成分，可用於尋常大小傷口。至於這瓶是由無花果、芸香、燈心草、安息香等三十幾種原料製成的解毒藥，能夠化解大多數常見的毒素。此途凶險難免有些小傷，贈予殿下以備不時之需，預祝殿下此行一切順利。」

話題總算不再繞著子嗣打轉，塞德里克接過今日最滿意的贈禮，綻開的笑顏染上幾分真誠，「承閣下吉言，使節團必定會順風順水。」

†

或許是伊莉莎白的祝福起了作用，再次啟程的使節團一連多日都十分平靜。這天時間鄰近傍晚，彼方雲朵已被逐漸落下的太陽晒得片片橘黃，由於沒有適合落腳的村落，一行人只能在森林中就近紮營。

露宿在外畢竟與下榻旅店不同，少了能夠遮風避雨的建築物和現成食物，一切都相對不便。只見隨行的侍者與騎士匆匆忙碌，有人安頓馬匹，有人撿柴生火，有人將備妥的食物放入金屬大釜，有人架起遮風避雨的帳棚，訓練有素的眾人無須號令即可各司其職。

然而在井然有序的隊伍中，無所事事的昆汀顯得格外醒目，褐髮龍騎士自然想盡一分心力，只是在數次表露幫助意願卻被拒絕後，索性在相對僻靜的位置找棵大樹爬上乘涼，眼不見為淨。

這會昆汀斜倚著表面粗糙的枝幹，雙手枕在腦袋底下，眼皮幾乎要在微風吹拂下闔上，就聽見伴隨談話聲的腳步聲越發清晰。侍者打扮的兩男一女在昆汀所在位置下方駐足，一邊閒聊一邊處理剛採集的野菜。

「說到親王殿下，我發現今天一整天親王殿下和王子殿下都沒說話！」女聲神祕兮兮地壓低音量，顯然意在降低對話外傳的可能性，然而聲源如此靠近，昆汀無須費心也能聽清內容，讓幾人如此津津樂道的話題正是以自己和塞德里克為主角。

「果然和昨天那件事有關吧！」

「哪件事？」

「王子殿下抱怨下榻的旅店衛生環境不佳沒睡好，沒想到親王殿下聽見了也不哄一哄，反而說他太過嬌貴，結果兩人就吵起來了。」

「只能說親王殿下真的很不知趣呢，如果所有男人都和康納閣下一樣溫柔體貼就好了。」

三人之中唯一的女性才吐出感嘆，另一道音質相對扁平的男聲隨即不甘寂寞地打岔，「艾咪把妳的口水擦一擦，聽說離開達克城那天，王子殿下臉色就不太好看了。」

「可能是在莊園和女伯爵發生了什麼吧。」

「才不是，有人聽見兩位殿下說不想喝調養的湯藥，那就表示根本不想懷孕啊！」

「親王殿下一定很生氣吧！」

「那當然，你都不知道他當時齜牙咧嘴的模樣多駭人！」

只聽三人你一言我一語，將畫面描述得繪聲繪影，引人入勝的程度堪比吟遊詩人。侍者提及的情景確實出現過，然而歷經旁觀者以訛傳訛全都變了調，若非身為當事人，清楚與塞德里克之間的相處模式，昆汀都險些被這些萬分篤定的推測說服了。

「昆汀親王當初在招親時，就和塞德里克殿下結下梁子，關係不好也不奇怪吧！」

「我以為他們結了婚可能會改變，沒想到反而更糟糕，也不知道親王到底怎麼想。」

「拜託，親王他根本不想結婚，你不知道嗎？這早就不是祕密了。」

「果然有錢有權也不等於過得幸福。」

耐著性子聽了一遍批評，昆汀以為以自己為主角的話題即將落幕，卻不料聊到興頭上的數人根本無意結束。

「哪有那麼好的事，你以為所有人都像尤萊亞陛下和托爾親王嗎？」

「托爾親王原本就是陛下的貼身侍衛，他們幾乎是一起長大的，感情當然好。」

「尤萊亞陛下是少數，過往和國王同床異夢的王夫多的是。」

「這麼一說，塞德里克殿下該不會和歐格里陛下一樣吧！當時安德魯親王和好幾個情婦暗通款曲，甚至下毒企圖謀害歐格里陛下，雖然沒有成功，但歐格里陛下也因此長病不起。」

歐格里陛下？安德魯親王？昆汀眨了眨眼，好半晌才憶起這兩個似曾相識的名字是在何處聽過。那是在一本裝訂精緻的厚實史冊中，雖說先前安德森安排的課程多以性教育為主，但身為王夫自然不能對北之國一無所知，於是特意為其惡補了一系列包括歷史、文化、法治等必要常識。

而歐格里和安德魯就是前一任國王和王夫，亦即塞德里克的祖父輩。昆汀依稀記得安德森曾說過先王歐格里過世得早，所以年幼的尤萊亞早早即位，只是沒料到背後不為外人言的祕辛竟是如此。

意外得知王室醜聞令昆汀有些震驚，卻又感到理所當然，畢竟貴族倚仗權勢荒誕無度，身受其害的昆汀比誰都還清楚。

「王子殿下和昆汀親王個性差異那麼大，我猜他們會一直相敬如賓，最後就和其他貴族大人一樣各自另覓情人。」

「嘖，虧我還一直相信他們可能有機會熱絡起來，這下要輸錢了。」

「誰叫你好賭！」

「只是打發時間……」

笑鬧聲仍在持續，樹上的男人已盯著無名指上的戒指陷入沉思。昆汀並非容易動搖的個性，但聽聞數人將自己與最厭惡的族群劃為同類，理智上清楚不應在意外界評價，情緒卻難免受到影響，胸口甚至為此湧現質疑。

這樁無人期待的婚姻，是否真如同預言那般終將導向悲劇？未知的答案無法立即揭曉，不過不戰而降並非昆汀的作風。他深吸一口氣，晃了晃腦袋，將盤踞腦海的負面思緒拋開，與塞德里克打好關係的決定則越發堅定。

就在昆汀忙於釐清想法的同時，將食材處理妥當的侍者已返回熱鬧的人群中心，他見四下無人，俐落地一躍而下。然而才剛站定，就聽見戲謔的男聲毫無預警地響起，「偷聽可不是紳士所為。」

昆汀回過頭，沐浴在夕陽餘光中的熟悉身影隨即映入眼簾，是塞德里克，是在外人眼中與自己關係不佳的伴侶。

視線沿著發聲者的眉眼一路游移，先是高挺的鼻梁、夾帶譏誚而上揚的嘴唇，再到右眼之下那點黑痣。塞德里克的長相依舊精緻貴氣，那雙深邃的碧綠瞳眸犀利得彷彿得以看透人心，與初識當時如出一轍。

唯一改變的是昆汀的看法，不知從何時開始，男人頤指氣使的語氣成了可以接受的任性，倔強執拗的個性成了不服輸，拒人於外的態度成了必要的自保武裝。曾經難以相處的高傲王儲越發順眼，甚至在某些時刻心口會無端湧現憐愛的情緒。

一時片刻參不透箇中原因，昆汀選擇將一切歸諸於伴侶一詞所象徵的責任，畢竟婚姻意味著愛與包容，認為伴侶微仰著下頷氣勢凌人的模樣看上去有些可愛，並從揶揄的男聲中聽出親暱似乎也是理所當然。

「不辯解？」

「你自己也是吧？」

昆汀見塞德里克無所謂地聳了聳肩，也不打算繼續鬥嘴，只是扭頭望向侍者離去的方向，「你不處罰他們嗎？」

「他們說的也沒錯。」

「你是指哪個部分，關於未被記錄的野史，還是──」

「有什麼差別嗎？」

昆汀以目光牢牢攫住出言打斷話頭的塞德里克，男人當然察覺到注視，卻毫無退避。兩人就這般對望許久，直到昆汀開口打破沉默，「我們會不一樣。」

是說服，也是承諾，話音落下的剎那，心頭那股徬徨似乎也找到了安定的歸所。

「哪裡不一樣？」塞德里克似乎被昆汀的答案逗樂，咧嘴笑得燦爛。

「全部都會不一樣，和儀式上承諾的一樣，我會為你獻上忠誠與信任，相信你也一樣。」

昆汀上前一步，執起塞德里克的左手，垂眸吻上那枚親手為其戴上的寶石指環，虔誠地猶如向君主宣誓效忠的騎士。

「只要有了孩子，你想怎麼樣我都不在乎，屆時若是想離開，我也可以放你自由。但在那之前請好好控制自己，別動不該有的心思，和別人共用一根陰莖讓我覺得噁心。」

昆汀怎麼也沒料到，一番真心竟會換來塞德里克擠出淚花的大笑。原先肅穆的氣氛被塞德里克過分直白的話破壞殆盡，男人顯然沒將昆汀掏心挖肺的誓言放在心上。

對北之國的王儲而言，與招親獲勝的王夫結婚、維持表面婚姻誕下子嗣是責任，當責任終了，昆汀存在與否根本不重要。

毫無疑問兩人對於婚姻的解讀大相逕庭，備受打擊的昆汀既氣餒又懊惱，心頭的無名火驟然燒得旺盛，既為男人的反應和消極感到不滿，也為自己拙於辯解感到憤怒。

†

既然多說無益，自然只能付諸行動。只是昆汀縱有雄心壯志滿腔熱血，真要改變塞德里克的想法，也需要具體表現的契機。

昆汀乾等了兩天依舊一籌莫展，這日隨著隊伍穿越茂密樹林，行走在即將進入下個城鎮的田間窄徑，他的目光遠遠地就被一抹瘦小身影吸引，只見對方先是慌亂地往反方向奔跑，下一秒便撲倒在地。

見狀他連忙策馬上前，躍下馬背時女孩已經爬起身，正匆忙收拾散落一地的花朵。

「還好嗎？」

似乎是被昆汀嚇了一跳，一身狼狽的女孩險些拿不穩手中的花籃，抬眸看了昆汀一眼又倉皇低下頭，沾了塵土的稚氣面龐滿是無措，「閣、閣下，很抱歉，我不是故意擋住道路，現在就讓開……」

「妳別緊張，剛才跌倒有受傷嗎？」

「沒、沒有……」

孤身在外遊歷多年，昆汀經常在旅途中和偶遇的人們搭話，自然清楚女孩如此惶恐的反應並不尋常。究其根源，大陣仗的使節團便是始作俑者。目光掠過女孩膝蓋的擦傷，他蹲下身，從繫在腰間的皮革袋內取出慣用的傷藥，「這給妳，用水沖洗傷口之後塗上。」

「不、不用了，我不——」

「擦藥會好得比較快。」

不等對方吐出拒絕，昆汀直接將傷藥塞進年紀看上去不超過十歲的女孩手中。確定女孩收下傷藥，他的注意力轉向散落一地的花朵，「這些花——」

「我沒有偷採，都是森林裡野生的。」女孩捏緊衣襬連忙解釋，深怕惹禍上身。

「我只是想問妳為什麼採花？」

「想、想拿去市集叫賣。」

「統統賣給我吧。」

「咦？可是有些掉在地上了。」女孩瞪大眼，過於詫異反倒讓戰戰兢兢的侷促消退了不少。

「沒關係，我只要這朵就好，剩下的都送給妳。」隨手從五顏六色的花籃中選了一朵淺紫色的玫瑰，昆汀笑得燦爛，將遠超過價格的金幣放進女孩掌心，「既然花賣完了，答應我妳會直接回家擦藥，可以嗎？」

「怎麼可以！這些是您的花，我不可以收！」

「當然可以，嬌嫩的花朵就要搭配美麗佳人，我粗手粗腳傷到花就浪費了，送給妳這樣可愛的小淑女剛好。」

女孩聞言靦腆地紅了臉，不自覺抱緊手中提籃，怯生生地問道：「閣下那朵花，是要送給哪位佳人嗎？」

「是啊，是一位壞脾氣的美麗佳人。」雙手環胸、皺著眉頭，一臉生人勿近的塞德里克浮上腦海，活靈活現的模樣不禁令昆汀莞爾。

「紫玫瑰的花語是高貴、優雅、浪漫真心和守護的愛，相信那位幸運佳人會喜歡的。」

「希望如此，但他並不這麼容易討好，妳懂的。」昆汀聳了聳肩，語氣無奈，和朋友閒聊似的態度將女孩逗得咯咯發笑。

「祝您好運，閣下。」恢復冷靜的女孩向昆汀告別後提著花籃漸行漸遠，去路被阻而歇息的使節團也由沉睡中甦醒過來。

當通體漆黑的馬匹載著昆汀重新回歸隊伍，就聽見調侃傳來，「看來改天你不當龍騎士，還能替人照顧孩子。」

「逗逗孩子而已。」

「什麼孩子，再過幾年她都能結婚了。你讓她知道高大帥氣的騎士不只存在夢境裡，又不打算負責，豈不是耽誤了人家？」

昆汀頭也沒抬，神情專注地以匕首除去花梗上的尖刺，「胡說八道，她知道我有送花的對象了。」

「送花的對象？」

「送給你。」與浪漫向來絕緣的昆汀，當然變不出什麼裝腔作勢的花樣，只知道捏著相比手指來得瘦弱的花梗，動作笨拙地將一朵孤零零的紫羅蘭色玫瑰送到面露質疑的王儲眼前。

「給我？」

「是。」見塞德里克遲疑許久終於收下，昆汀不知停滯多久的呼吸總算重新運作。當新鮮氧氣爭先恐後湧入胸口，他這才驚覺原來竟如此在意對方是否願意接受贈禮。

「送花給男人就算了，還只送一朵，你不認為太寒酸了嗎？」或許是心態有所轉變，塞德里克難掩嫌棄的嘲諷聽在昆汀耳裡盡是親暱。

昆汀彎起嘴角，隨即現學現賣，胡亂把剛才聽來的花語加進話裡，「一朵紫玫瑰，代表我誓言守護的真心，也代表你的獨一無二，不用多一朵就剛好。」

「你……」

「怎麼了？」對上塞德里克投來的視線，昆汀下意識屏住氣，拒絕承認心頭確實浮現些許不安。

「我只是在想你是不是被誰調包了？」

高懸的大石落下，緊張感退去的昆汀噗哧一笑，「怎麼，貴族不是最喜歡這些矯揉造作的形容嗎？」

「我怎麼記得，某人不是最看不上那些知書達禮的貴族嗎？」

兩人你一言我一語詰問，平和氣氛維持不過片刻，兩人又故態重萌開始鬥嘴。

「真是抱歉，我就是粗野無禮。」昆汀孤身闖蕩，和形形色色人們打過交道，即便談不上圓滑，至少也不是爭強好鬥的性格。然而理智總在面對塞德里克時失去作用，時常因為一點雞毛蒜皮的小事誰也不讓誰，非得爭個高下。

「至少你有自知之明，不算完全沒救。」

「喂你——」聞言昆汀連忙策馬上前，急於討回公道的男人並未察覺自己的異常。

†

兩人一路上小打小鬧對使節團的任務當然不成影響，浩浩蕩蕩大隊人馬沿著波迪山脈持續向北之國邊境前進。

這日早晨用簡單乾糧填飽肚子，隊伍正忙著拔營啟程，試圖提供協助又再次被拒絕的昆汀，只能安分地躲到一旁免得礙事。他倚著樹幹，愣愣望著各自忙碌的侍者和騎士出神，直到察覺身旁傳來的聲響。

「兄弟，你們被關在裡面很無聊吧？」湊近聲源，昆汀揭開籠外的黑布，伸手輕敲外型華麗的鳥籠，試圖引起兩隻雪鷹注意。不在意體型巨大的鳥禽抖了抖羽翅便將腦袋轉開，他自顧自地說得眉飛色舞，「奈斯特王國比北之國熱得多，你們這身厚毛可以適應嗎？跟你們說，南方有很多顏色鮮豔的雀鳥，不只會唱歌，有些還會說話呢！」

或許是動作太大，只聽見一聲尖嘯，被惹惱的雪鷹狠狠啄了籠子一下。手指險些遭殃的昆汀下意識退開半步，和昂藏的雪鷹大眼瞪小眼半晌，不由得咧嘴一笑，「嘿，你這壞脾氣和里奇一個樣子。」

彷彿對話似的，回覆昆汀的是一陣掙扎和尖銳的鳥嘯，即使語言不通也能輕易理解雪鷹的情緒。

「南方也有別的猛禽，別以為你們到那邊可以為所欲為啊！」

一人二鳥鬥嘴得正開心，就聽見身後傳來逐漸靠近的腳步聲。「殿下請小心，那些是還未馴化的雪鷹。」

「沒事，逗牠們玩而已。」直起身，昆汀回頭望向出言提醒的康納。

「我們已經快到杜爾城，天氣變化可能讓牠們更具攻擊性。」

「這麼一說，最近確實沒那麼冷了。」

「您看波迪山的雪都沒有之前那麼厚了，再往南走天氣會更暖和。」

昆汀循著康納手指的方向望去，只見高度逐漸趨緩的山頭不再一片皚然，先前掩蓋在積雪下的深褐色岩石有部分裸露在外，隱約可以窺見山頭嶙峋陡峭的外型。

「不過對殿下來說，應該比較習慣溫暖一點吧。」

「這倒是真的，比起白茫茫一片，我更喜歡一望無際的綠，讓人心曠神怡。」誠如康納所言，相對北方人耐寒，南方出生的昆汀更偏好宜人的暖意，和漫山遍野茵茵綠地。

只是縱使波迪山脈末端所在的杜爾城氣溫較坎培紐城為高，但北之國本就座落於莫蘭頓大陸偏北位置，景色與四季如春的克迦亞地區當然大相逕庭。

「那麼殿下──」

「康納，方便幫忙一下嗎？」陌生的男聲突然響起，出言打斷康納的是另一名騎士的呼喚。

「不好意思殿下，我得先離開了。」

「你去忙吧。」失去打發時間的閒聊對象，百無聊賴的昆汀再次將注意力轉向鳥籠。不過片刻，受到刺激的雪鷹便憤怒地豎起後頸羽毛，尖銳鳥喙屢屢撞出脆響。

早已習慣和無法言語的生物對話，昆汀靠坐在馬車邊自顧自說道：「你們這脾氣真的得改一改，不過被關在小籠子裡，心情鬱悶也可以理──」

「殿下、親王殿下！」

「要出發了嗎？」昆汀懶洋洋地抬起眉毛，瞄向神色匆忙的侍者，在對方略嫌稚氣的臉上瞧見慌亂。

「塞德里克殿下請您過去一趟。」

昆汀神色一凜，一改剛才的漫不經心，「怎麼了？」

「殿下希望請您替他將花撿回來。」

跟在領路的侍者後頭，原先喧譁的人聲不知不覺失去蹤影，昆汀幾個大步追上前方的男人，「什麼花？」

「我們快到了，就在前面而已。」

踩著碎石又走了一段路登上斜坡，好不容易抵達侍者所指的位置。昆汀疑惑地四處張望，峽谷壯闊的美景盡收眼底，卻唯獨沒瞧見熟悉的身影，「他人呢？」

「殿下可能突然被其他事情耽擱了，我看一下……花還在下面！」

「到底是什麼花？若不是什麼重要的東西，何必勞師動……」昆汀嘟囔著走近懸崖邊低頭一看，隨之映入眼簾的是橫過凹壑處的湍急溪流，接著才是長有幾棵杉樹的陡峭山壁。而在略顯稀疏的樹叢頂端，一抹淺紫在單調的青綠與棕褐之間顯得格外醒目。

紫色？瞳孔驟然放大，一個念頭突然掠過昆汀腦海，「等等，那該不會是那天我——」

「是的，那是親王殿下您送給塞德里克殿下的紫玫瑰。」

「怎麼會掉下去？」

「剛才殿下一邊賞景一邊賞花，沒想到突然颳起一陣風把花吹落了。因為距離有點遠，我們幾個試了很久都搆不著，想說殿下也許會有辦法。」

收禮時塞德里克的態度顯得漫不經心，昆汀怎麼也沒想到男人不僅將玫瑰留下，甚至反覆賞玩，即使意外弄丟還如此費盡心思。被肯定和依賴的分量化作雀躍，觸動昆汀心頭最柔軟的部分，無以名狀的熱流瞬間充盈胸口。

或許是將昆汀的沉默視為拒絕，年輕的侍者有些無措，腕部的黑色胎記因為舞動雙手顯得格外搶眼，「若是太為難，我去向塞德里克殿下請罪。殿下仁慈寬厚，應該不至於怪罪。」

「沒事，我去撿。」

「殿下要召喚黑龍嗎？」

並非沒有瞧見對方提及雷因時浮現的神采，但昆汀滿腦子都是盡快取回玫瑰好換來塞德里克笑顏，自然無暇回應這番期待，「這點高度而已，我自己去就行了，這條繩索是你們拿來的？」

「是的，我們剛才有試圖下去拿，但是——」

「沒關係，我來就好。」昆汀擺手打斷侍者欲言又止的解釋，自顧自將約莫拇指粗細的繩索繞過腰臀和大腿，並將另一端繩頭拋向侍者，「別愣著，幫我把繩子綁在那邊的岩石上。」

他站在懸崖邊，扯了扯分別抓在兩手的繩索，確認已固定穩妥，便微微後仰將重心壓在繩索形成的固定點。

「我下去了。」話音落下的剎那昆汀縱身一躍，整個人靈巧地踩在陡峭岩壁上，透過左手控制平衡，右手控制送繩速度，調整垂降的節奏。

「殿下那我能做什麼？」

聽聞侍者高呼，忙於觀察山壁路線的昆汀頭也不抬，「不必，我會自己上去。」

直勾勾盯著那抹淺紫，昆汀穩紮穩打降下高度，直到手中繩索告罄，才改為橫向移動。他停在杉樹邊，怎料不管如何伸長胳膊，手指與玫瑰之間就是剩下不足一個指節的距離。

差一點……咬緊牙根，昆汀屏住呼吸以腹部發力，帶動整條繩索搖晃，試圖藉由擺盪將身勢探得更遠。接連兩次失敗，習得經驗的第三次總算順利得手，然而還未來得及開心，突然一聲鳥唳響遏行雲，強而有力的勁風隨即掠過耳畔。

「嘶——」連忙收回吃痛滲血的手背，昆汀將驚險到手的玫瑰塞進懷中，這才看清突襲者為何。那是隻體型巨大的巖鷲，尖嘯著在他身旁低飛盤旋伺機而動。

慌亂之際，昆汀總算由枝葉間瞧見座落在一塊岩石突起處的鳥巢。由於恰好與意外落下的玫瑰靠得極近，領域性極強的巖鷲自然不會放過膽敢踏進地盤的入侵者。

若在平地昆汀肯定不會畏戰，但此刻正不上不下地懸在半空中，沒有施展手腳的空間，與之硬碰硬根本不現實，於是僅剩下狼狽閃躲的選項。峭壁上沒有遮蔽物，只能頂著巖鷲的攻擊，一邊艱難地左右退避，一邊緩步向上攀爬。

「嘎——」然而才爬到一半，就聽見令人牙齒發酸的拉扯響動由上方傳來，「嘎沙——啪——啪——啪——」那是繩索繃緊到極限，無力支撐的黃麻一股接一股斷裂的聲音。

昆汀暗叫不好，顧不上防備身後頻頻啄刺的尖利鳥喙，連忙加快攀爬速度，總算成功搶在最後一股黃麻完全失去作用前一把抓住上端繩索。反手將繩索繞過手掌加強，褐髮龍騎士用另一手攀上崖壁邊緣，正欲使勁撐起身體重量，怎料禍不單行，看似結實的岩石竟驟然碎裂。

「嘖！」失去支撐點的右手一空，整個人隨即向下墜落，只能牢牢抓住左手的一小段繩頭，在不斷伸手攀附但岩壁又接連碎裂的過程中，掙扎著試圖穩住身勢。

然而人的力氣有限，不等昆汀抓住救命稻草，一點一點滑出掌心的繩索即將先一步脫手。他垂眸望向峽谷底部湍流，正思量游泳轉換心情也不賴，支撐全身重量的左手腕部卻毫無預警傳來一股拉力。昆汀詫異地抬起頭，闖入眼底的是張逆光的面孔，「里奇？」

「你在幹什麼？我們要出發了，所有人都在找你。」

「我幫你把東西撿回來了。」

「撿什麼東西？為什麼不——」

再度聽聞裂紋蔓延的熟悉悶響，昆汀瞪大瞳孔，瞬間攫住心臟的恐懼讓男人根本聽不進任何聲音。有別於方才坦然接受結果的灑脫，光是想到可能連累塞德里克一同落難，就令昆汀無比心慌。「嘿，聽我說。」

「要道歉不用急於一時，等等有的是時間。」

「喀……」

「不，里奇你聽那個聲音，聽到了嗎？」眼睜睜看著岩石下方的龜裂紋路飛快擴散，昆汀不自覺加快呼吸，語氣卻較往常更加冷靜，「那是岩石在崩解的聲音，它撐不住兩個人的體重，你現在應該放手然後站遠一點。」

「閉嘴！有空說那些，何不把力氣用在對的地方？」

「這個高度不算高，而且下面是溪谷，沒事的，聽話放手。」昆汀彎起嘴角，將聲調放得極輕極柔，第一次知曉自己還有睜眼說瞎話的哄騙本事。

「聽話個屁，從來只有我命令別人的分！」

「就說了——」

「龍騎士不是很厲害嗎？給我想辦法爬上來啊！」只見塞德里克沉著臉，雙頰因為過度使力而充血漲紅，任憑昆汀好說歹說就是沒有鬆手的打算。

「喀、喀……」

始終無法說動執拗的塞德里克，石子落下的頻率越發密集，昆汀索性伸手去扳動牢牢扣在自己腕部的手指，「里奇鬆手！」

「不！」

「喀！喀喀喀喀……」響動加劇，這回砸在昆汀肩頭的不再是小石子，而是足以撼動兩人平衡的岩塊。

「這樣連你也會——」昆汀話還沒說完，再也無法承受兩人重量的岩石終是土崩瓦解，與碎石塊一同落下的還有即便如此仍不願鬆手的年輕王儲。

「該死，來不及了！」一改方才想甩開對方的態度，昆汀在騰空瞬間，毫不猶豫將塞德里克拉進懷裡。

†

「嘖，全溼了。」渾身溼透的金髮男子拖著步伐靠近溪岸，一邊嘟囔著抱怨，一邊撥落沾黏在衣服上的落葉和不明碎屑。

「應該感謝這條溪流，保住你我的小命。」出聲回覆的是同樣一身狼狽的褐髮男人。

「如果不是某人沒事找事，非要撿什麼東西，我根本不會淪落至此。」

「所以剛才我不是叫你放手。」

「逃避不是我的作風。」

「是啊，逞強才是。」

講沒兩句話又開始鬥嘴的，是不久前摔落懸崖的北之國王儲及親王。雖然因為溪水幸運保住性命，但流速湍急，塞德里克和昆汀一路沉浮，費了好一番功夫方才順利上岸。

「在那種光看就知道不穩固的懸崖邊到底是要撿什麼？難道不能麻煩雷因嗎？還是說你覺得自己長了翅膀？」

「明明是你叫我幫忙撿。」

「我？我哪有叫你撿什麼？」

「就是那天我給你的……」提及當日贈予男人的玫瑰，昆汀不由得有些彆扭。

「我才沒有。」矢口否認的王儲動作粗魯地扯開胸前盤釦，將繡有王室章紋的披風收攏成一股。然而才剛試圖以雙手擰動布料卻又立刻停下，垂眸掃過掌心，接著滿臉不悅地甩了甩左手。

「我明明撿到了……」瞧見塞德里克不尋常的動作，昆汀先是一怔隨即瞭然，自責浮上心頭的同時表情也沉了下來。

塞德里克受傷了，自己終究沒能護住理應守護的伴侶。他從懷裡取出飽受折騰的玫瑰，上前與吸飽水分沉甸甸的披風交換，「你看，這是我剛撿回來的。」

「花都長得差不多，你確定是同一朵嗎？」

「東西不是在你那邊，怎麼反過來問我？」

「大概在某件行李裡吧，我那天隨手一擱，後來不知道被收去哪了。」

聽到這裡，昆汀就算再遲鈍也已發現事有蹊蹺，低頭端詳剛從身上解下的繩索，果不其然在末端位置發現不自然的切口，應該是被利刃切割，導致無法承重而斷裂。

「那可能是他搞錯了吧……」雖說塞德里克此時的反應才符合往常態度，昆汀卻控制不了胸口漫開的失落。

「他？是誰叫你過去的？」

「一名侍者，剛才你沒在懸崖邊看到嗎？」

「沒有，除了吊在山壁邊的某人，那裡誰都沒有，要不是我剛好在附近，你就——哈啾！」

暫且擱下滿腹疑惑，昆汀率先舉步走進罕無人煙的樹林，「走吧，先找地方把衣服換下來，不然還沒找到路離開你就先著涼了。」

昆汀和塞德里克循著溪流往上游探路，一時片刻沒有更好的選擇，最後兩人在一個不算大的山洞內落腳，雖說採光不佳，但勝在可以遮風避雨。

僅著貼身襯褲的北之國王儲和親王圍坐在火源邊，初次在履行夜間義務以外如此坦誠相見的新婚伴侶不發一語，沒有絲毫應有的甜蜜溫情，只有持續燃燒的木材時不時發出劈啪聲響。

尷尬的闃寂不知維持了多久，一直反覆咀嚼動作的昆汀終於停止，並非嚥下而是自嘴裡吐出青綠色的草藥，率先打破沉默，「手。」

「只是小傷。」

昆汀彷彿沒有聽聞辯解，只是直勾勾盯著嘴硬的塞德里克，朝男人伸出的手一動也不動。兩人僵持許久，塞德里克總算不情願地交出左手，一攤開拳頭，泡過水隱隱泛白的傷口赫然映入眼簾。

平心而論那道在急流中割出來的傷口範圍不大也不深，但對照塞德里克嬌生慣養的白皙膚色顯得異常猙獰。

「這樣還說沒事？」劍眉鎖得死緊，昆汀語氣很衝，將草藥敷在男人傷口上的動作卻是截然不同的輕柔，「纈草根部有鎮痛消腫的功能，可以加速傷口癒合。」

「都是你的口水，一點都不衛生。」

瞧見熟悉的塞德里克彆扭反應，昆汀緊繃的情緒反倒舒緩下來，「我隨身帶的傷藥給了那個女孩，現在只能用現成草藥湊合，既然嫌棄，看來殿下你只能自己來了。」

站起身走向掛在一旁烘烤的衣物時，昆汀隨手把簡單處理過的纈草根塞進男人嘴裡。才確認自己的襯衣已經乾透，正由衣襬處撕下一條布帛，就聽見預料之中的驚呼響起，「呸、呸這是什麼味道，好臭！」

「纈草帶有土味和麝香味，的確有人覺得聞起來像是腳臭。」昆汀嘴裡同樣仍殘有那股特殊氣味，對於塞德里克的抱怨自然感同身受。

「呸呸呸，這味道太噁心了。」塞德里克慌慌張張將草藥吐出，頻頻用手背抹嘴，糾結的表情早失去平日不易親近的氣息。

「別動。」

「你快點，我想漱口。」

「好了，傷口別碰水，一天換一次藥。」計謀得逞的昆汀低下頭，俐落地替男人包紮傷口後便迅速退開，以免失守的嘴角再次刺激氣急敗壞的塞德里克。

「沒有用，還是有味道，嘴裡都是那個味道……」

有別於焦躁的塞德里克，在一旁坐定的昆汀從容地由剛才順路收集的藥草和果子堆中，揀出一顆青中泛黃的茄梨，在手中掂了掂，取出匕首就在男人詫異的注視下削起水果。

匕首隨著茄梨轉動的動作手起刀落，薄薄一層果皮越來越長，轉眼就垂落到地面，直到裸露出瑩白多汁的果肉。昆汀切下一小塊梨肉，以拇指輕壓在匕首上頭便送進嘴裡。一入口，清甜的果香頓時在舌尖漫開，有效淡化纈草存在感十足的味道。他嚥下果肉，確認實驗成功這才問道：「你要嗎？甜味可以減輕纈草的味道。」

「才不要。」

對上塞德里克似警戒也似惱怒的目光，昆汀不禁莞爾，笑著將一塊梨肉湊到男人嘴邊，「現在正是梨子的季節，還滿甜的，吃一口？」

追著金髮王儲別開的臉，他試圖說服塞德里克改變心意，「就一口，你試試。」

「不會是酸的吧？」

「是甜的，我保證。」見塞德里克態度終於鬆動，昆汀連忙將果肉送進男人嘴裡。正因為這個動作，指腹蹭過陌生的柔軟觸感，昆汀一怔，視線幾乎是下意識被來源吸引。

映入眸底的淺色唇瓣張開又闔上，與梨肉緊密糾纏的舌尖顯得格外鮮豔，與男人在性事途中忍不住發出低吟時如出一轍。不知唇貼唇互相吸吮會是何種滋味？

「啪！」旖旎畫面被火堆發出的聲響嚇得瞬間消散。身為現行犯，昆汀匆匆收回不知停在半空多久的手，心虛地垂下眉眼，藏起異想大開的好奇心。飄忽的視線就在此時發覺梨肉留下的汁水正沿著掌根即將滑至手腕，想也不想便探舌舔去。

昆汀越是思考越是覺得應該說些什麼打破尷尬，正欲開口，「那個——」卻不料一抬頭就撞見塞德里克倉促閃避的目光和泛紅的耳根，說不清明的曖昧氛圍頓時又濃厚了幾分。

熬過一陣靜默，昆汀再次試圖發話，這一回眼觀鼻鼻觀心，目光緊盯篝火，「那個……甜嗎？」

「什麼？」

「我說茄梨。」

「還好。」

一來一往的對話相當簡短，昆汀還在為延續話題而苦惱，塞德里克的提問正好來得即時，「你在路上採梨子，本來就是為了中和纈草的味道嗎？」

「路上沒找到洋甘菊，想說用水果試試，還好效果不錯。」聽聞男人發出悶哼，昆汀將手中整顆茄梨向前一遞，討好地眨了眨眼，「要吃嗎？」

「才不要。」

「我剛才用削的，保證沒有口水。」此話換來一記瞪視，昆汀連忙收斂嘴角的笑意，試圖說之以理，「好啦，先吃點東西補充體力，等等還要找路離開。」

經過一番誘勸，男人總算接受昆汀的說法，不甚情願地接過茄梨，「你記得那個侍者的長相吧？」

「他身形瘦小、很年輕，看起來應該只有十三、四歲，嗯……我沒辦法描述他的長相，但看到人可以認得出來。對了，他的手腕內側有一塊胎記，大概金幣大小，好像是左手。」

「回去之後把人找出來，好好問清楚。」即使無人提及，塞德里克顯然也發覺這起意外另有內幕，只是與使節團會合說得簡單，實際執行又談何容易。

即便沿著溪流一路折返，重回墜落位置也無法攀上懸崖，權衡之下整頓妥當的兩人放棄這項選擇，決定另覓他法。如果一切順利，自然就不會有此時此刻的景況。

「這邊。」在只有蟲鳴和鳥囀的林間，人聲格外醒目。

「那裡一個小時前走過了。」

「類似的景象看久了會覺得相像，所以旅人才會迷失方向，相信我。」

「就是相信你我們才會一直原地打轉，是這個方向才對！」塞德里克沒給昆汀面子，逕自往右側邁步，只留下披風猩紅的殘影。

然而就在一個小時後，仍在樹林中遊蕩的兩人再次停下步伐，這一回出言調侃的是昆汀，「剛才你說哪個方向才對？」

塞德里克靠坐在岩石邊，自鼻腔發出一聲冷哼，「說風涼話對現況毫無幫助。」

「今天不走了。」發話的龍騎士手中拿著不知何時摘的果子，在衣角上隨手擦了擦，一咬就是大半個缺口。

「反正也不知要去哪。」

「出使的隊伍往南，我們往南自然能與他們會合，剛才在那腐朽的樹根處有個蟻穴，我確認過洞口的朝向沒錯。」

「就算方位沒錯，走不出去也沒用。」倚著樹幹，塞德里克抬頭看了一眼樹梢，腦中突然閃現一抹身影，「哎，雷因在附近吧？讓牠來接你不就好了。」

「我們摔下懸崖的時候牠有出現，即時扯了一下繩索替我們放慢墜勢，看我們沒摔死一轉眼就跑得不見蹤影，現在才懶得理我。」

瞧見男人一臉無奈愁苦，塞德里克忍不住噗哧笑出聲，「世人都以為龍騎士有多了不起，看起來不怎麼樣嘛。」

「你才知道龍雖然體型大，但心眼卻小得不如拳頭，牠還在記恨之前的事情呢。再繼續抱怨太陽就要下山了，先找地方歇腳過夜。」

誠如昆汀所言，時間在二人繞繞轉轉之際飛快流逝，天色早已不如晌午明亮，蟲鳴減弱，白日蟄伏在暗處的野獸似乎也蠢蠢欲動。

「我去抓幾條魚，你撿一些柴火吧。」

「怎麼不是你撿柴火我抓魚？」

塞德里克有意為難，卻不料男人答得乾脆，「也可以，我們今晚的伙食就倚靠殿下了。」

「有什麼問題。」話既出口，驕傲如塞德里克當然不允許被人看笑話。

片刻之後，只見金髮王儲氣勢洶洶地踩在溪岸邊挽起袖子，手持樹枝削成的魚叉就是一陣忙碌，歷經幾次挫敗總算掌握訣竅，抓到數條活蹦亂跳的大魚。塞德里克拎著戰利品，也不在意不久前才烘乾的衣褲被溪水濺得一身溼，樂得直向昆汀炫耀。

入夜後兩人在避風的位置燃起木柴，少了隨身伺候的侍者，塞德里克只能親手處理食材。缺乏必要的調味料，想當然成品相比前些日子紮營時來得淡而無味。草草果腹，塞德里克和昆汀輪流盯哨守夜，與隊伍分開的第一夜就這麼囫圇度過。

†

翌日早晨，沒有任何隨身行李的二人只簡單洗漱便再次踏上旅途。雖說昨夜經過討論，塞德里克和昆汀對於身處的地形和離開方式已有初步共識，然而才剛啟程不久，兩人依舊為判別方向而爭辯。

「這裡看起來很眼熟。」

「但這裡沒有記號，而且我們確實一直往上坡方向走。」負責沿路做記號的男人回過頭，對提出質疑的塞德里克聳了聳肩。

「是你漏了吧？」

「你和老鷹一樣一直盯著我看，有漏沒漏你很清楚吧？」

「別臭美，誰盯著你看，我是在監督你。」

一金一褐的身影在森林中吵吵嚷嚷，不似迷路落難，反倒像是溜出家門私會野餐的小倆口，做什麼都不忘吵上幾句。

當然兩人並非總是吵嚷，偶爾也有和睦相處的時候。「還好嗎？我們休息一下吧？」一如此時的關切來自即使走在上坡路段仍舊健步如飛的龍騎士。

「沒事。」塞德里克接過昆汀遞來的皮革水袋，先是搖了搖確認殘量，才對嘴抿了一小口，「不知道還有多遠，我們水只剩下一半了，這邊可沒有水源。」

前日昆汀被居心叵測的侍者領至山坡，由懸崖墜落谷底再被急流一路沖刷，這表示兩人所處的地勢遠較使節團所在為低，而要離開這片森林，便要先翻過這個巨大凹壑。所幸溪流下游處的山稜起伏幅度較上游趨緩許多，只是沒有馬匹的協助，僅憑人力翻山越嶺實在有些吃力。

「看起來快一半了，應該不遠了。」

塞德里克仰頭盯著雲後透出的陽光，看了片刻才閉目養神，待到再次睜眼，綠眸之中的倦意已一掃而空，「走吧，別耽擱了。」

又歷經一個多小時的疾行，兩人總算攀上岩石堆積而成的半山腰。隨著地勢升高，不僅聚集在凹壑中的潮溼和燠熱逐漸消散，身後的林木也逐漸減少。繼續前行更能明顯察覺腳下落地之處益發狹窄，原先還算廣闊的道路不多時就餘下只容一人獨行的寬度。

眼見前頭未經人為開拓的獸徑一側是山壁，一側是懸崖，稍有不慎輕則鼻青臉腫，重則粉身碎骨。明明身處險境，塞德里克卻語氣雀躍，咧嘴笑得燦爛，「終於有點不一樣的景色了，不想再看到那些統統長得一模一樣的樹。」

「如果我們的推測無誤，等翻過這個山頭朝南走，應該不遠就會有村落。」

「太好了，總算有點進展。」

思及與使節團會合後便得以打理一身狼狽，塞德里克哼著不成調的曲子，腳下的步伐也不由得輕快起來。然而獸徑才剛走到一半，就聽見呼喚驟響，「里奇等等。」

「等什麼？如果你會怕，牽著你走也不是不行。」塞德里克偏頭望向身後的男人，彎唇打趣道。

「你有沒有聽見什麼聲音？」

「聲音？」塞德里克皺起眉頭，受到昆汀嚴肅的態度影響也跟著面色一凜，下意識放緩呼息閉眼凝神細聽，只是半晌過去也沒察覺什麼異狀，「什麼聲音都沒有啊。」

「就是這樣才奇怪，本來一直都有鳥叫聲。」

「你想太多了——咦！」正要嘲笑昆汀過於草木皆兵，就聽見細微的響動毫無預警由上方傳來，「聲音是從上面傳——」本能地循聲仰首，豈料塞德里克話都還沒說完，便被眼前的景象震懾得做不出反應。

只見或大或小的密集落石沿著坡壁快速滾動，挾帶著夷平大地的氣勢和震耳欲聾的隆隆巨響，須臾就將拔腿狂奔的兩人吞噬。這場彷彿山搖地動的騷亂發生在眨眼之間，樹木或慘遭攔腰撞斷或東倒西歪，更驚得棲息林中的動物四處逃竄。

五分鐘過去，漫天沙塵才逐漸散去，裸露出被礫石掩埋的獸徑。在成片石堆中，不見塞德里克和昆汀蹤跡，僅有一截灰撲撲的斷劍顯得格外醒目。

「嗷——」難掩急切的沉吟響徹雲霄，低空盤旋的巨大黑影幾番掠過天際，似乎在尋找什麼。

Quentin Nestor × Cedric Diallos

NORTHERN EMPIRE

第8章

短短幾分鐘卻堪比一世紀漫長，駭人的巨響好不容易沉寂下來，塞德里克小心翼翼地睜開眼，只覺得眼前光線昏暗，觸手可及盡是暖意。年輕的王儲晃了晃腦袋，花費數秒鐘方才意識到身在何處。

他記得落石映入眼簾的那個瞬間，一切快得猝不及防。

「危險！快走！」當時只來得及揚聲驚呼，塞德里克一把抓住身旁的男人便回頭狂奔，然而狹窄的道路本就不易行走，跑不了多少距離落石就已逼近跟前。

「可惡，來不及了！」沒有遮蔽物，只能以肉身挺過衝擊，塞德里克拉著昆汀蹲下縮小受力面積，再以斗篷罩在兩人頭頂，怎料手腕突然傳來拉力，整個人就撞上一堵厚實肉牆。

「別動。」塞德里克被一雙臂膀牢牢禁錮在那個由披風及人體築成的狹窄空間，鼻腔內充斥著男人的汗水和沙塵交織而成的氣味，儘管狼狽卻令人感到心安。

直至此時，縱使歷經天搖地動，男人圈起的一方天地依舊安穩，對方規律的心搏聽在塞德里克耳中只覺得格外踏實。

只是再舒適，終究不是久留之地，「嘿，昆汀！好像結束了，快起來！」塞德里克下意識掙開壓覆在身上的重量，然而稍一使勁便暈頭轉向。

「唔。」

聽聞聲響，塞德里克連忙說道：「清醒了？清醒了就快點幫忙把壓在上面的石頭推開。」

待兩人成功從石礫堆中脫身，塞德里克這才發覺相對自己雖渾身痠痛，但只是受了衝擊，然而護在上頭的男人竟衣袍滲血，不知傷到何處。

「你受傷了！」瞳孔一縮，塞德里克不由得驚呼出聲。

「沒什麼……」

塞德里克伸手扶住沉著臉搖晃腦袋的龍騎士，蹙起眉頭，「嘿，你還好吧？」

「走吧，先離開這裡。」

「可是我剛才好像有聽見雷因的聲音。」塞德里克話才剛說完，就聽見綿長的龍吟響起，一道巨大的黑影掠過蒼穹，有那麼一瞬間甚至將明亮的陽光遮蔽了。「看吧！我就說我有聽見！」

「有牠在也於事無補，我們先找地方休整一下再做打算，還是你想讓雷因去把使節團領過來？」

若是前一日聽聞這個提議，塞德里克想也不想便會答應，然而事發當下由落石間隙瞥見的藍色身影，實在令他疑竇叢生，人為災禍背後必定有不知名的操弄者，而今真相撲朔迷離，自當需要更加謹慎，「不，還是算了。」

「那就走吧，先離開這裡。」昆汀也沒探究原因，逕自抬起頭，向空中的伙伴擺了擺手，「我們沒事，你走吧。」

回應昆汀是一聲沉鳴，體型巨大的黑龍持續低飛盤旋。

「牠看起來不想離開？」

「牠希望我一起離開。」

「那還不快點離開，難道你是看上這裡的風光了？」

怎料昆汀笑而不語，在他的注視下，塞德里克這才後知後覺憶起巨龍的脾性。雷因不願意多載龍騎士以外的人，眼下只有兩人，男人是為誰留下自然再明白不過。

「走吧。」

「可是——」塞德里克回頭看了雷因一眼，話都還沒說完，就被男人拉著踩過亂石折返。

重回森林，兩人在一處天然形成的岩洞落腳，顧不上裡頭環境略嫌潮溼，塞德里克幾乎是迫不及待地伸手去掀男人的衣袍，「除了手腳，你身上應該還有其他傷口吧？」

「應該吧。」

死裡逃生的塞德里克仍心有餘悸，正憋了一肚子惱火，現下見昆汀如此漫不經心，更是氣急攻心，「應該什麼，衣服脫下來！」

「哎，你輕一點。」

「不是不會痛嗎？」塞德里克賭氣似的應了一句，卻不自覺放輕力道。

「是殿下過於粗魯了。」

「你配合一點不就沒事了，快點把衣服脫下來給我看！」

在千鈞一髮之際，塞德里克即時被昆汀護在懷中，幾乎毫髮無傷，至於後者當然沒有這等待遇，手腳滿布或大或小的傷口。手腳傷勢尚且如此，正面迎擊落石的背部可想而知有多嚴重，只是當內袍褪去，塞德里克猛地倒抽一口氣，一時間幾乎忘了如何呼吸。

男人本就留有許多舊傷痕跡的寬大背部異常腫脹，此時被駭人的烏青和暗紅覆蓋，乍看幾乎沒有完好的皮膚。塞德里克被映入眼簾的畫面震懾得做不出反應，與死亡錯身而過的恐懼全湧了上來。

如果落石尺寸再大一些，砸中的位置再偏一些，男人是不是就會頭破血流，甚至當場致命？

或許是察覺塞德里克的異常，昆汀發話了，「範圍有多大？」

「有幾道不嚴重的割傷，但整個背部都是挫傷，顏色很深。」相較之下，割傷的幾道傷口反倒不值一提。

「大小呢？」

「大多是銀幣大小，但有些幾乎和手掌差不多大。」蹙起眉頭，塞德里克下意識握緊拳頭，為總將隨身物品交予侍者保管的習慣感到懊惱，「要是我有把伊莉莎白給的膏藥帶在身上就好了。」若非昆汀帶了水袋和火石等必要物品，兩人恐怕會更加不便。

「只是小傷而已，我四處遊歷受傷慣了，睡一覺就好了。你呢，還好嗎？」

手腕被握住，塞德里克本能就想掙開，但一抬頭就瞧見灰頭土臉的男人試圖佯裝無事的模樣，連忙收回力氣，連語氣都緩和不少，「沒事。」

「那就好，不然你細皮嫩肉的大概會更慘。」

纏有布帛的掌心被生了劍繭的指腹撫出陣陣搔癢，塞德里克將手捏握成拳，輕輕拂開男人，「好什麼，你為什麼那麼做？」

「那是我的義務，我該做的事。」塞德里克沒頭沒尾的問句，昆汀卻聽懂了。

「我沒有要求你這麼做。」

「我承諾過以身為盾保護你平安，我只是遵守誓言。」

眉間一攏，塞德里克的聲調不自覺揚高，「這只是你的自我滿足！」

身為王儲，曾有無數騎士向自己宣示效忠，然而時至今日他才親身體會承諾的重量，沉甸甸的壓在胸口，存在感十足。

「我只是——」

「我不會感謝你。」

「沒關係，是我自己樂意。」

「你——」塞德里克向來能言善道，鮮少在口舌之爭落於下風，但在藍眸的注視下，只能不甚甘願地扭轉話頭，「之前採的纈草還有吧？先把你手腳的傷口敷上，至於背後那些傷，我再去找一些活血化瘀的草藥。」

從昆汀腰間撈出先前替自己掌心傷口所備的草藥，正要放進嘴裡就被男人攔住，「我來吧。」

「喂！」

「纈草根不止可以外用也可內服，咀嚼出的草汁我嚥下去剛好一舉兩得。你不是要去採草藥嗎？去吧，手腳的傷口我自己可以來。」

兩人的視線隔空相對片刻，塞德里克當然讀懂了男人的意思，卻不打算服從，「不急，我先幫你處理。」

說著他不等昆汀拒絕就拔開水袋的塞子，小心翼翼地為男人沖洗沾在傷口處的沙塵，直到水袋內的存水告罄才抬起頭，「好了，你自己敷藥，我去找草藥和食物，順便裝水回來。」

「你找得到路嗎？」

「別小看我。」帶上空水袋和昆汀脫下的衣袍，塞德里克臨行前還不忘叮囑，「你別亂跑，我很快就回來。」

†

塞德里克一出岩洞，便急忙加快腳步，先是憑藉印象找到花瓣鮮黃的山金車花，和粉白色的纈草，接著又依循聲音找著水源。裝滿水袋後，更將自己的披風和男人的上衣全扔進溪中，刻意不扭乾，抱起吸飽水分的衣物就往回走。

返程時不忘隨手採了好些果子，待想起應該撿拾枯枝生火，兩手卻已拿滿各種物品，別無他法只得暫時作罷。心頭惦記著一身傷的昆汀，塞德里克沒為這個小插曲駐足太久，而是和時間競賽似的連連催快腳下的步伐。

「昆汀？我記得山金車花有化瘀和治療跌打損傷的效果，你看一下是不是這種草——」還未踏進岩洞，塞德里克就揚聲呼喚，在瞧見火光時不由得一頓，「咦！你生火了？不是讓你別亂跑嗎？」

「枯枝是在附近撿的，我沒亂跑。」

塞德里克斜瞪了詭辯的昆汀一眼，將溼透的披風拋向對方，「水袋的容量有限，吸水的衣服可以拿來梳洗，你把背也擦一擦。」

「知道帶水回來給我，怎麼也不知道把自己順帶洗一洗？看看你的臉，跟花貓似的。」

來去匆匆急得全然忘卻此事的塞德里克聞言一愣，以手背抹過留有男人手指溫度的臉頰，無須鏡子也知曉自己必定連耳根都漲紅了，好半晌終於擠出一句反駁卻又顯得氣短，「我、我是打算等等再去。」

「原來如此。」

「別廢話！你先確定藥草對不對，不對的話還得再去採。」聽聞揶揄意味十足的哼笑，塞德里克板起臉，試圖挽回形象。

「沒錯，草藥都對，殿下真是見多識廣。」

「安靜，別影響我做事。」摘下山金車花鮮黃色的花朵和根部，放在昆汀已經被撕下好些部分的襯衣，塞德里克嘴上雖是這麼說，但手執石頭砸向草藥的力道卻藏不住心頭的彆扭。

自從劫後餘生，塞德里克便有意無意讓自己處於忙碌狀態，既是試圖掩蓋不自在，也是為了阻止腦袋胡思亂想。一下又一下，塞德里克手起石落的節奏規律而穩定，直到被男聲打斷，「行了，它已經快成泥了。」

「那樣才有效果。」垂眸看了一眼已然面目全非的糊狀物，塞德里克又抬手狠狠敲了兩下才停止。

托著搗碎的草藥，塞德里克走到昆汀身後，即使做好心理準備，再次瞧見男人滿布傷痕的背部時，眉頭仍不受控制地向中央聚攏。

這場噩耗讓塞德里克深刻意識到，儘管龍騎士在擂臺上戰無不勝，依然是個有血有肉的人類，面對大自然壓倒性的力量同樣束手無策，受傷了同樣會影響身體機能。

他未戳破並不代表沒有將昆汀的種種異常看在眼中，不論是相較平日蒼白的臉色、遲緩的反應，還有時不時伸手揉弄太陽穴的動作，全都顯出端倪。

「你往前傾一點，別動。」塞德里克將看不出原型的花泥塗抹在男人青紫交雜的紅腫肌膚上，僅只片刻失神，刻意壓抑的提問便趁隙溜出牙關，「痛嗎？」

「還好。」

「喔……」脫口而出的瞬間塞德里克便感到後悔，得到答案後依舊沒有釋然，既氣惱又氣餒，理不清的複雜情緒盤踞於胸臆，最終只化作意味不明的單音。

「希望我向你撒嬌可以直說。」

「才沒有。」或許是為了加強語氣，塞德里克下意識揚手拍了跟前的肉牆一下，但在察覺男人細微的抽搐時又嚇得連忙僵住。他瞪圓了眼，尷尬的沉默就此蔓延開來，一時間似乎做什麼都不對。

「藥還沒上好？」

無暇猜測主動搭腔的昆汀是否察覺異狀，塞德里克晃了晃腦袋強迫自己重新振作，將布料所剩無幾的襯衣撕成條狀，如此指揮，「你把手抬起來。」

傷在背部，布條必須多次由後方繞過胸口才能固定，這個動作驅使塞德里克得傾身貼近昆汀，彷彿要展臂環摟男人，近得難以忽略對方的體溫。

不合時宜地，塞德里克驚覺這是第一次並非傳宗接代的目的，與這副既熟悉又陌生的身軀如此靠近。雖不願承認，但越發習慣的氣息曾幾何時已添上安定心神的效果。

「好了。」搶在思緒又一次失控以前，塞德里克匆匆完成包紮，逃也似的退至一旁，將頻頻失態的原因歸咎於驚魂未定。他不再多想，索性另啟話題，「我有摘了一些果子，今天就將就一點。」

「荒郊野外哪有什麼講究，有東西果腹就好。」只見昆汀將外皮呈現討喜鮮紅的小巧果子用衣襬擦了擦，一口一顆，不一會就囫圇吞下數顆，掌心滿是梗蒂和籽核。

塞德里克也伸手拿了一顆，怎料咬下的剎那，毫無預警的強烈酸澀汁水便夾帶著苦味襲擊舌尖，緊接著直竄腦門。

「呸、呸呸……這也太酸了。」連頭皮都發麻的塞德里克慌忙吐出嘴裡的果肉，起身就要往外走，「你別吃了，趁太陽還沒下山我再去找找。」

「沒事，只是有點酸澀，至少酸櫻桃沒有毒能吃。」

「這味道太可怕了，簡直難以下嚥，沒想到會有這麼難以入口的水果。」

「北方不流行果酒，你不認識酸櫻桃也不奇怪。酸櫻桃不適合直接食用，南方大多拿來釀酒，或是製成甜點。」昆汀說著，又面不改色地吃了幾顆，「不過既然你不熟悉這種植物，怎麼會去摘？」

「我看到有鳥去吃。」

「你吃這個吧，茄梨還有一顆。」

「你怎麼不吃，剛才不是嚼了纈草？還是說你是用石頭搗碎纈草？」塞德里克皺眉，隨即駁回這個想法，「不、不可能，你就是懶散慣了才會願意忍受纈草的味道。」

「我當時不餓。」

「哎，你——」一抹綠影無預警襲來，塞德里克根本來不及拒絕，只能本能地伸手接住。

「好了，快吃，等等我給你換藥。」

聞言塞德里克抿了抿唇，指腹反覆摩挲茄梨略顯粗糙的果皮，垂下眼簾沒做聲。一個賣相不算上等的野果，也並非什麼稀罕矜貴的物品，卻是男人此刻的所有，塞在懷裡沉得塞德里克幾乎拿不住。

為了逃避這種陌生的氛圍，掌心換上新藥的塞德里克終究打著搜集物資的名義，還是再次踏出岩洞。

因為擔心昆汀的傷勢，既不想離得太遠，卻又由於侷促不願靠得太近。塞德里克只在附近徘徊，直到最後一絲酡紅夕陽消失在地平線下，才返回隱約透出火光的落腳處。

「回來了？出去這麼久，還以為你迷路了。」

這話聽得塞德里克心頭發虛，刻意背過身，故作忙碌地擺弄手中收獲實在不多的物品，「才沒有，我是為了找可以食用的莓果耽擱了，也多採一些藥草備用，還有木材……」

「別忙了，外面不冷嗎？你先烤烤火。」一如昆汀所言，黑夜降臨後氣溫下探不少，相對空曠處的寒意，空間狹窄且燃有篝火的岩洞內自是格外溫暖。

「原本還好，但天色才剛暗下來，氣溫馬上就降低了，岩洞裡面真溫暖。」塞德里克順勢湊近火堆，給飢渴的火舌餵了幾支薪柴，這才起身摸了摸搭在繩索上烘烤的外袍和披風，滿意地彎起嘴角，「已經快乾了，應該再一下就好。」

然而才抬頭，光著肩膀僅有軀幹纏滿布條的男人便映入眼簾。「哎，你……」塞德里克先是一頓，後知後覺憶及昆汀四分五裂的襯衣已全用來包紮，而外袍仍殘有幾分水氣尚未乾透，理所當然衣不蔽體。

「你會冷吧？」

「烤著火怎麼會冷？」

「你的臉色可不是這樣說，先穿我的衣服。」目光掠過昆汀較以往泛白的嘴唇，塞德里克低頭就開始解釦子。

「你的衣服我可穿不下。」

正忙著與外袍較勁的塞德里克，分神瞪了這種時候還膽敢笑出聲的昆汀一眼，「這種時候還要炫耀身材是吧？不能穿至少可以披著。」

怎料男人沒接下塞德里克遞出的衣服，反倒拍了拍身旁的位置，「來這邊坐。」

「什麼事？」一把將留有餘溫的外袍扔進昆汀懷裡，塞德里克咕噥著落座。

「不是怕我冷嗎？靠近一點。」

「那和我坐哪裡有什麼關係？」

回應塞德里克的是挪近身軀的男人，和重新覆蓋於肩頭的暖意，昆汀展開了外袍與自己分享，「喂，你——」

「這樣就不冷了。」

塞德里克瞪圓了眼，轉過頭便對上一張嬉皮笑臉的面容。年輕王儲每每企圖掙開身上的外袍，總被昆汀先一步察覺，尚未落下的衣物又一次返回原位。

幾次嘗試未果，塞德里克撇了撇嘴，既不願服軟也不願落得忘恩負義的惡名，索性主動變換話題，「你過去遊歷時也有受傷嗎？」

「當然，尤其剛開始的時候，十四、五歲的小子年輕氣盛不知天高地厚，難免要吃些苦頭才能知道自己的斤兩。」

「十四歲，所以現在已經快六年了吧？」塞德里克依稀記得與昆汀相差兩歲，而今自己二十二歲誕辰將近，這表示對方差不多二十歲。

「心疼我呀？」

「是覺得那麼多年過去，你怎麼毫無長進？」

「咦？」

直勾勾望向面露詫異的昆汀，塞德里克挑起眉梢，「這麼多年你不是早該學會避險。」

「看來你不知道惹禍是我的專長之一，否則也不會碰上雷因和你。」

「你的意思是我是禍害？」

「里奇殿下很有自知之明嘛。」

從昆汀手中抽回殘有對方嘴唇溫度的手，塞德里克橫了男人一眼，「行了，早點休息吧，晚上我守夜。」

「晚一些我和你換班。」

「換什麼班，受傷了就好好休息。」

「你也受傷了。」

「這點小傷不算什麼。」下意識將攥握成拳的左手藏在身後，塞德里克把球拋了回去，「你那身傷不好好養養，明天路上拖累我怎麼辦？我可背不動你。」

「反過來說，如果你不好好休息，不就換我得背你了。」

「你多慮了。」

「但不能否認有——」

兩人就值夜的方法爭論了好一會，誰也不讓誰的結果就是最後並排躺在火堆邊，美其名一同休息，實則一同守夜。

塞德里克時而凝神沉思，時而閉目養神，直到後半夜，一條手臂突然由後方探出，橫過腰間將其摟住。意料之外的肢體接觸驚得他拱起雙肩，下意識便出言斥責：「你做什麼？」

耐著性子等了片刻，沒等來預期的調侃或解釋，反倒聽聞身後傳來規律而沉重的呼息。「昆汀？」見男人依舊沒有反應，塞德里克小心翼翼以極慢極輕的動作轉過身，憑藉岩洞內有限的光線，映入眼簾的是張並不安穩的睡顏。

在連孩子都耳熟能詳的傳說中，龍騎士馭龍，手舞巨劍稱霸天際，可以輕鬆斬殺四處為亂的反派角色，並且拯救世界。

塞德里克嘴上雖沒說，卻早將昆汀與龍騎士的形象連結在一起。男人應該神采奕奕豪放不羈，並且強悍可靠，而非如此時這般病懨懨難掩脆弱，光是看著就令人心煩意亂。

盯著昆汀眉間凝事的疙瘩，塞德里克遲疑良久，終於忍不住伸手。還未將之輾平，他反倒先被指腹傳來的熱度吸引注意。「你在發熱嗎？」定睛細瞧，這才發覺男人麥色肌膚似乎隱隱透出不自然的緋紅。

年輕王儲試圖起身，卻被攬得更緊。「哎你！」塞德里克試了幾次，全都才剛支起上身就被重新抱回懷裡，圈在腰間的胳膊錮得更牢。「你在發熱，我幫你拿水降溫。」

「唔……」始終雙眼緊閉的昆汀發出一聲抗議的咕噥，顯然對於塞德里克的提案沒有合作的打算。

「放手，我要去——」

「別動，你身上涼涼的很舒服……」聞言一頓，塞德里克才發覺充當被褥的外袍和披風不知何時被男人掀了，不禁怒火中燒。

「涼什麼，在發熱還不把衣服蓋好。」他抱怨著，以艱難的姿勢替昆汀拾起衣物，將高大的男人裹得不留縫隙。

見昆汀終於安分，塞德里克鬆了一口氣，得空的思緒不自覺回到險象環生的剎那，想起當時一閃而逝的畫面，不禁臉色沉了下來。短短兩日與死神擦身而過兩回，他自然不會天真地以為只是意外，第一次繩索有切割的痕跡，第二次則是鬼鬼祟祟的人影，全都罪證確鑿。

只是原先以為有心人士是以昆汀為目標，才會設圈套讓男人跌落懸崖，然而遭遇落石一砸，塞德里克倒是被砸出了新想法，也許自己才是標的？

誰會希望昆汀消失？比起過去在外遊歷時招惹的敵人，北之國那些對王夫身分落到外鄉人身上不滿的貴族可能性似乎更高。

那又是誰希望自己消失？北之國王儲的身分不論內外都引人垂涎，既可能是有所圖謀的他國勢力，也可能是國內對王位別有居心的貴族。但對於前者，活捉王儲更有價值，對於後者，當然是塞德里克嚥氣才能達到目的。

兩相比對之下，答案便呼之欲出。沒來由地，塞德里克腦中浮現臨行前尤萊亞託付的那封信，接著耳際響起伊莉莎白女伯爵的道別，如今回想起來似乎是話中有話。

北之國擁有諸多貴族，各方派系之間明爭暗鬥角力拉鋸早已不是新鮮事，顯然尤萊亞和伊莉莎白都對此次出使可能發生意外有所警覺，而那封信的含義也不如表象單純。

只是貴族眾多，如此膽大妄為的究竟是誰？是家世淵博，屢屢對王室提出質疑的尼古拉公爵？是財力雄厚，喜好攀附權勢的貝倫特侯爵？是駐守邊疆，手握大量兵力的華夫公爵？是精通醫理，熟知各類草藥毒藥的伊莉莎白女伯爵？亦或是，四大家族以外的人等？

塞德里克瞇起眼，直勾勾盯著散發暖意的橙黃色火焰，還未從一張張面孔中得出答案，一個念頭反倒搶先一步如閃電般劃過腦海。

「糟了！」塞德里克猛坐起身，後背全被冷汗浸透。

「唔，怎麼了？」模糊不清的咕噥自身旁傳來，顯然昆汀也被塞德里克過大的動作驚擾了。

「得把火滅了，就算是在岩洞裡，光源在黑暗中依舊太醒目了。」塞德里克語氣急切，一邊快步走向光源，一邊慌忙拔開水袋的栓塞。

不論那些偷襲者身分為何，只要他們沒在石堆裡發現屍體，就有可能進入森林再次下手，而明亮的篝火豈不是大刺刺向對方昭顯所在位置嗎。

「等等，你是為了今天看到的那些人影想滅火？」

「你也看到了？」塞德里克瞪大眼，很是驚訝。

「他們要來早就來了，不過森林占地遼闊，想找到人難度很高。」

「你怎麼這麼肯定？」

「如果能輕易找到我們，他們也不會選擇在山坡埋伏，看來離開的方法確實如我們所料。」

昆汀的推測並非沒有道理，塞德里克停下手上的動作，總算逐漸冷靜下來，「就算你說得沒錯，還是得想辦法繞過他們，否則也沒辦法離開這裡。」

「別擔心，今晚先養精蓄銳，這個山谷雖然不大，但說小也不小，不會只有一條路可以離開。」或許是男人言之鑿鑿的語氣太過篤定，塞德里克浮躁的情緒穩定不少，儘管仍心懷忐忑，尚且足以熬過漫漫長夜。

†

勁。

然而翌日早晨，根本沒讓昆汀有機會證明其判斷是否正確，塞德里克就先發現男人的不對

「昆汀。」見對方毫無反應，他又喊了一聲，「昆汀？」

「唔？」

「你吃了嗎？」

「嗯……」

目光落在精神狀態明顯不佳的昆汀身上數秒鐘，塞德里克放下手中處理到一半的藥草，邊說邊靠近男人，「你再吃一些，把剩下的莓果都吃完，我等等再另外找就行。」

「嗯……」

在昆汀額際摸到明顯加劇的滾燙高溫，塞德里克眉間的褶子又多添了一道，慌得揚高聲量，「更燙了！症狀比昨晚嚴重，草藥沒有發揮作用嗎？你等等，先幫你換藥。」

「別走。」

「我去拿藥，先上藥再說。」塞德里克滿心焦急試圖力挽狂瀾，然而手卻被當事人一把拉住，貼在散發熱氣的面頰上，「唔，這樣涼……」

從昨日開始，昆汀屢屢表現得像個不講理的孩子，格外黏人也格外難纏，塞德里克當然察覺了異樣。男人向來機警的反應因為每況愈下的身體狀況變得越發遲緩，若是單靠荒山野嶺的簡陋條件和匱乏的資源，傷勢持續惡化是必然的發展。

「這樣不行，走吧。」目光掠過男人泛白的嘴唇，塞德里克深吸一口氣不再細想，匆匆收

拾兩人為數不多的隨身物品，草草將火堆滅了，拉著昆汀步出岩洞。

「走去哪？」

「去空曠一點的地方呼喚雷因，讓牠載你去找醫官，引起高熱的原因應該不止是外傷，我懷疑你還有其他看不見的內傷。」

「那你呢？」

「我會自己想辦法和使節團會合，別擔心，你應該還能控制龍吧？」面對提問，根本無暇考量自身安危的塞德里克只是隨口虛應。

「不行。」

被突然停下腳步的昆汀帶得猛然搖晃，塞德里克回過頭，使勁拖著男人繼續向前，「不行也沒關係，我等等想辦法把你固定在龍背上，反正雷因很聰明，只要告訴牠目的地，一定能把你帶過去。」

「不行，你不能落單。」

兩人前進的速度再次因為昆汀的阻止而停滯，塞德里克索性站定，回身與男人對視，試圖講道理，「龍族個性驕傲，雷因不會接受騎士以外的人。」

「不，一起走。」

「你先走，我會想辦法脫身。」手腕被昆汀牢牢扣在手中，灼熱的溫度由兩人接觸的皮膚向周身漫開，燙得塞德里克心頭不免有些軟化，否則面對執拗如孩子的昆汀，耐性有限的王儲哪有可能嘴角帶笑一來一往地討價還價。

「那我不走。」

「現在可不是跟我唱反調的時候，你——」塞德里克話說到一半，一個念頭突然湧現，「那樣或許可以……」

「哪樣？」

「就是……」在昆汀充滿期待的注視下，塞德里克咬著下唇，不僅雙頰連耳根都臊紅了，忍不住暗罵前一秒的自己過於多話。他一連做了幾次深呼吸猶豫片刻，終究理智戰勝情緒化的羞赧和浮躁，艱難地自喉間擠出答案，「如果我體內有你的味道，雷因或許比較容易接受。」

「我的味道？」

「精液。」扔下一個字詞，塞德里克便匆匆別開眼，不願正視男人詫異的目光。

這個答案顯然出乎昆汀預期，只見愣神的男人回神後便笑咧了嘴，「殿下這是在和我求歡嗎？」

「才不是，我只是就事論事。」翡翠色的瞳眸瞪了目露狡黠的昆汀一眼，慌亂藏起動搖。

「是嗎，還以為……」男人的語調越放越輕，直到再也聽不清的瞬間塞德里克只覺得胸口突然一沉，榛果色的腦袋整個埋進自己懷中。

「喂，你快起來，別鬧。」塞德里克弓起肩，意圖驅趕此刻還有閒情開玩笑的昆汀，怎料男人既不搭腔也不起身，而是毫無預警地向側邊歪倒下去。

見狀塞德里克連忙伸手將之拉住，當幾乎能將自己也順勢帶倒的重量傳來，他才驚覺前一秒還絮絮叨叨爭論的昆汀竟失去意識。塞德里克連拖帶拉，吃力地將身形高壯的昆汀攙扶到一旁倚著樹幹坐下。

「昆汀！昆汀，你醒醒！」連連輕拍對方發熱的面龐，然而昏厥的男人就是沒有反應。連忙伸手探向男人鼻下，在感覺到異常灼熱的微弱呼吸時，總算鬆了一口氣。

他晃了晃腦袋，將趁隙湧現的不祥念頭拋開，既然反對者暫且無法提出抗議，更沒有理由終止計畫。無法扛著沉重的昆汀繼續前行，於是只能放棄尋找大範圍空地，顧不上在全是樹木的情況下巨龍如何降落，塞德里克深吸一口氣，仰頭高呼：「雷因、雷因——」

接連喊了十多聲，蟲鳴似乎因此戛然而止，鳥群振翅爭相逃竄，森林中驚起陣陣騷動，卻沒有瞧見理應出現的龐然大物。塞德里克並非沒料到這個結果，畢竟過去只見過昆汀和充滿靈性的巨龍對話，卻不清楚如何呼喚不在視線範圍內的雷因。

然而此時根本沒有躊躇的餘裕，更無暇擔憂這番動靜是否會引來殺機，塞德里克張口就是大吼。又是數分鐘過去，除了被風吹響的沙沙樹濤，什麼也沒發生。

「該死。」教養和禮儀隨著耐心在失望的過程中一點一滴耗盡，被無力感團團籠罩的塞德里克如困獸般在原地繞圈子。他腳下一頓，氣急敗壞地搔亂一頭金髮，再次不顧形象地揚聲怒斥：「雷因，你在附近吧！出來！該死的快點出來！」

奇蹟依然沒有出現，回覆塞德里克的仍是令人絕望的死寂。

輕聲細語是最基本的禮儀，年輕王儲的嬌貴嗓子自然禁不起這般聲嘶力竭大吼，不多時喉嚨已隱隱作痛。塞德里克頹下雙肩，走向始終沒有反應的昆汀，拿起水袋喝了幾口，正要將栓子插上，便瞥見昆汀缺乏血色的嘴唇嚴重乾裂。

他想也不想就伸手捏住男人的下頷，將之微微抬高固定，傾身吻了上去。這是兩人之間第一個吻，比起吻更像是具有目的的觸碰。塞德里克的動作並不熟練，加上少了對方配合，實際渡進男人口中與染溼衣襟的水量可能相去不遠，為了彌補損失，塞德里克只能增加哺餵的次數。

他浮躁的情緒在這一來一往的過程反倒冷靜不少，「你給我撐著，好好撐著，我會讓你離開這裡，一定會。」伸手捏住昆汀的鼻尖晃了晃，塞德里克吐出似威脅也似祈求的承諾。

「雷因——」直起身，塞德里克吸足了氣，將力量蓄積在腹部，張口把揉合了各種情緒的聲音送出去，「昆汀是你的騎士吧，你想看著他死嗎？」

氣餒和沮喪化作支撐他的憤怒，正欲吼出下一聲呼喊，就聽見熟悉的龍鳴傳來。在悠長的沉吟中，佇立於林木之間的塞德里克徐徐闔上眼，迎著巨龍降落掀起的強風，一身狼狽卻笑得燦爛。

最困難的第一步已經完成，接下來只需將不省人事的昆汀弄上龍背，距離順利脫險的目標就近了。塞德里克以昆汀墜落山谷時綁在腰際的繩索為主，割成長條狀的披風為輔，將男人牢牢固定在巨龍寬闊的後背。

俐落地躍下龍背，他伸手拍了拍雷因的左前肢，「去吧，帶你的伙伴回奈斯特王國，越快越好，他亟需治療。」

自認安排妥當，已經累出一身汗的塞德里克說什麼也沒想到，雷因竟會像沒聽懂似的，杵在原地一動也不動。

「聽不懂嗎？還是你不知道奈斯特王國的方向？」眨了眨眼，塞德里克揮舞著雙手，試圖向跟前的巨大生物解釋，「不然你帶他回北之國，北之國，你知道吧？」

平日見昆汀與雷因溝通無礙，在塞德里克的想像中，巨龍早該輕而易舉地理解現況並展翅離去，而非如此時此刻一人一龍僵持著大眼瞪小眼。

「北之國的方向，你也不知道嗎？」不死心又問了一次，然而回應塞德里克的是沒預警揮向自己的巨爪。

突然被推得踉蹌，他望進那對別有深意的金黃色獸眸，困惑地擰眉，嘆了一口氣頹下雙肩，再次放低標準，「隨便哪裡都好，離開這裡，去有人的地方都好。」

怎料黑龍依舊沒有離開，而是垂下碩大的腦袋，以吻部輕碰塞德里克腿側，鼻腔噴出一股灼熱的氣息。

「怎麼了？」緊接著又是一次碰撞，這回雷因的力道更大，顯然更加不耐煩。

「呃，你是希望我做什麼？」眼睜睜看著能夠輕易吞掉一個人的巨大吻部張至極限，發出如雷貫耳的吼聲，震得塞德里克腦袋發昏，臉上全是口水。

「喀！」利齒重重咬合的聲響近在咫尺，下一秒，塞德里克只覺得在後領傳來一股強勁拉力後，整個人便被甩上半空。直到重力重新發揮作用，他才驚覺被拋上已載有一名乘客的龍背。

「雷因你——」不等塞德里克發問，身形龐大的黑龍便已騰空而起。強風伴隨陌生的失重感襲來，衣服被吹得獵獵作響，塞德里克慌忙伏低上身攀住堅硬的鱗片。好不容易維持平衡，他才得以分神向四周張望。

　　蔚藍的蒼穹越來越近，蓬鬆的雲朵似乎觸手可及，站在地面上必須抬頭仰望的高聳杉木，則隨著高度拔升變得越來越小。雷因不過兩次振翅，那座困住二人的森林便被拋諸後頭。

　　兒時願望在這種情況下實現，塞德里克卻顧不上興奮，轉頭注視即使經歷這番動靜依舊不見清醒的昆汀，眉間的疙瘩不減反增。

Quentin Nestor × Cedric Diallos

NORTHERN EMPIRE

第9章

Northern Empire
Crown Prince & Dragon Knight

「唔，嗯……」

萬籟俱寂的夜晚，即使是細微聲響也顯得清晰。淺眠的塞德里克被驚擾，慌亂間顧不得多想，連忙湊到床邊，伸手探向昆汀溫度已下降不少的額頭。

憑藉燭臺的昏黃火光，見男人並非如前幾次那般囈語，而是真正睜開眼，塞德里克不由得鬆了一口氣，一直懸著的忐忑總算緩緩落地。「醒了？」

「這裡是……」

剛甦醒的男人一臉困惑地打量屋內陳設，塞德里克也不催促，只是靜默地等待對方回神。

「我們在奈斯特王國？」

「是。」隨手將燭臺擱在一旁，塞德里克協助掙扎起身的昆汀坐直，將杯子遞到聲線粗糲的男人唇邊，「喝口水潤潤喉。」

「我睡了多久？」

「從你在森林裡昏倒起算，已經兩天半。」

「難得睡了個好覺呢，倒是你臉色不太好，有休息嗎？」

睫毛因為外物靠近下意識扇了扇，塞德里克不自在地躲開男人在自己眼角下比劃的指尖。

「雷因載我們來的？」

「對。」

「不簡單啊，你怎麼說服牠的？牠那脾氣可不小。」

「因為我口才好吧。」塞德里克輕描淡寫帶過那段短短時間便反覆經歷希望和絕望的過程，對於昆汀的疑問心頭早有答案。

人類的婚姻對於龍族究竟有無意義他並不清楚，但可以肯定的是，雷因願意破例必定是為了危在旦夕的搭檔。

「看來的確如此，不然你也進不了城堡。」

「說到城堡，真沒想到你的身分不一般啊。」塞德里克憶起發現雷因選擇降落在城堡內的情況，先是錯愕，接著是繃緊神經的警戒。

躍下龍背後，他原以為即將因擅闖他人領地迎來一場苦戰，卻不料被騷動吸引聚攏的群眾中竟有人認出雷因和昆汀，替後者安排就醫的難題迎刃而解。

「是我小看你了，若非來到奈斯特王國，怎麼也無法將這麼不喜歡貴族階級的人與領主之子做連結。」

通常被稱為克迦亞地區的克迦亞帝國並非一個單獨國家，而是出不同領主管理的五個邦國所組成的聯合帝國。整個帝國對外名義上有一名虛位君主，各邦國實則各自為政互不干涉。

因此對奈斯特王國而言，自封為王的領主即是權力最高的領導者，領主之子自然也是位列貴族的特權階級。

「雖然無法否認由於這個身分受惠，但我不認為那有什麼值得驕傲。」

聞言塞德里克聳了聳肩，對於男人刺蝟般的尖銳反應毫不意外，「因為是庶子？」

雖無人直言，但在昆汀昏睡的這段時間，塞德里克確實從毫不避諱的侍者口中聽了不少流言蜚語。

由貴為領主之子卻被分配到如此偏僻又老舊的房間，王宮內上下漫不經心的態度，返回領地血親卻不曾前來探望的輕忽等等跡象來看，不難推敲昆汀的出身和其在奈斯特王國遭受的待遇為何。

「比起這個身分，我更樂意當個鐵匠的小孩。」

「知足吧，鐵匠的孩子可沒人替你備藥。」

「若不是你，備了再多的藥也沒有用。」

醫官最初來看過昆汀一回，下了診斷開好藥方，來去匆匆的侍者只在送藥和食物時出現，餵食及換藥的工作自然只能由塞德里克親力而為。

雖聽懂了對方話裡的含義，塞德里克卻故意曲解，「誰叫某人的人緣如此糟糕。」

塞德里克沒接話，不僅是不想觸及昆汀的傷心事，更是不願對男人的家務事多加評論。

「謝了。」

聞言塞德里克發出一聲悶哼，「與其口頭感謝，不如趕快痊癒比較實在，這裡天氣太熱我待不習慣，等使節團到達就回北之國吧。」

顧慮男人的情緒是真的，不過塞德里克所言也不盡然都是假話。既然昆汀的傷勢逐漸好轉，接下來該處理的就是屢次發動襲擊的幕後黑手。

†

翌日早晨，昆汀恢復意識的消息不脛而走。於是在使節團之前，塞德里克反倒先等到不請自來的侍者，捎來領主召見的命令。

他望向起身更換外袍的男人，不悅地皺眉，「你才剛醒，傷都還沒好，現在召見是什麼意思，要見怎麼不自己過來？」

「外傷不算嚴重，躺了這麼久都好得差不多了，況且你千里迢迢從北之國過來不就是為了要見上領主一面，是早是晚有什麼不同？」相對忿忿不平的塞德里克，昆汀倒是十分豁達，「還是說沒有那些撐場面的人馬和珍稀禮品壯聲勢，殿下就卻步了？」

「當然不可能！」瞪圓一雙綠眸，事關國威塞德里克說什麼也不可能讓步，加上踏入奈斯特王國後蒙受的怠慢，藉機立威自是唯一選項，「先幫我弄一套衣服來。」

「你不是穿了我的正裝？」

「我們體型差這麼多，你這衣服雖然料子還行，但鬆垮垮的只有蔽體功能，穿這樣與他國君主會面，是想讓我丟臉還是讓你丟臉？」扯了扯過長的衣襬，塞德里克一臉嫌棄。

「好。」

昆汀對於吃食服飾等物質需求向來不上心，原以為還得費一番口舌才能說動男人，沒曾想昆汀今日竟突然性情大變，讓還欲多說的塞德里克一時間反應不過來，「衣服是最基本的門面，我——咦？你說什麼？」

「我說好，我會想辦法。」

見男人那麼好說話，已經準備長篇大論的塞德里克眨了眨眼，反倒有些不適應，「你的態度很不尋常，該不會有什麼陰謀吧？」

「這點小事，身為伴侶理應為你達成。」

「那你去吧，快去快回。」塞德里克眉頭一挑，並不相信昆汀的說法，卻沒繼續追問。

最後昆汀沒找到衣服，而是領著一名有些年紀的佝僂老人回來。既然沒有合適的衣服，要從無到有趕製也來不及，只剩下修改現成衣物一途。

塞德里克和老邁的裁縫折騰了半天，又是裁剪又是縫製又是滾金邊，好不容易在午後才勉強完成。

「殿下您看這樣可以嗎？」

換上外袍的塞德里克在金屬鏡前左右旋身，看了又看，終於勉為其難地鬆口，放過已經滿頭是汗的老裁縫，「雖然還是有些小細節不過關，但也只能湊合了。」

雖非量身訂作，也不是塞德里克慣穿的款式，但成品好歹已比最初合身，漆黑的上等布料更將年輕王儲披肩的鉑金髮色襯托得格外耀眼。

「走吧。」撫平衣襬的皺摺，塞德里克整了整衣領，朝昆汀昂了昂下頷，「帶路。」

由昆汀寢宮的座落處橫跨大半個城堡，繞過花園中雕飾精美的大大小小噴水池，兩人踏入偌大議事廳的同時，裡頭看似相談甚歡的三人隨即噤聲，紛紛回頭。

成為焦點的塞德里克彷彿沒察覺落在身上的探查目光，穩定前進的步伐依舊泰然，直到在王座前的臺階站定。

他一抬頭，隨之映入眼簾的是名身形健碩的中年男子，鬢髮斑白，與昆汀有幾分相似的五官雖難掩歲月痕跡，卻不顯蒼老。此人無他，正是奈斯特王國的領導者法蘭基二世。

塞德里克預先得知的資料記載，法蘭基二世在位多年雖無亮眼政績，但也從未出現招來民怨的重大過失，是名表現中庸的君主。至於王座左側佇立著一名頭髮蓬亂的魁梧巨漢，右側則是一名高瘦男子，應該分別是易怒暴躁的大王子亞力克，以及狡詐世故的二王子丹尼爾。

昆汀超過六呎的體型已經較多數人挺拔，但亞力克更高更壯，鼓脹的肌肉即使裹在衣物下仍震懾力十足。相比亞力克，笑吟吟的丹尼爾則被襯托得弱不禁風，然而那一雙平靜無波的深沉瞳眸卻令人心頭發寒。

「父王、亞力克、丹尼爾。」率先出聲的是分別向三人行禮致意的昆汀，同時也間接證實了塞德里克的推測無誤。

「現在才出現，你不覺得太晚嗎？」

「在外面遊蕩那麼久，恐怕是把規矩都忘了，畢竟血統不乾淨，學習能力比較低也沒什麼奇怪。」

只見昆汀好似沒有聽聞那些冷嘲熱諷，邊說邊向王座上的男人微微躬身，「返國路途上出現了一點小問題，所以無法立刻前來謁見父王。」

「沒事就好，你旁邊這位是？」

「這位是塞德里克殿下，北之國的王子。」

「北之國？」塞德里克的身分顯然超乎預期，法蘭基二世父子三人皆臉色突變。

「是的。」

「北之國素來與我們沒有往來，不知塞德里克殿下因何事來訪？」

由眾人的反應不難猜出昆汀並未提前先告知兩人的關係。此事若在早前，塞德里克必定會勃然大怒，然而待在奈斯特王國不過短短一週，他的想法已有所改變。

原先預期的平民親家實則是握有大權的領主，表面上看似拉抬了北之國的面子，但不易控制的壞處便接踵而來，與其事先通知讓對方有所準備，不如臨時突襲對己方更有利。

塞德里克跨出一步，搶在昆汀發話前回答法蘭基二世：「我在不久前結婚了。」

「咳，恭喜。」法蘭基二世雖摸不著頭緒，在壓下乾咳後仍禮貌性地道賀。

「按照北之國的慣例，王儲會親自出使王夫所屬國家以示尊——」

塞德里克話都還沒說完，就被亞力克一陣搶白，「所以簡單來說，就是你的結婚對象出身於奈斯特王國？」

「是的，昆汀就是我的伴侶，我是特地來向貴國傳達此事。」牽起一旁男人的手，塞德里克直勾勾望向保持緘默的法蘭基二世。

「說什麼鬼話，你們兩個不都是男人嗎？你是個騙子吧？別以為隨口扯幾句荒唐的謊話，我們就會相信。」亞力克說著，彷彿被自己的話逗樂似的哈哈大笑，「或是說你其實是個女的，臉長得不錯，就是骨架大了點，胸平了點。」

「我記得北方確實有個國家比較特殊，王室好像會藉由某些儀式遴選男性伴侶。」不似亞力克直白粗俗，丹尼爾的見識顯然廣博一些。

「男人又生不出孩子，和男人結婚幹什麼？」

「說不定可以呢？」

「真的假的？又是龍，又是和王子聯姻，怎麼什麼好事都被那小子碰上，我才不相信。」只見亞力克撇了撇嘴，語氣滿是對昆汀的不屑，「就算看在錢的分上，我也不願意和男人結婚。」

「我沒記錯的話，北之國也是個頗負盛名的國家，泱泱大國竟讓王子殿下一人出使他國，若是路途上發生什麼事豈不糟糕了？」這一席話，能夠輕易看出丹尼爾的說話技巧遠比其胞兄亞力克高上不少。

只聽丹尼爾先是給北之國戴了高帽子，接著假借關切名義對塞德里克的身分提出質疑。明褒暗貶，表面上毫不失禮，實則一字一句都透出詆毀意味。

塞德里克將昆汀二位胞兄或輕視或嘲弄或鄙夷的反應盡收眼底，至於法蘭基二世雖未直言，但從默許亞力克和丹尼爾你一言我一語地出言羞辱來看，同樣對塞德里克的身分有所懷疑，卻又顧忌著不高但仍存在的機率，猶豫是否該留下一線人情。

看得通透的塞德里克不怒反笑，嘴角彎起恰到好處的上揚弧度，抬眸與始終瞇眼打量自己的法蘭基二世對視，點頭致意，「說來慚愧，途中確實發生了一點小意外，所以我和昆汀才會駁龍先行。至於我帶來的人馬還在路上，畢竟馬腿跑不過龍翅膀，馬車上又載運了見面禮，速度快不起來。在使節團抵達以前，得暫時叨擾了。」

綜觀整片莫蘭頓大陸，人們對於龍族的崇敬遠遠超越國界限制，從亞力克口中聽聞男人對昆汀龍騎士身分的嫉妒，塞德里克故意提及雷因，果不其然換來數人情緒各異的目光。

好半晌過去，法蘭基二世終於做出抉擇，「不知貴客來訪有失遠迎，是我們怠慢了。亞力克吩咐下去，給塞德里克殿下安排房間。」

「可是——」

「亞力克？」

「是……」既然塞德里克的身分獲得認同，蠢蠢欲動的亞力克和丹尼爾即使不甘願也只能暫時消停。

「不用了，我住昆汀的寢宮就行了，雖說那裡比北之國的客房小得多，但婚後還分房睡也說不過去。」既然大好機會送上門來，連日屈就在狹窄空間的塞德里克順勢發難，「北之國有個習俗，王儲婚後會為其擴建寢宮，不清楚貴國有無類似安排？」

以眼角餘光瞄了抿唇竊笑的昆汀一眼，自知有些厚臉皮的塞德里克無所謂地聳了聳肩。若是這番信口胡謅得到回應就是憑空賺了一筆，若否也至少達到紓發情緒的目的，出了口氣。

法蘭基二世被嗆得乾咳幾聲，顯然沒料到塞德里克會提出如此要求，沉吟片刻終究拉不下面子拒絕，「昆汀那房間住兩個人的確略顯侷促，亞力克你——」

「父王！讓那個小雜種住在城堡內已經足夠寬容了！」

接二連三被迫讓步，法蘭基二世顯然不打算在此時理會兒子間的權力之爭，直接忽略亞力克的抗議，「丹尼爾你處理吧。」

占了便宜的塞德里克見狀，連忙收斂臉上的表情，以目光向昆汀投去暗示。他原先擔心男人無法理解，但事實證明昆汀還不至於太過愚鈍，懂得即時開口謝恩。

既然已達成超出預期的目標，自然沒有久留的必要。為了避免節外生枝，塞德里克接在昆汀之後搭腔：「陛下，昆汀身上還有傷，醫官提醒過要好好休養。若是沒有什麼吩咐，我們就先告退了。」

「等等。」

聞言塞德里克腳下一頓，面色不變，腦中卻在回頭瞬間飛快掠過無數念頭。

「難得來訪，塞德里克殿下可要把握機會四處看看。」

「這是當然！」咧嘴笑得燦爛，塞德里克神態親暱地牽住身旁的昆汀，「先前昆汀就和我提過奈斯特王國碧草如茵、山明水秀，如今光是城堡內的景色就已美不勝收，等他傷勢恢復，我一定要親眼看看。」

藉由身體遮擋，塞德里克在無人瞧見的角度，悄悄擰了男人的胳膊一把。

「沒問題，要去哪裡我都帶你去，奈斯特王國最美麗——」意會的昆汀連忙將塞德里克攬住，兩人就這麼一搭一唱，神態親暱走出議事廳。

†

待到漸行漸遠，塞德里克一改人前的態度，壓低的語氣涼颼颼的，「笑什麼？」

「看不出來你還是個談判高手。」

「面對那些討人厭的臉孔還有辦法忍氣吞聲，你才是看不出來有這種好脾氣。」斜瞪昆汀一眼，塞德里克發出一聲悶哼。

「我不喜歡多餘的口舌之爭。」

「吵不贏就承認吧，不過丹尼爾的確不好對付。」相比亞力克直來直往的衝動個性，懂得壓抑忍耐的丹尼爾更加難以捉摸。

「你看起來毫不意外。」

「出使前預做功課不是應該的嗎？提前知道國家概況，既可以避免失禮，也能握有更多說話的籌碼。只是在我拿到的資料並沒有將你列入王室名單，看年紀你在兄弟間排行第三？」

「對，最小的是愛德華，他是第二任王妃所生，年紀和我們差很多。」只見昆汀聳了聳肩，並不避諱談論身世，「即使是國內，知道我存在的人也不多。兩任王妃個性都很強勢，在她們眼中侍女所出的私生子就是活生生的家醜，自然不允許外揚。」

清楚貴族對於私生子的態度與處理方式，塞德里克對於昆汀所言並不感到意外，更是從中窺見男人性格養成的箇中原因。

塞德里克綠眸一轉，沒有費心安慰昆汀，而是坦蕩蕩地邀功，「既然如此，這次我可是替你揚眉吐氣了，不顧顏面討來一座寢宮，你可要好好感謝我。雖然不知道會怎麼分配，但應該很難比現在糟糕吧。」

相對城堡中心的議事廳，昆汀的寢宮位在偏僻角落，空間狹窄採光不佳，裡頭除了桌椅床鋪、衣櫃等必要家具什麼也沒有，簡陋的裝潢可謂空虛得可憐。明眼人一看就知道屋主並不受寵，否則伺候的侍者怎可能如此輕慢。

受限於空間，不大的床鋪只適用於一人，前些天為了照顧昏厥的昆汀，無處容身的塞德里克只能屈就一旁明顯有些年頭的老舊長椅，隱隱作痛的腰背讓他回想起來就滿腹牢騷。

「讓殿下受委屈了，今天開始換我睡長椅。」

「算了吧，你的傷得再養幾天，免得哪天說話說到一半又昏倒。」擺了擺手，塞德里克彆扭地別開目光，「這是看在當初你是因為我受傷的分上，我們扯平了。」

「這樣聽起來，怎麼像是我虧了？」

「明明是我虧大了，剛才可是不計形象——」

「哎，你們兩個！」就在兩人談笑間，突兀的洪亮男聲劃破午後寧靜。

塞德里克當然聽見身後傳來的粗魯呼喚，眉頭一擰，故意置若罔聞，拉著昆汀繼續向寢宮方向前進。

「喂前面的，我在叫你們！昆汀！」

直到對方不甚甘願地點名昆汀，塞德里克這才緩下腳步，緩緩地回頭，「原來是亞力克殿下，有什麼事嗎？」

「父王吩咐我要好好款待貴客，明天我們去獵場走走，帶你看看我國的美景。」

「感謝邀約，但昆汀還要養傷，暫時不宜劇烈活動。」

只見亞力克神色一凜，似乎沒料到塞德里克膽敢忤逆自己，「他不是什麼龍騎士嗎？這種小事難不倒他吧。」

「他傷勢嚴重。」

「受傷是什麼多稀奇的事嗎，尊貴的王子殿下不會是以為所有人都和你一樣嬌生慣養吧？」

被氣得一哽，塞德里克彎起嘴角，自鼻腔發出一絲哼笑，「畢竟北之國才人濟濟，我不須事事恭親，當然也沒機會體驗。」

「既然如此，這個小雜種怎麼又會在如此無微不至的照看下發生意外？」

「你——」

「沒事，我可以應付。」

塞德里克話還沒說完，只覺得手腕一緊，熱度伴隨安撫性質的輕蹭，熟悉的低沉嗓音拂過耳際。「受傷是我自己能力不足，和里奇或北之國無關。」

「是嗎？不過我不在乎，你就算死在哪個無人山坳也無所謂，只是可惜了那條黑龍。」

過去塞德里克也聽過不少嘲諷揶揄，但如此直白赤裸的惡意卻是頭一回。他磨了磨牙，搶在理智被怒火吞噬前開口：「殿下盛情難卻，但我初來乍到還有點水土不服，想要再休息片刻。獵場之約，不如定在後天吧？」

「好吧。你可得抓緊時間好好調養，別輸得太難看，否則就給北之國丟臉了，聽說還是個占地遼闊的大國呢。」

目的得逞，亞力克也沒繼續糾纏，拋下一記鄙夷的目光，便大笑著轉身離去。惡狠狠地怒視男人洋洋得意的背影，塞德里克捏緊拳頭，一雙綠眸幾乎要迸出火光，「那傢伙總是這麼混蛋嗎？」

「對亞力克來說，武力是他最重要的倚仗，也是唯一贏過丹尼爾的武器。你的出現讓他感覺到威脅，想藉機把我除掉也不奇怪。」

「所以他沒事就像這樣找麻煩？」

「亞力克最初的態度應該是不屑一顧，沒把我放在眼裡，後來因為雷因掀起一陣騷動，他對我龍騎士的身分非常不認同，只要找到機會就想爭出高下。」

聽到這裡，一個念頭突然掠過塞德里克腦海，疑問脫口而出：「等等！在你眼裡我其實和他一樣吧？」

「什麼意思？」

「當時我輸了擂臺賽不服氣，一直纏著你比試，你覺得我很煩人吧？」

這話不知怎地逗樂了昆汀，男人咧嘴笑了好半晌才搭腔，「嗯……的確是挺煩人的，但你比亞力克可愛多了。」

「你！」塞德里克瞪圓了眼，為預料之外的答案感到氣惱又彆扭，「可愛不是用來描述男人的形容詞。」

「對外矜持冷靜的王子殿下，私底下總是為了一點小事氣呼呼的。看似任性驕縱，卻又能因為一點小事被討好，故作鎮定又佯裝成熟的里奇，在我眼中十分可愛。」

或許是那潭碧藍湖水太過清澈無害，引誘得塞德里克險些沉溺其中，直到聽聞昆汀自喉底傳出的低笑，他猛然一震，飄忽的思緒才回籠。「放、放尊重一點，對王儲出言不遜可是有罪的！」

「那麼你趁我昏迷時屢次占我便宜，依照北之國的律法是不是也有罪？」

「我占你便宜？」塞德里克困惑地皺眉。

「你都偷親我好幾次了，還不承認。」

聽聞控訴，塞德里克一頓，雙頰在想通的瞬間燒得燙紅，「別臭美，那是為了餵藥。」

原先再單純不過的舉動，歷經這番曲解，似乎真的透出說不明也道不清的曖昧意涵。北之國的王儲教育涵蓋文史藝術、醫藥，和劍術馬術等各種領域，卻沒教過如何應付男人擺明刻意為之的無賴詭辯，也沒教過如何面對促狹的熾熱視線，更沒教過如何處理湧上心口的莫名騷動。

「但我被你輕薄了也是事實。」

「有閒暇說這些廢話，看來你傷口好得差不多了，今天開始就睡長椅吧。」

「其實床也能擠得下兩個人。」

「誰要和你擠一張床。」塞德里克嘟囔著否決昆汀的提議，加快腳下的速度將還未反應過來的男人拋在後頭。

†

約定的日子一轉眼就到了，那是個萬里晴空的好天氣，塞德里克隨著昆汀跨越護城河上的木橋，策馬前往王室專用的獵場。

那是片茂密的樹林，放眼所及全是新鮮的翠綠。與寒冷的北之國不同，氣溫與溼度較高的奈斯特王國蘊藏豐富生態，在氤氳繚繞的霧氣中，雪松、落葉松和塞德里克叫不出名字的橡樹全都高聳入雲，瘋長的藤蔓及苔蘚爬滿樹幹，幾乎處處都在叫囂著盎然生機。

午後陽光穿過枝葉縫隙，金絲灑落在猶如地毯般鋪開綿延的無名花朵上，那畫面美得令人驚豔令人讚嘆。只是忙於追捕獵物的眾人根本無暇分神，在獵犬的吠叫聲中，馬匹飛快奔馳，再迷人的景色都只是過眼雲煙。

這場賭上獵物性命的活動持續了數個小時才落幕，塞德里克輕撫身下坐騎的頸項，仰頭喝了幾口水，靜候揭曉結果的時刻。

「亞力克殿下的收穫是一頭豪豬，三頭鹿和三隻兔子。」負責清點獵物的侍從話音剛落，人群隨即爆出此起彼落的喝采。

眾星拱月的亞力克隔空對塞德里克和昆汀勾起嘴角，目光倨傲，「看看我們的貴客吧。」

「塞德里克殿下的獵物有兩頭鹿、兩隻狐狸和五隻兔子。」

「你倒是比外表來得有用處。」

亞力克這句話也是塞德里克的心聲，原以為對方不過空有塊頭，但由方才熟練指揮侍從安排陷阱的模樣來看，男人確實有些本事。只是這番助長亞力克威風的話塞德里克當然沒說出口，而是沉默地冷眼旁觀。

受亞力克邀約一同打獵的只有塞德里克與昆汀，針對前者進行一番點評後，毫無意外地亞力克將矛頭轉向後者。

只見男人垂眸掃過滿地的戰利品，先是不著痕跡擰眉，接著發出嗤笑，「至於你，五頭鹿、四隻雁鳥、一隻狐狸和兩隻兔子，數量多又怎麼樣，不過是濫竽充數。」

面對塞德里克，亞力克尚且因為他國使節的身分有所克制，但面對自家沒有靠山的異母兄弟自然毫無顧忌。

亞力克話一出口，登時訕笑四起。

「龍騎士也不怎麼樣嘛！」

「也不知道是從哪裡拐到一頭傻龍，現在竟然還攀上高枝，雖然是男的。」

「男的女的都不重要，重要的是有沒有那個運氣。」

「就是沒實力，才需要靠運氣啊。」

雖說清楚人們在背後必然議論紛紛，但如此明目張膽卻是頭一回，塞德里克不須多想也知曉背後必然有人授意。

說是授意，說不準只是個眼神或動作，畢竟在偌大城堡中，彼此之間消息流通最快速的不是貴族，而是分布各處的侍者。他們敏銳機警，懂得察言觀色，否則也不會針對塞德里克和昆汀分別做出不同反應。

塞德里克向來好勝，自然不可能容忍這番待遇，「你們——」

他提起氣，正欲發話來場唇槍舌戰，就被身旁傳來的男聲打斷。「既然狩獵比預期早結束，太陽也還沒下山，我答應里奇要帶他四處看看，差不多要先離開了。」

聽聞此話塞德里克先是一愣，回頭對聲源眨了眨眼，在給亞力克難堪和給昆汀保留面子之間，終究不甚甘願地選擇接受後者的說詞，順勢向亞力克告別。

才離開他人的視線範圍，塞德里克立刻不滿地抗議，「為什麼打斷我？」

「我以過來人的經驗勸你，和他們多費口舌只是浪費力氣。」

「對付那種人就是不能客氣，不然他們還以為你怕了！」塞德里克拉緊轠繩，策馬追上昆汀，原先只是隱隱冒頭的火氣因為男人退讓的態度登時竄得老高。

「別生氣，與其在那裡繼續乾耗不如帶你四處參觀。」

沉著一張臉，塞德里克什麼話都沒說。昆汀越是擺低姿態，他就越是惱怒，不僅止因為亞力克欺人太甚，也因為伴侶再三妥協和自己無計可施。

「還是我們再折回去？」

塞德里克瞄了橫擋在前方去路的男人一眼，依舊沒作聲，只是輕蹬馬肚指揮胯下的坐騎繞過對方。

「里奇……」在行經昆汀時胳膊被一把拉住，男人的聲線放得更低沉也更輕柔，求饒意味濃厚，猶如犯錯後撒嬌的孩子。

撒嬌？一閃而逝的念頭彷彿當頭棒喝，驚得塞德里克一怔，下意識掙了掙，雖沒掙開男人的手，怒氣卻已消散不少。為了不讓昆汀察覺異狀，他故作好奇地左右張望，主動開啟話題，

「你說要參觀，為什麼往這個方向？不是要回宮嗎？」

「奈斯特王國地形平坦，農業是整個國家的基石。比起高聳的建築和華貴裝潢，我認為一望無際的農田更美，辛勤耕耘的農民更值得讚賞。」

聞言塞德里克發出一聲不置可否的悶哼，「我還期待你介紹城堡裡哪張桌子哪幅畫像的來歷，或是哪條地毯是使用什麼珍貴羊毛編織而成。」

「得讓你失望了，那些我可不懂。」

塞德里克收回在空中與男人相碰的目光，察覺嘴角仍維持上揚弧度，連忙欲蓋彌彰地抿了抿唇，「所以我們去哪？」

「往這裡。」

聽聞男人說道，緊接著清脆的拍擊聲由斜後方傳來，坐騎便如同受驚擾似的加快腳步。塞德里克本能地回頭探望，就見始作俑者已經策馬上前領路。

狩獵場的位置已鄰近郊區，隨著昆汀一路往鬧區反方向奔馳，最後來到一個小鎮聚落。零星的老舊建築物綴在地平線上，遙遙看過去一望無際，視野相當開闊，在平坦田埂後方是綿延起伏的山巒，綠意層層疊疊，在被夕霞燻紅的天際下顯得格外青蔥蓊鬱。

「到了。」昆汀慢了下來，馬匹甩著尾巴在愜意的鄉間悠閒漫步。

「這裡是？」此處映入眼簾的畫面雖美，與奈斯特王國隨處可見的景致卻沒多大差異。

「是我長大的地方。」

「這裡？你不是在宮裡長大嗎？」塞德里克皺眉，語氣不自覺揚高。

「我以前跟母親在這裡生活，每天都滿山遍野到處跑，玩得一身是泥才肯回家。直到十歲家裡突然來了一群人，說是遵從父王命令硬要把我帶回宮。」只見昆汀仰著頭，幽深的目光落在遠處，已然陷入回憶。

「當時你的反應是什麼？」

「嚇傻了，覺得他們是拐賣孩子的騙子。」昆汀談及往事朗笑出聲，整個人柔和不少，「我從小就沒有父親，不管怎麼纏著追問，母親都不曾透漏口風，所以怎麼也沒料到會突然憑空冒出一個父親。」

「你應該很開心吧？」

「我也有父親。這個念頭一開始的確讓我很興奮，但孩子嘛，新奇的感覺很快就過去了。」昆汀斂下笑意，無奈地聳了聳肩，「我不被允許離開王宮，偶爾會溜出那座對當時的我來說很高很大的城堡，回來探望母親。最初被侍衛逮到幾次吃過教訓，後來找到他們換班的漏洞，進出城堡都不會被人發現。」

對上昆汀孩子氣的得意微笑，塞德里克抓住男人話中的重點，「你母親沒有和你一起入住王宮？」

「我的母親以前是宮裡的廚房侍女，發現懷孕後辭去工作返鄉。已故的第一任王妃知道後可是巴不得殺死我，怎麼可能接納她。」

昆汀的身世是常見故事，雖說只是隻字片語輕描淡寫，卻已道盡苦澀，讓人有些意外，又在情理之中。當時的孩子已經長大成人，即使擁有龍騎士名號依舊改變不了人們根深柢固的態度，幼時的遭遇可想而知。

不受重視的庶子雖住在華美城牆內，但孤零零的沒有靠山，只能任人呼來喚去，即使是侍者也敢明目張膽地怠慢。無人上心教導，這合理解釋昆汀為何具備這般身分，卻對於階級禮儀如此生疏，又為何對貴族如此反感。

「那麼她還住在這裡嗎？」然而此時此刻，比起關心男人經歷的刁難和欺凌，另一件事更占據塞德里克全副心神。

「是啊，我來和她報告，我結婚了。」

得到肯定的答案，塞德里克忍不住抱怨，「你應該事先和我說的。」

突然被告知要與長輩見面，他外表看似冷靜，實則滿腦子都在思考有什麼能夠當作見面禮。

「別擔心，她不會在意。」

「這是必要的禮節。」塞德里克沒好氣，有些侷促地蜷起手指，在指尖觸著熟悉的硬物時綠眸一動，想也不想便脫下戴在左手尾指的戒指。

那是陪伴塞德里克數年的成年禮，鑲嵌在上頭的綠寶石與其翡翠色雙眸極其相似。若有其他選擇，他必然不會出此下策，但轉念一想，將之贈予為昆汀辛苦大半輩子的女性也並無不可。

塞德里克還沉浸在思緒中，就見前方勒停馬匹的昆汀躍下馬背。原以為是要步行至哪處房屋，卻不料男人只是邁前幾步就停下身形。

「怎麼了？」

「在這裡，這位是我的母親塔菈。」

聞言塞德里克一愣，下意識四處張望，得出的結論依然不變。昆汀獨自佇立在大樹下，周圍半個人影也沒有。

「你在說什——」快步走向蹲下身的男人，當塞德里克停在昆汀身後，映入眼簾的畫面頓時解開謎底。那是座低矮的石製墓碑，外觀樸素得幾乎簡陋。

「母親，我回來了。給您介紹這位是塞德里克，是我的伴侶，不久前我們結婚了。」

花費數秒鐘消化衝擊，塞德里克這才想起上前一步，躬身行禮致意，拜見已經安息多年的女性，「您好，我……很高興見到您。」

杵在冷冰冰的墓碑前，金髮的年輕王儲站也不是蹲也不是，竟比面對王座上的法蘭基二世來得更加緊張。

「我們一切都好，雷因也是。」褐髮龍騎士跪在墓前，小心翼翼地拂去沾在上頭的灰塵。

「她過世多久了？」

「七年，她在我十二歲時生病過世。所以把你的戒指收好，她用不上那些。」

自認不為人知的小動作被戳破，塞德里克臉上一熱，不禁有些侷促，連忙欲蓋彌彰將戒指藏進掌心，生硬地扭轉話題，「你至少該給她帶束花。」

「她不喜歡花。」

「沒有人不喜歡花。」

「我記得某人不怎麼喜歡。」

「那是……」沒料到話題繞繞轉轉又落到自己身上，塞德里克不免有些反應不及。

「開玩笑的。」昆汀悶笑出聲，目光始終不離墓碑，「花對我和母親來說不是觀賞品，而是可以賺錢填飽肚子的商品。每天大清早我都會進森林採野花，簡單處理一下，然後挽著花籃到熱鬧一點的小鎮去兜售，有時候整天下來只賣出兩枝。」

「她很辛苦。」

男人所用的字句樸素，形容卻相當具體，幾乎是同時間，一蹦一跳的小身影就在塞德里克眼前浮現。年幼的昆汀或採花或奔跑，或拎著花籃向人推銷，也許辛苦，卻遠比入宮後的鬱鬱寡歡來得快樂。

「是啊，我總是和附近的小孩打架，讓她更辛苦了。」

昆汀沒有明說，塞德里克也聽懂了弦外之音。單身女子未婚懷孕必定會招來街頭巷尾議論，除了閒話更需面對來自各方的惡意欺辱。至於非婚生的孩子，不論在哪個國家，可想而知同樣不受歡迎，年齡相仿的同儕恐怕也不願意和昆汀一塊玩耍。

想到這裡，塞德里克似乎在彼方不遠處的小徑上，瞧見一抹渾身狼狽的身影站在母親跟前挨罵。紅著眼眶握著拳頭，卻倔強地不肯落淚，那委屈模樣看上去明顯是歷經了一場混戰，而原因可想而知。

垂下眼睫，塞德里克將紛紛湧向腦門的情緒拋開，伸手搭上仍跪立於前方的昆汀肩膀，他沒做聲，只是暗自向無緣相見的女性立誓。

「我塞德里克·狄亞洛斯，在此向您起誓。有我在，往後再也沒人能欺負昆汀，沒人能欺負我的伴侶。」

†

在昆汀更換寢宮數日後，北之國使節團總算抵達奈斯特王國。被放行入城的大隊人馬還忙著安頓，塞德里克一聽到消息隨即拉著昆汀前去認人，誓言要逮住害兩人落難的那名侍者。

然而事與願違，塞德里克讓昆汀仔細把使節團所有人看過一遍，就是沒找到曾有一面之緣的男子，一追問這才知曉隊伍裡竟然少了人。

「你說人不見了？而且還少了不只一個？」塞德里克眉頭深鎖，沉聲重複康納的話。

「是。」

「隊伍裡莫名其妙少了那麼多個活人，竟然沒有人發現嗎？你們那麼多人都是擺飾嗎？」塞德里克脾氣急躁，但礙於顏面鮮少動怒，此時倒是顧不上這麼多了。

「殿下發生意外後，我們在森林周圍搜索好幾天沒結果，判斷二位可能已經自行脫險抵達奈斯特王國，所以決定啟程。途中確實有發現人數減少，但那四人都是當時提議留下來繼續尋找的人，研判他們是返回森林了，礙於時間緊迫就沒有回頭去找……」

塞德里克越聽越是惱火，倏地提高聲量，「人說不見就不見，你們也不去找，這是做事該有的態度嗎？說不定他們在沒人發現的情況下被野獸吃了呢！」

「屬下知錯，請殿下責罰。」

忙於思索後續安排的塞德里克，根本無暇理會跟前跪地請罪的騎士和侍者，只是心煩意亂地擺了擺手，「你們回國再領罰吧。」

擅自脫隊的四人之中，雖無法排除一部分可能是真的忠誠，但更可能是別有用心，塞德里克可忘不了躲在落石後方一閃即逝的人影。

如果他們打著搜救的名號，停留在森林附近伺機下手，塞德里克短時間內也沒有機會再碰到。一是為了順道拜訪各個封地，使節團返程的路線規劃和來時不同，二則是那四人說不定早已不知去向，即便特意回頭尋找也可能徒勞無功。

扣除這個意外插曲帶來的不快，使節團大陣仗的人馬，和載滿數車的禮品倒是替塞德里克換來欽佩目光和遲來的尊重，法蘭基二世更派人捎來兩日後的晚宴邀約，名目便是歡迎來自他國的使節。

面對大相逕庭的態度轉變，金髮王儲換上最華麗的衣物，帶上全副武裝的騎士，拖夠了時間，擺足了架子，才姍姍應邀出席。

宴會上，塞德里克終於有幸見到領主的現任王妃，和昆汀其他素未謀面的手足，包括幾名姊妹和不足十歲的年幼弟弟。

塞德里克與法蘭基二世的對話一結束，原先態度輕視的人們紛紛上前攀談巴結，就連送餐斟酒的侍者也恭敬許多。雖說如此，卻也並非人人都因而改觀，一如此時擋在塞德里克跟前面露不善的彪形大漢。「好大的排場，莫不是打著宣揚國威的名義想嚇唬我們？」

「前一次因為非常時期對陛下失禮了，這回自然得補回來，否則會讓人以為北之國是什麼小格局的國家。你說對嗎，亞力克殿下？」挑起眉梢，塞德里克展開笑顏。

「對個屁！那個小雜種以為他這樣就有靠山了嗎？不過是個吃軟飯的。」

「吃軟飯也是有學問的，只是怕亞力克殿下沒有那個運氣，否則成為龍騎士的怎麼是他，而不是您？」

見亞力克臉色一變，塞德里克隨即裝模作樣地向後退了幾步，站在盡責上前的騎士身後，特意揚高的語調說得誇張，眼神卻毫無膽怯，「哎呀，嚇死我了！殿下難道要在大庭廣眾下動手嗎？」

頂著人們好奇的目光，亞力克就算再惱火也不可能當場發難，只見男人鼻翼連連歙張，怒氣無處發洩，最後不甚情願地扭頭離開宴會廳。

「我為亞力克的魯莽道歉，塞德里克殿下果然考量周全。」目送亞力克拂袖離去，塞德里克正在幸災樂禍，就聽見男聲響起，正是他惦記著要算帳的另一個對象。

這是塞德里克第一次與丹尼爾近距離接觸，和先前的印象差不多，男人身形纖瘦，沒有血色的蒼白肌膚看上去不僅止缺乏日晒，而是體弱多病所致。

「丹尼爾殿下果然是聰明人，和您說話就是不費力，不像某些人——哎喲，我這張嘴就口無遮攔，殿下可別見怪。」塞德里克實則樂得心花怒放，嘴上不忘做足表面功夫，「我沒有那個意思，但丹尼爾殿下足智多謀任誰都看得出來，亞力克殿下也就只有體能比較可取。」

「亞力克精通劍術和馬術，是奈斯特王國著名的騎士。」

「這倒是，有這麼一位獵術了得的王儲，奈斯特王國未來可期啊。」

王位之爭果不其然是丹尼爾的痛腳，只見聽者面色一沉，笑意登時僵在嘴角，塞德里克要的便是這個效果。

「殿下如此伶牙俐齒，我那笨拙的弟弟平日大概沒少吃虧。」

聞言塞德里克笑容燦爛，客套話信口拈來，「那是昆汀總讓著我，若是知道殿下這麼關心，他一定會很感動。」

「他脾氣是挺好，就是太不懂事了，結婚這麼大的事情也不知道提前知會家裡一聲。」

「昆汀是想給您們驚喜，就和您說得一樣，這麼重要的事情自然要當面和陛下報告。」暗自翻了一個白眼，塞德里克思考著若是有這種討人嫌的手足，和默許一切發生的父親，根本懶得和他們多說一句，遑論分享什麼喜事。

他樂意耗費時間和丹尼爾周旋，無非就是想藉機出口氣，實際的婚姻狀況如何根本不重要，能夠惹對方不快才是重點。更何況這種家務事，關起門來就算吵得天翻地覆，對外也要演出神仙眷侶的模樣。

正和丹尼爾有一句沒一句地搭話，塞德里克就見另一名主角迎面而來。「里奇，來。」

「正好提到你呢，謝謝。」接過昆汀遞來的酒杯，塞德里克盈盈一笑，動作親暱地湊近男人，在左頰印下一吻。

過分熱絡的態度顯然讓昆汀一怔，幸而男人遲鈍歸遲鈍，卻不至於當眾傷了塞德里克的面子，「知道你喝不慣果酒，幫你拿了白酒。」

「親愛的，你真貼心。」塞德里克一把挽住昆汀，作勢又要親吻男人。

「我就不打擾你們了。」丹尼爾似乎不願再看兩人作戲，隨便找了個藉口便要離開。

見狀塞德里克連忙出聲挽留，「哎等等，我有一份見面禮。」

塞德里克手心向上往左側一攤，後方騎士立即意會，快速送上預先備妥的禮品。那是柄鏤細緻的長劍，斗大的寶石鑲嵌在手柄處，看上去雖不實用但萬分華美。

「還望殿下笑納。」塞德里克雙手一高一低斜捧著長劍，遞至丹尼爾眼前。

「長劍？」

「原本為殿下準備的是套記載北方風俗民情的書，長劍打算贈予亞力克殿下。只是不知道怎麼一回事，亞力克殿下寧願棄長劍也要那套書，他還說——」

「說什麼？」

「他說他的收藏多的是，這把劍就……」塞德里克話說了一半就欲言又止，將夾在中間的為難表現得恰到好處，適當的噤聲為聽者留下更多想像空間。

「是嗎，那我就不客氣了。」

「預祝殿下武藝大增。」

目的達成，塞德里克樂不可支地找了個藉口提早離開晚宴，返程特意繞去亞力克的寢宮，在男人充滿敵意的注視下，將方才在丹尼爾面前號稱已經贈出的成套精裝書送了出去。

這項禮品本就不符合對方喜好，加上一番加油添醋，毫不意外地在告別時脾氣火爆的亞力克已經滿面怒容。

相對丹尼爾和亞力克的憤慨，始作俑者的塞德里克自然相當愉快，踩著雀躍的步伐，一路上低聲哼著曲調。直到踏入昆汀寢宮，維持了整晚的好心情依舊不變。

塞德里克站在金屬鏡前，正慢條斯理地解開領巾，就聽見昆汀提出疑問，「你竟然備了禮物，我以為你對他們有意見？」

「所以才要送禮物。」

「嗯？」

「等著吧，他們很快就會回禮了。」脫下外袍，塞德里克回頭對男人咧嘴一笑。

Quentin Nestor × Cedric Diallos

NORTHERN EMPIRE

第10章

偌大餐廳內，餐點豐盛的家宴進行到一半，就見丹尼爾無預警地起身，將一柄眼熟的寶劍遞給侍者，再由其轉予主位上的法蘭基二世，「父王，兒臣有樣寶物進獻，這把是來自北之國的寶劍。」

「北之國？」

「塞德里克殿下也替兒臣倆準備了見面禮。」

聽聞此話，昆汀無聲地揚了揚眉，目光在眾人臉上掃視一周，果然在亞力克眼中瞧見疑惑。

「是嗎？既然是給你的，就自己留著吧。咳咳……」

「兒臣認為，父王更適合此物。」

「嗯，花紋挺美的，既然你有這番孝心，那我就收下吧。」

昆汀向來不樂意攪和權力爭奪，卻不代表看不出丹尼爾這齣父慈子孝的戲碼別有用心。表面上是在討好法蘭基二世，卻故意提及亞力克和塞德里克，暗地裡為二人分別安了拉攏勢力和私吞好處的罪名。

既能將不喜歡的東西脫手，也得到了父王看重，還能順帶踩競爭者一頭，可謂一舉數得。

百無聊賴地望向眼前的鬧劇，昆汀叉了一塊羊肉送進嘴裡，正咀嚼著尚未嚥下，熱息便忽然拂過耳畔，「你看，回禮來了吧。」

一回頭，就見塞德里克藏在金屬酒杯後的嘴角噙著竊笑，連帶眼角下的黑痣也靈動起來。誠如他所言，宴會當晚的惡作劇確實起了作用，由於外力推波助瀾，亞力克和丹尼爾之間本就暗潮洶湧的角力浮上檯面，而丹尼爾先發制人了。

果不其然在丹尼爾的誘導下，法蘭基二世將話題轉向另一人，「亞力克你呢？你也收到一柄寶劍？」

「不，父王我——」

「亞力克原本以為北方只有像綠旗軍那樣的蠻族，所以特意和塞德里克殿下要了一套書，想好好學習北方的風土民情。」相較亞力克被突擊的無措侷促，出言幫腔的丹尼爾則是氣定神閒，「還望父王看在亞力克這麼有上進心的分上，別追究此事。」

這席話究竟是協助還是構陷，全都端視法蘭基二世的態度而定。只見國王先是一頓，接著撫掌而笑，「還以為只有丹尼爾對各國社會文化感興趣，多看看增廣見聞也好。咳咳，你們可得趁這個機會和塞德里克殿下多交流，之後貿易往來也能更融洽。」

只見丹尼爾和亞力克都臉色一變，前者是氣惱，後者則是緊張。唯有昆汀身旁的塞德里克樂不可支地應道：「這是自然。聽昆汀提過兩位兄長各有所長，一位勇猛過人，一位聰穎過人，有機會和兩位殿下交流是我的榮幸。」

「這話說得如此客氣，殿下謬讚了，昆汀能與殿下結為連理真是我國之幸。」

突然被點名，昆汀揚了揚眉，下意識望向發聲的法蘭基二世，隔空與其含笑的視線對上，那是從不屬於自己的讚許。身分尷尬的昆汀，過去鮮少有機會參加家宴，即便出席也是被冷落或被針對的存在，成為矚目焦點倒是頭一回。

只是風頭過盛難免引來有心人士，發話的是現任王妃亨利埃塔。「昆汀就是運氣好，先是碰上陛下仁慈，又碰上殿下不嫌棄，才能如此順遂。」左一句運氣好，右一句不嫌棄，出自亨利埃塔口中的字句半點沒有自謙的意思，反倒是輕蔑態度昭然若揭。

聞言昆汀既不搭腔也不反駁，只是皮笑肉不笑地扯動嘴角。這種程度的冷嘲熱諷對他可說是不痛不癢，孩提時期還會感到憤怒或悲傷，後來便無動於衷，接著只覺得既可悲又可笑。

也不怪亨利埃塔著急，畢竟愛德華尚不足十歲。第二任年輕王妃雖得寵，但年歲差距的鴻溝無法輕易追上，母子倆光要對付亞力克和丹尼爾就夠忙碌了，怎能容得了昆汀出頭。只是當事人選擇緘默，卻不表示無人會替昆汀發聲。

「既然如此，那我得感謝命運女神的安排了，讓我有機會與命定之人相遇。他可救了我不止一次，對吧？」回話的是塞德里克，暖意隨著男人覆上手背的動作傳了過來，不高的溫度卻輕而易舉融化了昆丁武裝在心口柔軟處的無所期待。

他外出遊歷後曾回國數次，即使習慣面對重重惡意，情緒仍難免受到影響。這是第一次感到並非孤立無援，有人一同並肩，甚至為自己抗爭的感覺很陌生，也很舒心。

「那是我的義務和責任。」反手握住塞德里克的手，拉至唇邊印下一吻。

在撞進那汪碧綠潭水中的瞬間，昆汀不由得認同亨利埃塔所言，自己畢生運氣全都體現在兩件事上，一是碰見雷因，二是與塞德里克結婚。

即使清楚塞德里克在人前的特意親近，只是為了不讓對方痛快的演出，卻不影響昆汀的好心情。這些天或許是母親離世後，他在奈斯特王國度過最愉快的日子。

拜塞德里克所賜，停留在奈斯特王國的時間對昆汀來說，不再是不得不忍受的折磨，數個月轉瞬即逝。

†

經過充分休養的使節團重整旗鼓，備妥必要物資，帶上法蘭基二世的回禮，總算在塞德里克的指示下踏上歸途。依照原定計畫，返回北之國的路線與來時不同，由於前車之鑑，一路上無論騎士還是侍者都相當警戒，生怕再次發生意外。

只是昆汀看不透塞德里克的態度。男人先前沒抓到設下圈套意圖謀害的侍者大發雷霆，事後雖未明言，但由連夜輾轉也能看出始終耿耿於懷。然而此時此刻卻彷彿毫不在意，與負責執行護衛任務的騎士相談甚歡，互動甚至較以往更加親密。

莫非在昆汀沒有察覺的時候，塞德里克不知透過什麼方式，排除了隊伍內暗藏奸細的可能性？

昆汀耐著性子沉默地觀察幾天，這日又見塞德里克和同行騎士興致高昂地不知閒聊些什麼，終究壓不住滿腔的擔憂和好奇心。好不容易等到眾人結束對話，他悄悄跟在落單的塞德里克後方，打算在無人察覺的角落與男人談談。

「哎，等等。」只是昆汀沒料到，手才剛搭上塞德里克的肩，被一把擒住的手腕便傳來強勁的拉力，胸口接著挨了一記肘擊。

吃痛的昆汀隨即由錯愕中醒悟過來，塞德里克是誤會了才會出手回擊。兩人你來我往地歷經了幾次攻防，昆汀這才成功將金髮王儲鎖在懷中，「別緊張，是我，我有話想和你說。」

「昆汀？」

感覺反應過來的塞德里克停下反抗，昆汀隨之卸下禁錮的力道，這才發覺兩人貼得極近，能夠聞到男人後頸傳出的薰香。

那是調和了辛香與皮革氣味的雪松暗香，若有似無的氣味進入鼻腔便繚繞不去，令人心蕩神馳，甚至不合時宜地勾起昆汀的回憶。偌大森林內涼風拂面，沙沙樹濤聲隨著腦袋越發混沌而模糊，塞德里克的嗓音卻格外清亮。

「如果我體內有你的味道，雷因或許比較容易接受……」

記得男聲如此說道，暈染雙頰的緋紅如火一般深深烙印在昆汀眼底，連帶將喉頭的水氣也焚燒殆盡。

「說話就說話，不能直接叫我嗎？」

飄忽的思緒被一記白眼喚回，好似偷吃糖被發現的孩子，昆汀侷促地垂下眼簾，「我只是想低調一點。」

「什麼事，說吧。」塞德里克話雖這麼說，目光卻始終沒有離開不遠處圍聚在篝火邊的騎士。

見狀昆汀皺起眉頭，想也不想就擋在男人眼前，「你不是想確定剩下的人乾不乾淨，已經確定了？」

「當然還沒，你這麼大塊頭別擋住我的視線。」

被推開的昆汀聞言驀地瞪大眼，「既然還沒，那你還——」

「還什麼？」

「還……」昆汀被問得一哽，片刻才擠出合適的用詞，「還不務正業！」

「什麼不務正業，我這是在──等等，你管那麼多做什麼？」

「我只是想提醒你要小心，上次襲擊並不單純，那些別有用心的人說不定還藏在每天和你閒話家常的人群裡頭。」

「沒有確切證據，我不喜歡妄下定論。」

「可是……」

「聽清楚了，別妨礙我。」

勸阻受阻，昆汀在男人充滿警告的注視下噤聲。他了解塞德里克的個性沒再多說，只是思考著要替男人多提防留心一些，沒料到數日之後意外仍舊發生了。

凌晨時分，昆汀被夜鴞的低鳴驚醒，率先映入眼簾的是與身體親密接觸的堅硬地面，強烈的暈眩和刺痛在慌忙起身的同時襲來。甩了甩仍舊渾沌的腦袋，他顧不上細想怎會在替塞德里克守夜時失去意識，連忙跌跌撞撞地掀開帳門入內。

「里奇！」沒在帳篷內見到理應熟睡的人影，「里奇！」昆汀不死心地將床榻上的被褥及軟枕一件件翻來覆去檢查，然而不安並未散去，而是沉甸甸地加重壓在胸口──不久前親自送回帳裡的男人不知何時失去蹤跡。

「里奇！里奇，你在嗎？」昆汀走出主帳，在圍繞篝火的營地範圍穿梭，揚聲高呼。

始終沒得到回應，越發焦慮的昆汀加快腳步，直到察覺騎士和侍者一個個東倒西歪地或坐或躺在地面昏迷不醒，這才發現紮營的駐地離奇得安靜。能夠不動聲色放倒所有人，敵人極有可能來自內部，而迷藥應是下在酒水之中。

還記得昨日晚間當營火升起，空氣中飄散著燻烤野豬的肉香時，不知是誰先起了頭，道地的北之國曲調輕而易舉地勾起眾人的鄉愁。

使節團自北之國王城出發至今已經約莫大半年，過程中發生不少波折，但告別奈斯特王國後一路上都十分順利，長期處於緊繃狀態的隊伍也逐漸鬆懈下來。

佳肴搭配美酒一如歌曲必須搭配舞蹈，在塞德里克的默許下，前來敬酒的人們絡繹不絕，階級隔閡似乎在酒精催化下縮減消失。面色緋紅的年輕王儲看上去格外平易近人，如果不是塞德里克警告在前，昆汀早就上前阻止。

途中並非無人想向王夫勸酒，只是全都讓板著臉昆汀拒絕了。因為有所顧忌，他沉著氣壓抑整個晚上，終於在臨近午夜時忍無可忍，伸手攔住塞德里克湊到唇邊的酒杯，「好了，里奇你該休息了，今天喝夠多了。」

「殿下還、還沒喝完。」搶在塞德里克之前發話的是一名醉醺醺的侍者，一邊說還一邊揮舞手中的空酒瓶。

「對，我還有一半。」

昆汀攬住傾身靠近的塞德里克，故意忽略男人譴責的目光，俐落地避開意圖不軌的手，仰頭將杯裡殘存的液體一飲而盡，接著在眾人面前把空酒杯倒過來，「喝完了。」

在起鬨聲中，昆汀宣布今晚的狂歡結束，見眾人認分開始收拾，回過頭好說歹說才成功將塞德里克哄進帳篷休息。他守在帳外，思考著不論是外來者或塞德里克有所動作都能及時應變，沒想到竟被下了迷藥。

只是昆汀困惑的是自己滴酒未沾，怎會無故……不，是那半杯酒！

或許是攝入劑量不多，所以他比其他怎樣都叫不醒的人們更早回神。相對地，依照塞德里克那種來者不拒的喝法，恐怕能夠睡上三天三夜。

†

「……這不是原先的計畫，你們打亂了我的步調。」

「上面對你的效率十分不滿，拖泥帶水浪費一堆時間，卻什麼成果也沒有。」

「我也對你們擅自插手十分不滿！」

「別來礙事，你該感謝我們幫你收拾殘……」

意識朦朧之際，塞德里克隱約聽聞兩道男聲從行進中的馬車外傳來。他們你一言我一語地爭論，最後其中一方落於下風的聲音漸行漸遠，似乎憤而離去。

原先的計畫？既然計畫有先後之分，就表示此次下藥和綁架是另一波人馬所為，但不論幕後主使是誰，有機會不著痕跡下手的只有使節團內部的騎士和侍者。

這一計成功引蛇入洞，再次證實塞德里克的推測，只是他沒料到即使事前已服用解毒藥，在昆汀將自己送回帳篷不久後仍不省人事。

不知昏迷了多久，塞德里克只能由馬車縫隙透入的晞光判斷外頭天色已明亮，混沌的思緒隨著時間流逝慢慢回籠，感官逐漸恢復運作，但費盡氣力也沒能將沉重的眼皮撐開。正思考伊莉莎白調製的解毒藥怎會毫無用處，後續又該如何找機會逃出生天時，就聽見外頭再度傳來交談聲。

「你的藥沒問題吧？」

「當然，怕劑量不夠我還多放了一些，保證連牛都會睡著，怎麼吵都吵不醒。」

「那就好，不然裡頭那個中途醒來就麻煩了。」

塞德里克撇了撇嘴，發出一聲沉默的嗤笑，同時大動作地扭動。然而還未來得及掙脫手腳和腕部的束縛，一直規律前進的馬車似乎受到外物驚擾，毫無預警地左右蛇行。

「什麼人！」

「喂，馬！馬不受控制了！」

一陣天旋地轉，難以施力的塞德里克整個人從座椅上滾了出去，昏沉沉的腦袋撞得七葷八素，或許是衝擊過大，他總算取回身體的控制權。

在馬匹的嘶叫和此起彼落驚呼混合而成的騷動中，塞德里克趁亂解開繩索，吐出塞在嘴裡的碎布，沒想到才爬出翻倒的馬車，就在成片黑鴉鴉的敵群之中，瞧見一抹極其熟悉的身影。

「昆汀？」望向那理應遠在營地，此時卻正與三個男人纏鬥的龍騎士，塞德里克不可置信地眨了眨眼，「你怎麼在這裡？」

「你還好嗎？追蹤馬車的痕跡花了點時間，抱歉我來遲了。」

「沒事。」然而話才剛說完，塞德里克便為了閃避接二連三的偷襲失去重心，順著踉蹌的身勢就地一滾，勉強躲開險些削過臉頰的劍刃。

「里奇！」

聽聞昆汀關切的驚呼，塞德里克頭也沒抬，「管好你自己，我應付得了。」

「兩位殿下真是鶼鰈情深，別著急，等等就把你們綁在一起，誰也不用擔心誰。」

「想抓我，那得看你有沒有那個本事。」扯起嘴角發出一聲冷哼，塞德里克體內的藥效尚未完全退散，氣勢卻依舊高漲。

「哈哈哈哈你們聽聽看，一個輕易被我們綁來的傢伙還真敢說！」

瞇起雙眸，塞德里克直勾勾地盯著跟前的蒙面男子，搶在對方每一次攻擊前做出反應。也或許是接連進攻失利，男人越發不耐煩的動作也出現了破綻，塞德里克猛竄上前，擒住對方的手腕狠狠一扭，將卸下的武器據為己用。

「記住，被你們抓住只是我願意。」長劍抵上男人的頸項，塞德里克譏諷地挑起眉梢。

「呵，你就吹噓吧！」

塞德里克沒浪費口舌爭論，手一揚將對方臉上的黑布劃開。果不其然隨之裸露的面孔並不陌生，雖不記得名字，但在城堡內曾打過幾次照面。

「果然是自己人……」猜測獲得證實，塞德里克卻絲毫沒有喜悅，這種即使自己人也無法相信的不安全感令人極為憤怒及悲傷，「身為王家騎士卻背叛王室，說！是誰指使你下藥綁架我？」

「我做事不用別人指使。」

看出男人嘗試反擊的企圖，塞德里克手腕一轉，舉劍擋住對方的去路，「快點交代還能少受一點——」

怎料男人毫不閃避，甚至直接往刃口上撞，塞德里克察覺不對勁想收手時已來不及，「喂！你！」

那道橫過頸項的傷口極深，頃刻間鮮血如同湧泉般噴濺而出，塞德里克只覺得臉上一燙，灼熱的液體便順著右側臉頰流淌而下。男人顯然死意堅決，從受傷到嚥氣不過幾秒鐘的時間，這種情況縱然醫官即時搶救也無力回天。

「該死！」以自身作餌，好不容易釣出潛藏的反逆分子，卻什麼資訊也沒得到，塞德里克自然不甘願就此作罷。

依稀記得混亂中身穿黑衣的男人有六個，扣除已經永遠保持沉默的一人，尚有其他五人。其中一方是正與昆汀打得難分難捨的三人，另一方則是試圖趁亂開溜的兩人，塞德里克的目光在兩者之間游移片刻，最後鎖定後者。這項選擇不僅止立基於歹徒有別於騎士的身形，亦取決於拋下同伴的行為，比起忠誠他們更在乎自己的性命。

他費了一番功夫總算追上其中一人，揪住仍不斷掙扎的男人，藏在黑布下頭的是張稚氣未脫的面孔。塞德里克皺起眉頭，「你也是使節團的成員吧？」

「**體型瘦小、年紀十三、四歲……**」

熟悉的男聲突然在腦中響起，塞德里克想也不想便抓住對方的左手一翻，果不其然看見一塊黑色胎記，「是你！是你誘騙昆汀，害我們兩個摔下懸崖。」

「不！不是的！本來目標只有昆汀殿下一人，沒想到您會突然出現。殿下饒命，我、我……只是太需要錢了，妹妹需要看病所以……」只見年輕侍者雙膝一軟，跪在塞德里克跟前，哭得一把鼻涕一把眼淚，「對不起殿下，我知道做了不該做的事，請您大人有大量放我一條生路，我還要賺錢給妹妹買藥，不然她……」

哭哭啼啼的侍者說話顛三倒四，但過程已十分明確。金錢雖是毫無新意的庸俗之物，卻能輕易買到人心和忠誠。

無暇浪費時間和對方爭論，塞德里克闔上眼又再次睜開，眸底的憤怒和惆悵在瞬間一掃而空，「可不可以活下去，得看你的答案能否讓我滿意。」

「別殺我，我會說，我什麼都會交代……」

「是誰指使你陷害昆汀？」

「是——」

「如果想說沒人指使就別說了，你該不會以為我會相信吧。」

「不，有人會告訴我要怎麼做，但是不知道是誰，一直都是由凱文轉達指令。」

「凱文？」

「凱文也是侍者……他剛才跑在我前面不見了。」

「所以你沒見過下指令的人？」

「對……」

塞德里克狐疑地瞇起眼，直勾勾盯著男子看了好半晌，「隊伍裡面還有你們的人吧？是誰？」

「有，我知道的不唔、多呃噁——」

事情發生得太過突然，塞德里克只見眼前掠過一抹鮮紅，根本來不及阻攔，行凶的男人就已達成滅口目的。

「混蛋！昆汀，攔住那傢伙，別讓人跑了！」連忙扶住胸口被利刃戳穿，因為大量失血搖搖欲墜的男子，塞德里克一邊壓住對方血流如注的傷口，一邊怒吼，「還有誰！潛藏在隊伍裡的叛徒到底還有誰？」

「我不想死，我還要賺、賺唔……」

眼睜睜看著男子倒在血泊之中，蠕動著嘴唇吐出最後一口氣，看似近在咫尺的答案又再次遠去，塞德里克氣得幾乎無法維持理智，提劍就往試圖撤退但被昆汀纏住的黑衣人砍去。「別讓人死了，我要捉活的。」

原先單憑昆汀就足以壓制敵方三人，如今塞德里克加入，落於下風的黑衣人越發無力招架。或許是聽聞塞德里克的話，三人無聲對視後便不再戀戰，十分默契地拔腿就跑。

「嘖。」塞德里克發出一聲氣急敗壞的咋舌，不耐煩地將落在額前的髮絲往後梳，朝昆汀揚了揚下頷，「你去追。」

見數人漸行漸遠，杵在狼藉現場的塞德里克也沒閒著，隨意在殘存的馬匹中挑選一匹便跨騎而上。策馬奔馳一小段，遠遠就見昆汀成功制服一名黑衣男子，他緊繃的神經總算鬆懈下來，臉上也有了笑意，「你總算有點功勞了。」

「你不要只出一張嘴，也要出點力啊。」

「你不就是來出力的嗎？當然要給你這個機會。」在塞德里克的計畫中，昆汀是超乎預期的變數，雖然知曉從踏上歸途男人便每晚替自己守夜，但長久以來養成的習慣讓塞德里克只相信自己，畢竟就連得以放心依賴的騎士也生了異心。

直到馬車翻覆，意外脫險的塞德里克看清來人時，湧上心頭的除了驚奇，還有陌生的怦然，那是種打定主意要孤身奮戰，援兵卻突然降臨的悸動。

「把他臉上的布摘掉。」然而綠眸深處的暖意稍縱即逝，塞德里克斂下嘴角的弧度，漠然見證黑布落下的瞬間。

一樣的過程歷經第三次，這回是從沒見過的陌生長相。塞德里克抿了抿唇，不得不承認為此鬆了口氣，這個結果不僅意味著背叛者比預期少了一名，也代表不僅是內部，外部勢力確實也蠢蠢欲動。

「之前在森林中製造落石的也是你們吧，幕後主使者是誰？」

「你不會得到答案。」

塞德里克原先沒多想，很快便從男人扭曲的表情察覺不對勁。「小心他的舌頭，要咬舌自盡了！」

「喂，你這傢伙，張嘴！」

當兩人一湧而上，手忙腳亂地扳開男人開始吐出血水的嘴時已經太遲。探向黑衣人鼻下的手指沒有感覺到任何氣息，塞德里克頹下雙肩，語氣難掩失落，「又一個，什麼都還沒問到。」

「不是還有三個嗎？」

「半個人影都沒有，哪來三個。」

「我會把人抓回來。」

塞德里克盯著近在咫尺的笑顏眨了眨眼，直到蹭過肌膚的溫度遠去方才後知後覺地回神，「你……做什麼？」

「我以為你受傷了，還好沒有。」

看了一眼男人沾上指腹的血漬，塞德里克下意識抹過仍殘有熱意的部位，這才發現觸手一片溼潤，「噢，這不是我的血。」

布帛撕裂聲突然響起，就見男人拿著衣角碎片的手指去而復返，再次撫上面頰。

「你——」

「沾到了也不知道擦一擦，這麼漂亮一張臉蛋和花貓似的。」

塞德里克定在原地，手指因為身體界線被入侵而不自在地蜷起，卻一動也不動地放任逐漸欺近的氣息籠罩自己。

「好了，乾淨了。」

聽聞此話，塞德里克只是瞪著一雙翡翠色瞳眸，傻愣愣地點頭。

「那我去抓人了。」

「喔……」見昆汀的背影越發遠處，如夢初醒的塞德里克連忙揚聲，「哎等等，你打算跑著去追嗎？」

翻身上馬的塞德里克微微側身伏低，朝還未反應過來的昆汀伸出手，「上來，他們都不知道跑多遠了。」

馬背上空間有限，塞德里克和昆汀只能前胸貼後背地靠得極近，源源不絕的熱源不斷傳來。「哎，你往後一點。」

「沒有位置了，殿下你就忍耐一下吧。」

察覺一條手臂明目張膽地環上腰際，塞德里克往昆汀只有一層薄薄皮膚的手背狠狠一捏，「別亂摸，你是故意的吧？」

「我擔心不抓牢一點掉下去。」

「反正也摔不死。」

策馬奔馳的兩人你一言我一語地鬥嘴，不多時就聽見密集的馬蹄聲越來越靠近，來者身穿北之國的騎士裝扮，隨風飛揚的藏藍色披風格外醒目。

塞德里克與對方隔空相望，「康納？」

「很抱歉屬下護駕不及，讓殿下受到驚嚇了。殿下還好嗎？」

「這些不重要，你剛才過來時有碰到什麼人嗎？」

「啊！殿下是說那些黑衣人嗎？」

看出康納的為難，塞德里克挑起眉梢，「人呢？」

「如果殿下想和他們對話可能有困難……我覺得那些黑衣人形跡很可疑，所以上前關切，沒想到他們竟然突然出手攻擊。等意識到可能與殿下失蹤有關時已經來不及了，沒留下活口。」

塞德里克回頭與昆汀對視一眼，男人便心有靈犀地出聲：「你有看到他們的臉嗎？」

「其中有兩個使節團的人，一名是侍者，另一名竟然是騎士奈森。守護殿下是騎士的義務和責任，奈森怎麼可以讓殿下遭遇這種危險……」

「這不是你的錯，你不須為其他人的行為負責。」

「我感到很羞愧，殿下，我——」

「康納．蓋爾。」沉聲打斷康納，塞德里克語氣肅穆，「與其浪費力氣自責，不如抓緊時間找出躲在幕後的人。走吧，帶我過去看看。」

跟在康納後頭，塞德里克終於找到最後三名黑衣人，更精確來說是三具屍體。既然死者已無法動彈，自然也沒有原先的急切，便下令將所有證據帶回營地。

「殿下，這四人確定是使節團的從僕，也都是中途脫隊的成員。」

得到預料之中的答案，塞德里克蹲在並排擺放的六具黑衣人遺體旁，伸手翻動黑衣人衣物的同時，不忘提醒同樣忙碌的昆汀和康納，「仔細檢查，不論衣服還是皮膚，每一寸都不能放過。尤其是那兩個生面孔，看看有沒有能夠證明身分的東西。」

死人和活人不同，不能夠由表情或語調判別真偽。緘默的屍體只能將一切攤在陽光下任憑解讀，然而解讀的前提是必須有所依據，亦即塞德里克得先從幾人身上找出線索，只是事實卻與希望相違背。

「那兩個我都看過了，什麼都沒有。昆汀你呢？」

「沒有，他們身上很乾淨，這些人的衣服和武器都很普通，沒什麼不尋常的地方。」

「康納？」

「我也沒找到線索。」

嘆了一口氣，就在塞德里克準備承認此次計畫鎩羽而歸時，康納突然驚呼出聲：「咦、等等，他衣服裡面有東西！」

塞德里克領著兩人回到主帳內，接過康納雙手奉上的老舊布囊，從中取出數塊羊皮紙殘片在案面上鋪開。

「每一片碎片上都有形狀不同的明顯墨跡，被撕碎前應該是個圖騰吧。」

鼻腔溢出低哼算是認同昆汀的話，塞德里克一邊試圖將碎片重新拼接成形，一邊咕噥：「這塊圖案似乎是某種動物的爪子，位置要放在……」

「這邊。」

「殿下，這片只有右半邊有墨跡。」

「所以它在圖騰的左側，全黑的碎片有兩個，要擺在中央……」

藉由墨跡和碎片邊緣的鋸齒，三人很快便將羊皮紙還原。一如預期，碳黑的色塊組成一個圖騰。

「左上角缺了一片。」

「不過還能勉強看出輪廓，下面還有字。」

直起身瞇起眼，塞德里克特意拉開雙眼與桌面的距離放寬視野。

「這是什麼沒見過的珍奇野獸嗎？不，好像是鳥！里奇你看，要從這個方向來看，有頭、翅膀和爪子，是鳥吧？」

塞德里克學著昆汀的動作微微向右側偏頭，下一秒，瞳孔在看清圖樣的瞬間猛地收縮。

「古梟會……這個圖騰和北之國的雪鷹紋章有點雷同，但又不太一樣，殿下曾見過嗎？」

遲疑片刻，在兩道視線的注視下，塞德里克終於吐出答案：「那是尼古拉家族的紋章。」

「可是尼古拉家族的紋章不是雪狼嗎？」

「雪狼紋章是因為禁鷹令，後來才改的。」

「禁鷹令？我只知道當時有少數貴族受影響，沒想到尼古拉家族是其中之一。是從那時候就心生不滿，至今才找到機會下手嗎？」

聽聞康納的推測，塞德里克什麼也沒說，只是盯著桌面上的雪鷹紋章陷入沉思。

貴族代代相傳的紋章除了用於識別身分，上頭的野獸亦被視為家族精神象徵。更換紋章是何等大事，理應詳細記載的事件卻沒留下多少記錄，背後自然有不可言說的原因。

北之國由狄亞洛斯、尼古拉、伊莉莎白和華夫四大家族立國。歷經一番角力，塞德里克所屬的狄亞洛斯一支成功坐上王位，藍白二色的雪鷹紋章就此高掛城牆。

只是坐上王位不代表能夠坐得安穩長久，蠢蠢欲動的貴族環伺，勢力強盛的尼古拉家族更是令國王倍感威脅。表面上國王與貴族是從屬關係，實際上兩者之間相依而生相互制衡，任何一方都無法單憑喜好肆意行事。

於是局面就此陷入僵持，直到某日發生意外，來訪的鄰國使節竟混淆了狄亞洛斯及尼古拉家族的紋章。以顏色來看藍色與紅色可謂大相逕庭，但兩者皆採用雪鷹作為象徵獸。

國王以此為由頒布禁鷹令，規定雪鷹紋章僅供王室使用，並限期全國盡速改善，明眼人一看就知曉這道命令針對的對象為何。最後這起事件以尼古拉家族變更紋章做結，當權者成功鞏固王權，只是被迫臣服的一方是否懷恨在心誰也說不準。

「你們說的禁鷹令是什麼時候頒布的？」

「具體年分不太清楚，是北之國立國初期。」

「你的意思是尼古拉家族受了氣，沒有馬上發難，而是憋著肚子委屈，忍耐上百年，直到現在才終於要出手？」

塞德里克被昆汀的話逗樂，不由得低笑出聲，「比起直接關係，我認為這個紋章更像是個表徵。」

被迫更換的雪鷹紋章，象徵尼古拉家族曾經的輝煌榮光，也象徵曾遭受的打壓和欺辱，彷彿在提醒後人切莫遺忘那段歷史。

「不管如何，現在可以確定的是黑衣人、尼古拉家族，和這個古梟會三者之間有所牽連。

雖然很震驚，但從尼古拉公爵時常公開反對陛下命令的行為來看，似乎也說得通……」

一如康納所言，尼古拉家族本就被視為反集權派系的代表，這次趁著王儲出使的機會，下手削弱王家勢力也不無可能。

「可是目前的線索只有羊皮紙，是不是應該謹慎一點？若是輕舉妄動——」

沒讓康納說完，塞德里克擺了擺手，「我自有安排。」

「是屬下踰矩了，我不該多嘴。」

「傳令下去，我們會在這裡多待幾天，趁這個時間清點使節團人數，還要確認大家的身體狀況。」塞德里克居高臨下俯視慌忙跪在跟前的黑髮騎士，俐落地下達指示。

「是。」

「你去忙吧。」

†

目送領命的康納離開主帳，塞德里克緩緩將羊皮殘片收拾妥當，同時在腦中重新梳理來龍去脈，直到抬頭才驚覺昆汀仍杵在一旁，「還有事嗎？」

豈料男人一語不發，突然邁著大步逼近，無聲的侵略感令塞德里克下意識向後拉開距離，直到小腿撞上床榻邊緣。

「我有些事情想確認。」

就在塞德里克分神注意腳下時，只感覺腰間一緊，整個人被來自後腰的力道攬得向前。「確認什麼？」眼見即將撞上始作俑者，塞德里克連忙伸手阻擋，勉強在兩人之間隔出些許空間。

「確認你的傷勢。」

「我沒受傷。」

「我需要親眼確認你真的沒事。」

頂著盛滿關切和擔憂的灼熱視線，塞德里克還在考慮該如何因應，便徹底被男人擁入懷中。「我——」面對昆汀擺明不願退讓的態度，塞德里克不由得語塞。

「里奇，拜託……」拖長的語調響起，伴隨呼在耳畔的溼熱鼻息，碎吻游移於髮鬢間。男人徵詢同意的同時仍不忘積極遊說，塞德里克向來吃軟不吃硬，面對這番懷柔攻勢，一時間確實難以招架，拒絕哽在喉間，吐也不是吞也不是。

「可不可以，嗯？」

含糊不清的尾音彷彿帶有倒刺，撩撥得心跳越發失序，口乾舌燥的塞德里克不由得半啟嘴唇好緩解越發粗重的呼息。原意是企圖汲取氧氣，然而進入鼻腔的卻是男人混合了汗水的獨特氣味，和過於厚重的旖旎氛圍。

「不可以嗎？」

只見昆汀伏低腦袋，掀動的嘴唇幾乎與自己相觸，塞德里克縮了縮脖子，慌亂地別開臉，「好、好啦！」

他原以為這樣就能逃離不自在的侷促，然而昆汀解開盤釦的動作卻緩慢得令人難以接受。

「喂，你要脫就乾脆一點。」塞德里克心一橫，直接將外袍連帶內襯一把扯開，失去遮掩的胸腹全數裸露在男人面前，「這樣就行了吧，你看我什麼事都沒有。」

「這裡紅了。」

「唔……」被突如其來的觸碰嚇得猛然一顫，塞德里克連忙垂下眼簾，「剛才和人交手時受的傷吧，只是瘀傷而已沒什麼。」

「我該更早到的，還好他們沒料到會有追兵，留下了馬車的痕跡，不然追蹤還得花費更多時間。」

與滿是誠懇和自責的藍眸對視片刻，塞德里克伸手將昆汀推開，「看夠了就快點離開，別壓著我。不能否認你的出現幫了大忙，不過我沒在等你，你是計畫中的變數。」

「下次讓我幫忙，做什麼都可以，也好過讓我一個人窮緊張。」

聞言塞德里克想也不想就直接拒絕，「我才不需要有人指手畫腳。」

「我不會干涉你，我保證。而且我也還算有點用處吧，我跑得快、跳得高，力氣也很大。」

塞德里克不得不承認一瞬間的確被昆汀說動了，但他很快回過神來，「不需要，我自己就足夠了。」

「我只是希望避免這種情況，這樣也不行嗎？」

鮮少裸露在外的腹部，被長有粗繭的手掌帶起陣陣顫慄。塞德里克一把擒住藉故作亂的男人，「行了，我答應就是了，你可以離開了吧？」

「下面還沒檢查。」

才剛鬆懈的警戒心又一次被提高，「咦？」塞德里克瞪著眼，全然沒想到昆汀竟會不按牌理出牌。

「我說，腿還沒檢查。」

「就說沒事了，你沒看到我還能走路騎馬！」

「我要親眼確認才能安心，殿下剛才答應我的，該不會想要賴吧？」

兩相對峙，理虧的塞德里克又一次落於下風。他坐在床緣邊，只能咬緊牙關壓下反抗的本能，任由男人剝下長褲。

赤身裸體對習慣侍者伺候的塞德里克並不陌生，與身為伴侶的昆汀更是什麼該做的事都做過了，但讓人這般直勾勾地打量撫摸依然渾身不自在。

「膝蓋和脛骨瘀青了。」

「馬車翻覆時撞到的吧，過幾天就好了。」塞德里克下意識想從昆汀手中收回腿，卻沒能成功，只能眼睜睜看著昆汀在傷處印下一吻。

「對不起。」

「我受傷和你什麼關係。」

「我早就看出不對勁，卻讓你孤身犯險，這是——」

「喂，好好聽我說話！」塞德里克有多清楚男人歉意的真實性，便有多惱火。他不再退讓，一把揪住昆汀的耳朵重新豎立威嚴，「做任何決定之前我都會評估風險，而這點小傷還在可接受範圍內，不要自抬身價，懂嗎？」

「懂。」

見昆汀傻愣愣地點頭，塞德里克故意反問：「我說了什麼？」

「你說受傷是可接受範唔……」

塞德里克掐著男人的面頰扯了扯，皺起眉頭瞇起眼，「那不是重點，重點是我的事情我會自己處理，別想利用一些不入流的小手段左右我，理解了嗎？」

「唔嗯。」

「那你可以離開了，別壓著我。」朝昆汀擺了擺手，塞德里克下了逐客令。

然而意外總在人們鬆懈時趁虛而入，理應退開的男人不知怎地踉蹌跌回塞德里克身上。混亂之際，塞德里克只覺得似乎有什麼觸上腿間的私處。

「你做什麼！」性器突然遇襲，塞德里克一把扣住膽敢造次的手，面色緋紅，不知是害臊還是憤怒。

「抱歉我不是故意的，不過看來里奇就連這邊都很健康。」

「還、還不是你亂摸才……而且我是個正常的成年人，受到刺激起反應也是應該的！總之你快滾出去！」

「那個，我替你解決吧。」

「什麼？」

「既然是我造成的，應該要負起責任吧？」話雖如此，尚未得到允許的昆汀卻已逕自伸手覆上王儲方才受到刺激而微微勃起的部位。

「唔……」陰莖本就十分敏感，被男人一陣毫無章法地揉弄自是更加興奮，罔顧塞德里克的意願充血膨脹，飽滿的蕈狀頂端甚至汨汨沁出一片溼意。

親眼見證身體的倒戈，塞德里克又羞又惱，「你別、唔放手……」他踢蹬著掙扎，卻被具有身形優勢的昆汀輕而易舉地化解。

「啊！」塞德里克被不規矩的手指磨蹭驚呼出聲，窘得面色通紅。

「沒事放輕鬆，只是幫你射出來而已。」幽深的藍眸深處閃爍著一明一滅的火苗，彷彿蟄伏的火山熾熱而灼人，隔空便燙得塞德里克渾身燥熱。

充斥各種思緒的腦袋似乎想了很多，卻又像是什麼都沒想。想拒絕又沒理由拒絕，想接受卻又沒來由地想退縮。畢竟婚後每次親密接觸皆由塞德里克決定何時進行，從沒想過他人的觸碰如此無法自控，不論是套弄的動作、力道和節奏，再到被因此誘發的快感、顫慄和期待，全都超乎他的認知範圍。

「唔啊，不……」敏感的鈴口被長了硬繭的指腹揉弄，夾雜刺痛的暢快令塞德里克猛地打顫，愣愣瞪大眼，腦中只剩下一片空白。

「抱歉，我太大力了嗎？」

由另一人施與的陌生刺激總是格外甘甜，塞德里克咬緊下唇拒絕回答，欲蓋彌彰地抬起手臂橫過雙眼，卻放縱自己弓起腰臀隨著男人的動作使勁款擺，由摩擦帶起的濡溼水聲響亮得令聽者臉紅心跳。

如此溫順配合的塞德里克相當罕見，誘使昆汀停不了手，試圖讓男人展現更多不同面貌。僅僅是刺激陰莖，塞德里克的反應便如此激烈，如果觸碰隱藏在下頭的花穴呢？

那處柔軟而嬌嫩的地方，在手指和舌頭的逗弄下會有什麼樣的反應？是會抗拒地急促收縮，亦或是羞臊地淌出更多體液？突生的念頭輕而易舉擄獲昆汀的心神，當理智回籠時，身體已循著欲望親自實踐。

「唔，嗯……你幹什麼？」只聽一聲驚呼，塞德里克掙扎著試圖併攏被大大拉開的雙腿。

「弄痛你了？」

「不是，就是……很奇怪嗯……」

「既然不痛，那就是舒服了？」昆汀扣住塞德里克顫抖的腿，俯身向散發出淫靡氣味的位置湊得更近，舌尖撥開花唇鑽進肉道，模擬性愛的動作反覆戳刺，翻攪出令人臉紅心跳的聲響。

只消輕輕一吮就換來花穴陣陣顫抖，男人略啞的低吟柔軟而甜膩，聽上去既情動又無措。

「哼嗯夠了，真的很奇怪……」向來唯我獨尊的王儲，被陌生的刺激和快感逼得手足無措，泛紅的眼角和鼻頭看上去可憐兮兮，分外惹人憐愛。

「別抗拒，里奇……感受它……」

低頭親吻男人眼角下的黑痣，成就感被滿足的昆汀自然沒有就此作罷的道理，加快手上和唇舌的動作。

前後被夾擊，不堪刺激的塞德里克最後以前所未有的速度達到高潮。精液自頂端沿著肉柱蜿蜒流下，花穴內的溼熱內壁逕自激動地蠕動收縮，擠出體液汩汩淌了昆汀一手，在男人麥色肌膚的襯托下顯得格外情色。

偌大帳篷內僅餘下塞德里克的急促呼吸聲，性事特有的腥羶味瀰漫在空氣中，昭示方才的荒唐。

「里奇，還好嗎？」沒等塞德里克由餘韻中回神，就見昆汀出現在視界中。

又是那種靠得極近，卻又留下一絲間隙的距離。溫熱氣息隨著每次吐納拂來又遠去，為了弭滅那種曖昧的不確定感，塞德里克索性將昆汀拉近，搶先貼上那對似乎還欲多說的嘴唇。

原以為真正觸碰之後，那種懸而未果的急躁會消失，豈料陌生的觸感和不得其法的焦慮反倒令塞德里克更加心慌意亂，怯生生的舌頭進也不是退也不是。

扣除那些不得不為的哺餵，這是塞德里克主動開啟的第一個吻。驀然意識到此事，他瞪大眼，想也不想便猛力將男人推開，「行了，你出去。」

「可是——」

「我需要自己的空間。」伸手抹去殘留在嘴角邊的水氣和熱度，塞德里克偏過頭，手忙腳亂地重新穿戴衣物。

他的確需要靜一靜，不止為冷卻方才的擦槍走火，也為釐清這回出使途中歷經的一連串刺殺事件，以及下一步該如何因應。

——《北之國—王儲與龍騎士—．上》完

高寶書版集團
gobooks.com.tw

FH065
北之國—王儲與龍騎士—（上）

作　　者　莫斯卡托
繪　　者　變種水母
編　　輯　薛怡冠
校　　對　賴芯葳
美術編輯　林鈞儀
排　　版　彭立瑋
企　　劃　李欣霓

發 行 人　朱凱蕾
出　　版　朧月書版股份有限公司
　　　　　Hazy Moon Publishing Co., Ltd.
地　　址　臺北市內湖區洲子街 88 號 3 樓
網　　址　www.gobooks.com.tw
電　　話　(02) 27992788
電　　郵　readers@gobooks.com.tw（讀者服務部）
傳　　真　出版部　(02) 27990909　行銷部 (02) 27993088
郵政劃撥　19394552
戶　　名　英屬維京群島商高寶國際有限公司臺灣分公司
發　　行　英屬維京群島商高寶國際有限公司臺灣分公司
初版日期　2023年6月

國家圖書館出版品預行編目(CIP)資料

北之國：王儲與龍騎士 / 莫斯卡托著 . -- 初版 . -- 臺北市
: 朧月書版股份有限公司出版：英屬維京群島商高寶國際
有限公司台灣分公司發行 , 2023.06
　面；　公分 . --

ISBN 978-626-7201-67-1(上冊：平裝). --
ISBN 978-626-7201-68-8(下冊：平裝)

863.57　　112005888